明月为什么皎皎
The Bright Moon

秦寺 著

广东旅游出版社

中国·广州

时间
为什么好医生

可你为什么，那样都能注意到我？
大概是，余光都对你设置好了特别关心吧。

闲人免进

目录 content

第一章 好久不见　001
CHAPTER 1

第二章 会闹有糖吃　047
CHAPTER 2

第三章 护身符　099
CHAPTER 3

第四章 我的芳邻　147
CHAPTER 4

第五章　她的小朋友　213
CHAPTER 5

第六章　余生很好　261
CHAPTER 6

番外　　　　　　　307
EXTRA CHAPTER

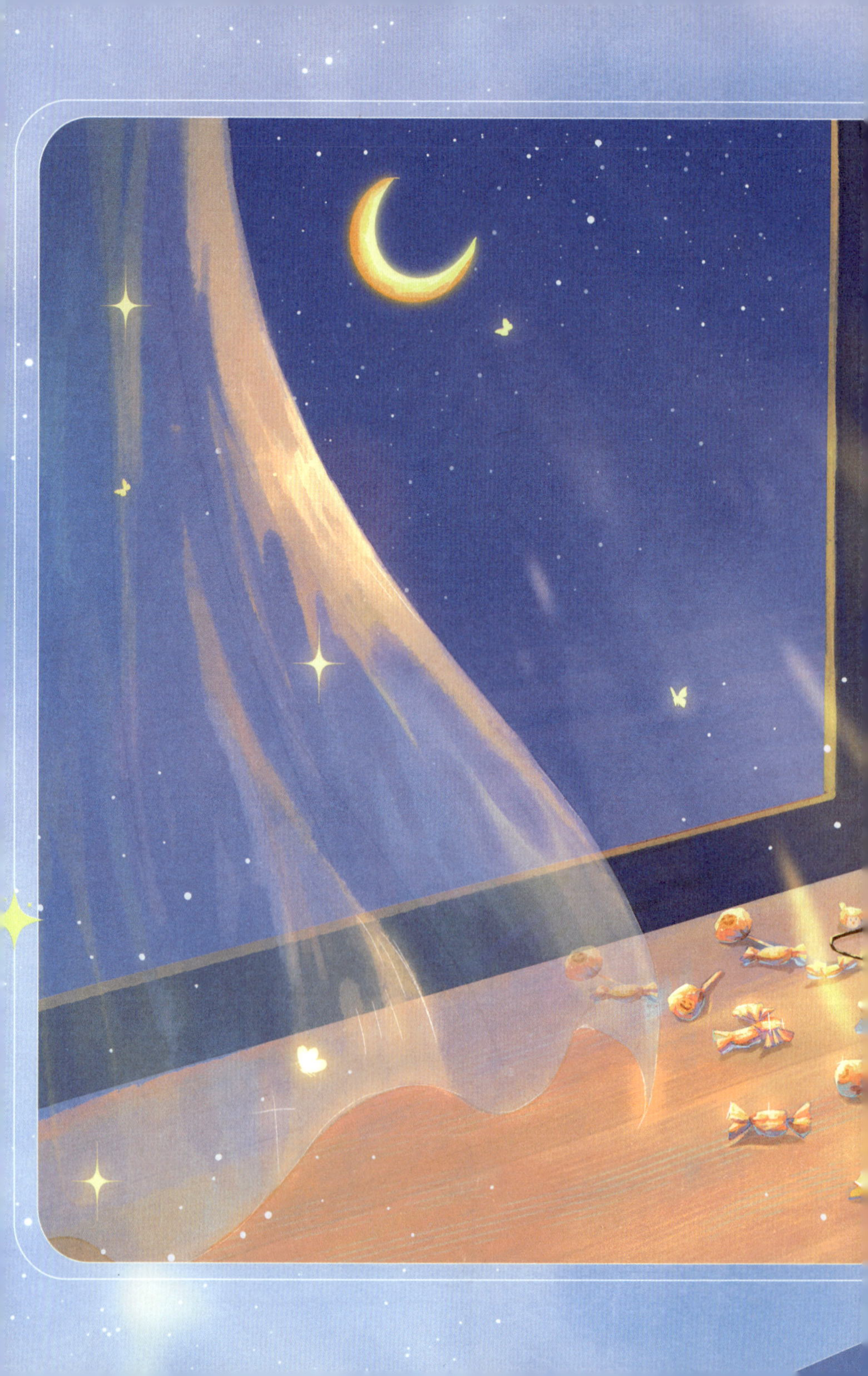

Little Witch

糖果是准备给晚上来敲门的小孩吗？
我只给乖 child 准备了糖果

咦咦
为什么敲敲

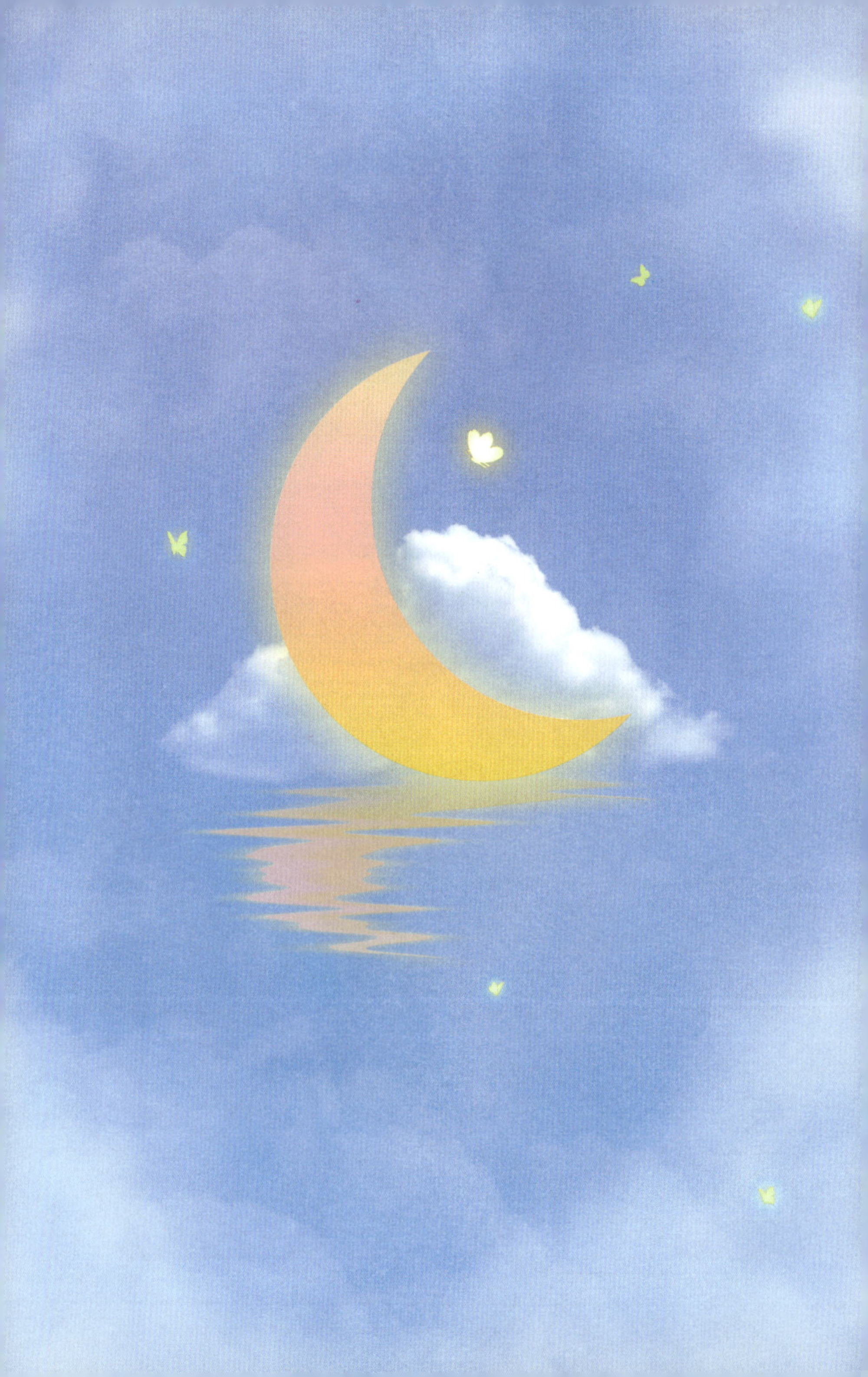

Chapter 1 第一章

好久不见
HAO JIU BU JIAN

01

考研出成绩这天是许灿的二十岁生日。查完成绩，不用等分数线出来她就知道——初试绝对稳。

她打完工，高高兴兴回到家，门口却堵着俩人高马大的男人。收到的生日礼物是穿豹纹衣戴金链的大哥给她捎来的法院传票连同一小桶红油漆。

走前，大哥勒令她赶紧还钱。大哥的红油漆倒是没泼，可她凑得太近，藏青裙角还是沾到了铁桶晃荡中溅起的红漆。

许灿打开门，魂没定就接到爸爸的电话，畏畏缩缩，吞吞吐吐，告诉她在外面稍微借了点儿钱，可能需要她帮忙还一下。"点儿"是多少？不多，二十万元，加上利息，也才二十三万五元。

许灿接下来就听不清电话里在说什么了。

她依稀想起来，在自己昏天黑地打工和备考期间，爸爸来帮她做过饭。走前拿了张白纸让她写个名字，说去跟老王炫耀她的字好看。

悬在面前的考试已经压得她无法分心，许灿只知道，爸爸那段时间在帮朋友看仓库，睡也睡在仓库里，包吃包住，一个月还能赚四五千块钱。好久没给她惹麻烦了。

没想到……她只是大意了一次。一次而已，真的……

许灿疲倦地挂断电话，睡觉。

隔天去求情，才发现那张二十万元的欠条上写的不是她的名字。

老实巴交的叔叔眼眶蓄满泪，牛犊似的眼，眼角皱纹却深得似被利刃割过。他告诉她，他家小孩等着钱救命。

而许灿签名的那张，欠着的本金是一百八十万元。债主没来催，估计是利息还不肥。

许灿没办法,真的没有办法了。

她读书好,上学跳级,字也好看,可实在不知道要怎么赚钱才能填完爸爸的窟窿,实在不懂怎样才能躲掉这些担子。

活着真是难。

牛犊眼的叔叔说,他儿子在等钱救命,总不能她上着学,他去死吧!

许灿说好,这样确实是不对的。于是把偷偷攒下的三万两千块钱积蓄全部拿出来给他。

许灿上楼顶,倚靠护栏思考人生,不料竟一脚踩空。

趴在硬邦邦的沥青地面,嘴里不停吐血,她只剩下一个念头:都还没来得及再看童明月一眼。

不甘,真的好不甘。

"听说你'化学原理'没去考啊?"

许灿趴在桌上,肩膀被人用一根手指戳了戳。她侧过头,两行泪水就顺着脸颊滑落下来。

郭晓雅被她不正常的模样吓一跳,忙扔下手里的饭,伸手摸她额头:"你怎么了?身体真的很难受啊?要不要紧?明天还有两门,能撑着吗?"

许灿抿着唇不吭声,面色苍白,眼神恍惚地望过来。

郭晓雅背着光,柔和的脸庞线条显得稍微立体,挑着眉,眼睛很大,几乎是瞪着看她,鼻梁到太阳穴点缀着可爱的小雀斑。嘴巴一张一张,说个不停。

许灿盯着郭晓雅的脸看了好久,叹气:"怎么最后看见的是你,好浪费……"

"什么东西?"郭晓雅蒙了,不知道她在想什么,摸额头也没发热,于是参着胆子更用力几分戳戳她肩膀,"就算没去考不也就挂一门,你要振作!"

她的说话声,传到许灿耳里放缓了许多拍子。话的内容,像在梦中般无关紧要。

"你不就是想帮忙，被童教授三连拒了吗！给我振作！等考完我就带你去她办公室！只要她一天还是副教授没独立办公室，就一天没办法把你彻底抹杀！"

郭晓雅号着的话在她耳边如平地惊雷，刚做的梦快速虚幻化，许灿顿时清醒过来。

此刻面前的电脑屏幕变暗了一个度，彻底暗掉前，许灿愣怔着伸手飞快地摸了下触控板，查看右下角的时间——周六下午，六点十四分。

许灿望向郭晓雅："问你个严肃的问题，我们在干什么？"

郭晓雅见她没事，松口气，提着塑料袋把晚饭钩到自己桌边："梦见啥了你？明天还有两门呢，你想想办法吧学霸。"

许灿张张嘴，想说的话又咽下，她先翻看桌上的教科书封面，《化学原理》，再翻翻，书里画了大段大段的圆珠笔横线，空白的地方是密密麻麻的笔记重点。还有一本《结构化学》，同样是长篇累牍的笔记。

她慢慢记起来，现在是大二的期末考试周，再考完两门就到寒假了。看着满满当当的复习资料，许灿终于找到些真实感，摸着书里的字迹，分外亲切，内容也全是些熟悉的东西。

肚子饿了。许灿忽然想吃油腻腻的东西，找出钱包，准备去食堂买炸鸡。没想到钱包里只翻出来一张二十块钱的纸币，皱巴巴还缺个小角。

穷，真穷啊。但是，明天她会有一笔钱入账，整整十万元。

郭晓雅吃着晚饭，想到许灿缺考了一门，还是有点担心："你真的没事吗？要不然早点休息，反正你也不用临时抱佛脚……"

她转过头，突然一口麻辣香锅呛到喉头，辣得她眼泪唰唰流下，低下头，猛地大声咳嗽起来："喀喀……你……你怎么在……"

许灿手里拿着小镜子，转过脸，把碎发别在耳后，稍稍抬眼，定定看了郭晓雅两三秒，双眼忽地弯了下，亮亮的："怎么了？我不能照照镜子呀？"

能是能，可她不是这种学习的时候照镜子的人啊！

许灿长了张仙女脸，天生有弧度的鸦黑长睫下眼眸清亮，眼尾微微往下，瘦挺的鼻，不点而红的菱形唇。五官恰到好处，像是老天爷亲自提笔细绘。可惜美貌在现实里变不出童话的城堡。

她照镜子只是确认——

梦中被上门讨债的人拿刀子划过脸，划得不深，伤口也愈合得不错。疤痕很淡，但也是留着点疤的。现在的皮肤光洁，奶白色，没有那一道熟悉的浅浅印子。下巴没那么尖，带着稚气未脱的婴儿肥。

许灿垂眼，在桌底紧紧攥住了拳。

绝对不要……绝对不能，不能像梦中那么狼狈。

郭晓雅思绪还在她刚才的回眸一眼里，隐约感受到了"昏君"的心情，捂着胸口说："电我算什么英雄好汉，我都有男朋友了！"

许灿轻啧："饭分我一半。"

"嗐……"

许灿坐去她身边，蹭了好友兼室友的麻辣香锅，边吃边哭。郭晓雅这人到哪儿也改不了拼命加辣的习惯。

许灿脸通红，吃完，感觉脑门在冒烟。不过泪水流完，心情也爽多了。

"去复习吧。"郭晓雅递给她餐巾纸，收拾完打包盒，"我洗澡去了。"

"嗯。"许灿填饱肚子，回到书桌前认真学习，咬着笔，看着带点陌生感的熟悉知识，有种万里长城推倒重新建的意思，但还是开心的。

她喜欢学习，喜欢记住教科书上每个边边角角的知识点。

一分耕耘，就能有一分收获，花在学习上的努力永远不会被辜负。

翌日。

十点考试。许灿在考场门口站了许久，迟迟没有进去。教室内黑板上方的挂钟已经指向十点，开考的铃声响起。许灿回过神来，转身离开。

许灿走出教学楼，看见室友顾仪跟她的好朋友聊着天。这儿就一条路，两个人同时也看见了她。

许灿静静走过去。

"欸，等等，"顾仪叫她，小跑几步追过来，"你怎么这么早就出来了？"

许灿没什么表情，她脚步不顿，两旁有三三两两的路人，顾仪只好沉默地跟着她走了一段路。

等到没人的地方，顾仪笑着，语气带些揶揄地说："我刚让爸爸给你转了账，估计再过两小时就能到账吧。"

许灿心里立刻涌出一股不见天日的腐败味道。自我厌弃，混合着烦躁感，情绪瞬间变了。

转过弯，旁边就是音乐学院的教学楼，里面空无一人。艺术生的考试时间跟他们是错开的。

许灿低声说："稍微过来一下。"

"啊？"顾仪微瞪大眼，但还是跟着她转进了别系的楼里。

转弯处是通往负一层的楼梯间，十分昏暗，只有旁边半敞开的门透着些微光亮。

许灿停步。

"到底干什么？"顾仪奇怪地看着她，又按亮手机看时间，"还吃不吃饭？我快饿死了。"

这一年的考场管理还不够规范，信号屏蔽仪最多阻止部分作弊，没法排查替考。准考证上的黑白照片印得漆黑，每张脸都是差不多的长相。顾仪挂失学生卡，许灿替她补办，直接印了自己的照片。

顾仪本以为，许灿会拿着补办的准考证和学生卡，顺利进考场，替她完成试卷。因为许灿缺钱，奖学金远远没有十万元这个数目。

这本是天衣无缝的事。谁知许灿在临近交卷时，突然向监考老师坦白替考的事情。

顾仪很天真，是单纯，却未必善良。她禁不住老师的诈，直接把所有事情从头到尾交代得清清楚楚，想卖了许灿让自己从轻受罚。

虽然没有酿成大错，但事情毕竟已经发生了。收钱替考和给钱找替考都性质恶劣，最后，两个人均被开除学籍。顾仪直接出国了。

后来，许灿在系里不少老师，特别是童明月的力保下，被从轻处罚了。只是评奖评优秀班干部等资格，和一切由学校授予或学校推荐才能获得的荣誉都再与她无关。加上取消学位证。

老师安慰她，如果接下来都表现很好，能成功考上本校研究生就仍会发学位证给她。但她只有一次作为应届生参考的机会，没办法二战，因为没有学位证。

许灿很快接受结果，接下来的两年里除了上课就是兼职，尽全力准备考研。最后拿到了足够被任何学校录取的高分。

可许灿每次路过公告栏，都能看见自己的名字和因违反考场相关规定而获得的留校察看处分决定。

就算她表面风轻云淡，心里还是羞耻懊恨的，如被针扎。

十万块钱的代价。许灿再也没脸时不时去教授办公室溜达。

考研前，她偶尔遇见童明月，都是远远地绕路避开走的。对不起，真的很对不起。让她失望了。

"干吗不说话？你怎么了？不会没考好吧？不可能吧，你可是许灿。"

许灿从下午的梦中拔出来，心情差到极点。

看着顾仪一派轻松的天真表情，许灿实在忍不住，伸手一把攥住她的棉袄领口："我给你补课快两年了，这十万块钱是你自愿给我的补课费，我只说一次。"

"你干吗？"顾仪有点意外，也有点不高兴。

顾仪想拍掉她的手，对上她很凶的目光，语气又稍稍弱下来："你今天很奇怪啊。"

"我没有帮你替考。"许灿攥着她的棉袄领口，用力到指节发白，告诉她说，"我不能做这样的事情，你以后还是好好学习吧。"

"什么……"顾仪还想说什么，跟她目光对上，却忘记想要说的话了。她从没见过许灿那么吓人的眼神，像跟她有什么仇似的。

"你爸把你弄成特招生进来不容易，要懂珍惜。"

话落，许灿松开她的领口，面无表情望着她的无措，没再多言，转过身走出楼梯间。

冬日的阳光亮得肃静，人渐渐变多，都在往食堂这个方向涌。

许灿加快脚步，同时，心里开始数数。

一、二、三……数到二十几的时候，掏出手机看看，又等了会儿，终于进了个电话。

许灿接通："喂？"

"喂喂，女儿啊，钱……钱你想到办法了吗？爸现在躲在外面根本不敢回去，那些人催得太紧了，听你奶奶说，人都准备砸门了……"

"爸，我说了没办法。"许灿在冷风里吸了吸鼻子，淡淡地说，"我才大二，都还没成年，我能有什么办法。"

"我就你这么一个女儿，"电话那头，中年男人的语气明显慌了，"你从小脑子就好……你肯定有办法的，你再想想，再想想办法……"

"爸，你就躲在外地别回来了，他们要上门讨债就让奶奶报警，警察会管的。"

许灿其实并不怎么担心。她奶奶比谁都能撒泼，推着坐轮椅的爷爷反过来讹讨债人也不是没可能。而且家里穷得不行，就算让人进屋搜也找不到任何值钱的东西。

她爸是赌徒老赖，方圆十里没人不知道。

如果许灿不是名牌大学的学生，不是他们镇上几年才出一个的小才女，她爸说不定根本就借不到钱。这个道理，许灿现在才隐约明白。

因为她总是这样啊。

没办法，没办法，说到最后，不还是想方设法地变出钱来替他把赌债还上了。

许灿的妈妈刚生下她，就抛弃这个没前途的家跟别人走了。她是爸爸拉扯大的，看着爸爸被催债，怎么可能无动于衷？

而且也怕。爸爸每次情绪激动就会说要来找她，想来她身边躲躲，要来学校见她。许灿实在怕丢人。

梦中，许灿活得那么努力，为了守住无可救药的家，为了维护体面，拼尽全力，最后落得一个把自己逼上绝路的下场。

梦醒后，她不爱逞强了。

"唉你这丫头，算了，那爸先来你这儿躲一段时间吧……你看能不能帮爸找个地方住，爸爸现在去火车站了啊？"

"我没钱，这里租房子比老家贵几倍，爸你去找个小城市躲躲吧，找个工作，再把欠人的钱慢慢还——"

"许灿！"她爸许庆国打断她，"你要我上哪儿去？"

"随便哪里都行，你反正本来也没工作，换个城市还能重新赚赚钱。"许灿说完顿了顿，有点委屈，又有点愤怒地说，"爸，我现在要准备考试，这里的考试特别特别难，跟不上我就要被开除了！爸！"说完，立刻挂断电话。

她爸脑子笨，又很大男子主义要面子。听了这话，一时半会儿就不会打扰她学习了。他也知道，女儿被开除意味着他也将跟着完蛋。

许灿叹口气，根本不知道未来的路会怎么样。这笔债十万块钱不到，还不会把大家逼死。

她再也不会帮忙了，爸爸还会继续赌钱欠债吗？不知道。

总之先稳住他。大学毕业后，无论考研还是工作，都直接跟家里切断所有的联系，在他的世界里消失掉。要比升华还干干净净，无痕无迹。家里的事跟她再也没关系了。

许灿眼皮垂下，大颗的滚烫眼泪顺着脸颊落下，有点刺刺地痒。她伸手擦掉。

就算早有决定，心还是被拧巴在一起似的钝痛。今天也算成为无父无母的人了。

许灿加速往前走着。穿过音乐学院就是食堂了，忽然，天空开始飘起了碎雪，很多学生仰头望去。

南方不常下雪，许灿不由伸手接了些，深色大衣衬着晶莹的雪花，细看片片的形状都是不同的。

满腹心事下，她仍然能够感觉到空气的冷冽清新，雪花折射着微光，有种朴素的绚丽。

所谓，天地有大美而不言。

活着真好。

02

许灿待在食堂复习下午的科目。

图书馆总是挤满了学生，回宿舍要走好多路。基本没有学生想待在食堂复习,既嘈杂,又有油烟味。但对许灿来说不算什么。

她小时候住在老乡村的车库改造房里,一边念书一边照顾爷爷,夜里电灯泡会因为电压不稳定而闪来闪去,老鼠有可能从脚边爬过,甚至蹭过她的脚踝。

相比之下,学校食堂的环境非常好,没什么不知足的。

昨晚没睡,复习到后面书越读越熟,教科书几乎被她背下来了。

许灿合上书本,揉眉心,在睡和不睡间犹豫几秒,忽然心思微动,笑容一点点扩大,眼眸里有亮晶晶的光芒。

童教授,现在忙吗?不知道在不在学校里。

许灿拿出手机,深呼吸好久。淡定淡定,她只是一个在学海里出现疑惑的认真学生,想从教授那儿获得答案⋯⋯而已。

她闭上眼睛让自己入戏。发邮件,跟专业问题无关的话绝不多说。

OK,发送出去。

她收起手机,视线又匆匆回到书本里。

许灿出考场,第一时间查看手机,无服务。这次全考场都弄了信号屏蔽仪。

她小跑着走出教学楼。往旁边走了几步,信号格就全部跳出来了,满格。可是没有收到回复。

许灿当然有童明月的手机号,但怕打扰,想见她前基本都会用工作邮件确认一遍时间的。别的学生对本系教授尚没那么客气。

许灿起床就吃了包饼干,中午没吃饭,两场考试结束,现在早就饿得不行了。

无奈地往食堂方向走。跟着从考场出来的考生熙熙攘攘。大家走到有信号的地方,或停下联系亲朋好友,或分开两边走。

许灿双手插在大衣口袋里,沉默走着,风时弱时强,带着寒刀拂过般的冷意。

她把帽子戴上,走两步,风又把帽子吹得戴不住,许灿再戴上⋯⋯口袋里的手机忽然响了下,短促的提示音。

许灿一愣,忙把手机拿出来,低头查看消息。她只给童明月的消息设置了提示音，所以对这声音特别敏感。很长的一段回复。前面是针对她的提问进行的答疑。

许灿认真读完，慢慢往下滑，看见最想要得到的答案，立刻无声地笑起来，双眼弯弯，视线还挪不开。

"几百字好像很难完全解释清楚，实在疑惑的话，来办公室里找我吧。我六点到九点半都在。"

许灿情不自禁地抬手，举过头顶，在空中比画了个胜利的手势，还弯臂挥了挥。然后，她一头撞到了银色路灯杆上。

许灿："……"

这片地是奇怪的斜坡，她撞到后，连连往后退几步，重心不稳下，人以一个极其诡异的姿势，左腿绊右腿摔坐在地上。从路人角度看特别滑稽。

许灿傻了两秒，连忙手脚并用地爬起来。

她这左腿绊右腿的摔跤姿势，想半秒内快速起身云淡风轻也没可能。爬起来的动作有点狼狈，又跟跄两下，手里紧攥着手机。

她站稳后赶紧若无其事地快走几步，左右悄悄看两眼。

幸亏别人大多没在看她。

这一个插曲，让她都没有秒回消息，等坐到食堂里才斟酌着打字："那我六点去，打扰到九点半可以吗？"

许灿有点厚颜无耻地发过去，很快，收到肯定的回复："可以。"

许灿捧紧手机，幸福地眯着眼笑。

想起了梦中也常在童明月的办公室里问题目，多数时间都问完不走，闲聊些别的，如果她忙着写文章，许灿就借几本书柜里的书籍，安静地坐在旁边的小沙发上阅读。

等童明月结束工作，许灿差不多也看完了一本书，就着手里的书交谈两句，交换看法。

书架上有那么多书，童明月好像每本都看过。从本专业的化学书籍到关联度极高的生物、物理，再到逻辑心理学等"杂书"，许灿一本本读过去，挨着顺序。

每读完一本，都会有种更靠近她的感觉。特别幸福。

虽然没达到灵魂共鸣的终极目标，但已经有志趣相投的小成就了。

许灿有机会就黏着她，扮斯文乖巧，逗她笑。陪她沉醉实验，陪她平淡度日。

许灿："老师你怎么周末还在学校，是在实验室吗？我在食堂，给你打包点什么带过去好不好？"

童明月："临时替别的老师监考，我也快到食堂了。"

原来是这样。许灿坐在位子上，想着可以等她来了再一起点吃的，目光望着门口。

很快，就看见那个她念念不忘的人。

童明月从食堂正门口进来，阳光与室内灯光交替，让她周身罩着一圈柔和白光。漆黑柔顺的发，眉眼如水墨丹青，笔锋诗意，清清淡淡的。鼻梁上架着无框眼镜，镜片反光，让人探不清眼底情绪。

这个女人，二十五岁博士毕业，今年二十七岁就评上了副教授。清丽的外表，加上学术界的名气，从同僚到学生，都认定她是绝对的冰山性格。

其实，童教授只是工作的时候不苟言笑，冷静严格，私下不太爱说话而已。只有许灿知道她是多么温柔的人。

许灿看着她从远处走来，她视线找过来，在食堂那么多走动的、坐着吃饭的学生里，很快看见许灿。

目光对上，人还轻轻浅浅勾勾唇。

许灿的心仿佛冰消雪融般鲜活起来。眼眶湿润，不由垂下眼避开她的脸。

好久……好久不见。童老师。

童明月在她的对面坐下，刚想说什么，见她好像有些不太对劲。

"怎么了？"

"刚出考场，"许灿感觉自己快哭了，赶紧顺口编了个理由，"好饿……"

童明月于是笑了："想吃什么？"

"牛肉面吧？"

"好。"

许灿在窗口前等面条，忽然想到，本系就那么两栋教学楼当考场,到这儿只有一条大路。

童老师既然就在她后面,那刚刚撞灯杆摔跤那下,不会正巧被看到了吧?不会,才没那么巧呢。

把面端回桌,重新坐下,许灿还是稍微试探了下:"老师,你也是从行健楼过来的吗?"

"嗯。"童明月其实不太爱吃面条,特别是戴眼镜的时候,凑近就被热汤覆上一团雾气。

"监考累不累呀?"

"还好,我就帮忙坐在后面看一下而已。"童明月犹豫了下,还是摘掉眼镜,有点无奈的样子,"眼镜还是麻烦。"

许灿于是笑起来,微露出一点点的门牙,模样坏坏的:"我前几天看文献上说,原来像我这种怎么看书熬夜用眼都不近视的人,天生就没有近视眼基因。"

童明月白她一眼:"说风凉话门牙漏风。"

许灿嘿嘿笑,转而聊专业问题,边吃面条边问。聊到某个尚且不完善的概念,童明月突然顿了顿,没有回答。并非不清楚,而是这概念出自她那篇最新的论文。

"最近在看论文?"

许灿想了想:"嗯,我对有机化学这块挺感兴趣的。"

"看看可以,不用费力吃透的。"

童明月没有看她,低头擦了下眼镜:"这次考试已经很有难度了,而你考了九十九分。完全不用着急的,才大二,打基础的时候。"

"那还是丢了分。"许灿一本正经地说,"少考一分,就代表学得不够扎实,没有完全理解——"

"你扣的是卷面整洁。"童明月打断她,微挑的眼眸望过来,衬着她的笑意盈盈,语气平淡,"下次别在试卷上乱涂乱画了。"

许灿想起来了,自己在最后大题的空白区域里,画了三张表情。

"小团子被打了一下脸颊位置还是爱心图""小团子哭唧唧摸爱心图"以及"小团子哭完继续比爱心图"。

获取老师注意的幼稚方式。

记起来后，自己也有点不好意思。许灿换了副面孔可怜巴巴地说："难道我画得不好吗？"

童明月："……"

许灿点点头："既然挺好看的，那又怎么能算是乱涂乱画？"

她又说："下次别扣了，好不好？眨眨眼就是同意，已经同意了？"

童明月还什么话都没说。

"许灿。"童明月略带些无奈的语气道。

"那扣吧，"许灿立刻懂事体贴，小解语花似的笑得甜美可爱，"反正我那么多分呢。"

童明月："……"

"噗。"许灿抿着唇，想忍着不笑却还是笑了。喜欢看见她那种看自己时无可奈何又宠溺的目光。

童明月重新戴回眼镜，面条的热气也不再升腾得那么凶，可以吃了。被她逗半天，嘴角仍挂着一点微笑弧度："以后小心些，走路尽量别看手机了。"

许灿想了几秒，才反应过来。

天，她还真的就看见了……

03

两门专业课考试结束，虽然还没到正式放寒假的时间，但已经算放假了。

刚过七点，天色灰蒙蒙的，郭晓雅轻手轻脚地爬下床，还没睡醒，揉了揉眼睛转过头，突然发现许灿正端坐在书桌前看书。

她被吓一跳："你干吗，昨晚都没上床吗？"

许灿翻了页书，把水笔夹在笔记本里，身体往后靠在椅背上，伸了个懒腰，暂时休息："嗯，稍微复习了会儿。"

郭晓雅点点头，去拿架子上的漱口杯和牙膏，忽然顿住，转过头来不可置信："复习？难道今天还有哪门考试吗？"

"没有啊，复习之前的东西。"

"啥？"

许灿没理她。

郭晓雅沉默了会儿，还是忍不住，发出了源自灵魂深处的质问："考都考完了，你还在复习吗？"

许灿瞥她一眼："我们不一样。"

"行吧。"郭晓雅洗漱完，回来打开衣柜照镜子换衣服，"你准备什么时候回家？我再待两天，等跟刘毅庭玩爽了再回去。"

"我不知道，估计不回去了。"许灿从抽屉里翻出一袋切片面包，咬着，低头继续看书，"还得在实验室里待几天。"

"那么拼——"

宿舍门突然打开。她们的对话不由停下来。

陈爱媛推门走进来，看她们一眼，目不斜视地走到自己床位，拉出角落的行李箱，收拾东西。

许灿啃着面包，整袋拎起来抖抖问郭晓雅："你饿不饿？"

"没事，"郭晓雅把挎包背好，左右照着镜子，"刘毅庭给我带早饭了，我去他车里吃。"

许灿"噢"了声，嘱咐说："我可能会在实验室里待很久的，记得自己带好钥匙。"

"嗯。"

两个人说着话，陈爱媛忽然敲了敲桌子，塑料瓶底部重重地磕在木桌上，很大一声。

郭晓雅被吓一跳，扭头："你干什么？！"

"我感觉面霜好像少了点，"陈爱媛握着小瓶子，睨着许灿，阴阳怪气，"敲敲看是不是错觉，毕竟我都快两个月没回来住过。"

郭晓雅翻白眼，也学她的阴阳怪气："东西太香，可能被顺着下水道爬上来的老鼠舔了几口。"

"噢，"陈爱媛没生气，还勾勾唇笑了笑，"被下水道爬上来的老鼠舔过了，那不能要了呗。"

她看着许灿，把手里那瓶刚开封的面霜直直扔进空的垃圾桶里，"哐当"一下，又制造出很大的声音。

郭晓雅顿时受不了："你无不无聊？"

陈爱媛没搭理她，继续把自己的东西装进行李箱里。

许灿啃完最后一口面包，站起身，去把阳台的窗户打开通通风。校舍旁边就是个非著名旅游景点，眺望出去山景秀丽，轻风吹进来，空气格外清新。

"冷死了，你不能把窗关上？"

许灿刚坐回位子没两秒，陈爱媛就跑过来，"哐"一下把窗合上了。

"你不是收拾完了吗？"郭晓雅气炸了，随手按掉了男朋友的电话，双手抱臂，站到许灿旁边瞪着陈爱媛，"怎么还不滚？"

陈爱媛拉起行李箱拖杆，轻飘飘看她一眼，没回话，还是看着许灿："听说我们专业第一某科零分，总不能是带小字条进去被赶出考场了？呵，反正奖学金肯定拿不到了，真可惜。"

她拖着行李箱走到门口，回头又补了句："我拿不拿是无所谓，人家可是靠这个吃饭的欸。"

"陈爱媛。"许灿忽然开口叫住她，语气温和。

陈爱媛虽然没有转过身，但脚步停了，明显在等她接下来的话。

"爱媛啊，"许灿脸上带些笑容，就像第一年关系没闹僵时似的叫名不带姓，带着若有若无的怀念，"说实话，我不懂你为什么那么讨厌我。我成绩是比你好，但除我之外也不是就没别人了。我长得也比你漂亮，可又有谁不比你漂亮呢？"十足的困惑语气。

郭晓雅笑出声，立刻用力鼓了鼓掌。

许灿说完，没去留意陈爱媛什么脸色，继续看自己的书。

回应她们的是巨大的摔门声，估计楼上楼下的同学都要被震醒了。

郭晓雅难得见许灿怼人，下意识又掐断男朋友好几个电话，静了几秒，认真问："奖学金你是真的拿不到了吗？"

"嗯，还得去补考。"

"这样……"郭晓雅沉吟着，有点小心翼翼地问，"那你会缺钱吗？"

许灿心思沉浸在书里："钱当然缺。"

"那，反正我的生活费也花不完，借给你点好不好？你知道的啊，钱花不掉我妈会念叨我的，借你八千块钱怎么样？"心虚的口吻，不知道的还以为是她在问许灿借钱。

许灿顿时笑了,扭头看她:"不愧是一双鞋抵我半学期生活费的大小姐。"

她钱花不掉是要挨骂的。

"唉,现在快月底了手里没那么多,再过几天,我可以借你两万块钱,随便什么时候还。"不还也可以。

知道许灿不喜欢,她后半句话就咽下没说。

许灿知道,这大小姐每个月生活费有两万块钱,花不掉妈妈会念叨,心疼她生活质量低,花超了爸爸又会念叨,说她不懂节俭大手大脚。

所以她都算着每个月正好花光,之前买了名牌包,也因此扎扎实实吃了半个月的食堂和泡面。

月初借自己两万块钱,是打算接下来都宅在家里不出门吗?

"不用,"许灿笑着摇摇头,"我教任教授家的小孩功课是有钱拿的,忘啦?一个小时一百二十块钱,很高薪的。"

"可每周去那么一下,也没多少钱的吧?"

"那小乖乖得准备升初中了,寒假要补习的。"许灿做了个数钱的手势,眨眨眼,打趣着说,"而且我也有别的兼职啊。"

"嘿。"郭晓雅笑了,手机再次响起来,才反应过来自己迟到了半天,还挂掉男朋友好多的电话。

"亏我起那么早,都怪陈爱媛闲着没事儿,脑子有病。"她皱皱眉,挥挥手说,"我去约会啦。"

"嗯,拜拜。"

郭晓雅快步走到门口,又停住,转过头问一句:"你……真的没事吧?"

挂掉考试,往常顺理成章该许灿拿的奖估计也飞了。

郭晓雅担心她努力一学期,没得到足够的回报而心有落差。

许灿一眼就看出来她在想什么,勾勾唇角,笑得娇娇的:"我有什么好难受的。我寒假边赖在学校找童老师,边给小乖乖补课赚钱,乐得要命。"

"也对啊。"郭晓雅于是挥手拜拜，带上门走了。她踩着小高跟，嗒嗒嗒的脚步声隔着木板门还能听到一小段。

许灿有点感叹。拿不到奖学金拿不到评优，这点落差算什么。

不由回忆起高中。她高一是跳级升上来的实验班小才女，老师夸，别人捧。

一中走班制，成绩名次的升降决定自己的下个班级。高一的期末，许灿门门考试雪崩式考砸，直接掉进垫底班。

于是，她被年级里事不关己的学生们当成了饭间谈资，说跳级来的果然跟不上学习进度。

甚至连她压力过大、几次割腕的故事都传得有模有样的。

教室里不熟悉的同学们笑笑闹闹，走廊上，别班的学生路过，偶尔还会好奇地往里看几眼，看看传闻中一落千丈的优等生。

这才叫有落差。

许灿两耳不闻，照样好好读她的书。

高二第一次考试，她以几乎门门满分的成绩，挤掉别人重新回到年级第一的位置，搬回实验班。

实验班的化学老师怀孕，童明月帮忙代课的大半学期里，许灿的化学从没考过前十名。她走后，许灿再也不敢随便丢掉一分。

她离开了，她就擦着眼泪追上。

一直追，追到死。

桌面上的手机亮起来，铃声打断她的回忆。

许灿看着来电显示的号码，并不想接，顿了几秒还是接了。

"喂？"

"囡囡，囡囡你现在手头怎么样？能不能给爸打几百块钱？快，爸这边实在手头紧……"

"是这样的，囡……"

天越来越冷，许庆国那边的风声很大，声音挺冷静，告诉她，自己的钱不够所以没去火车站，随便买了张车票，现在独自躲在偏僻的小城市。

许灿没听完，打断他的抱怨："爸，你去工地上看看有没有要帮忙的，总之先找个活干。"

"快过年了，不知道能不能找到，我正找着呢。"许庆国叹口气，换了话题，"等找着了我再打电话过来吧，现在话费应该剩不多了。"

许灿"嗯"了声。

"囡囡，"那头顿了顿，"爸是不是真的很没用啊……"

许灿抿抿唇，敷衍着想快点挂掉电话："我手里真的没钱了。"

"爸知道，爸也不是……那你好好的，等过年催债的大概也走了，你晚点再回家吧。别惦记着家里，家里没事的。多吃饭，你别总熬夜啊，也要——"

"我都知道。"许灿没听完，挂断了电话。

宿舍里的窗户被陈爱媛关上了，关得紧紧的一丝风都漏不进来，窗帘敞着，柔顺地垂在地板上。光透过玻璃投进来，空中细小灰尘浮动。

明明听见爸爸的声音就烦躁，可挂掉后……

许灿站起身，在空荡荡的宿舍来回踱步，半晌，再重新坐回去。心里还是有点酸涩，麻麻的。

想到电话里爸爸的语气。过年前后，估计工地上也不容易找到什么能干的活，爸爸没文凭也没熟人，甚至还在躲债中。能睡得好吗？能吃饱饭吗？

许灿闭了闭眼，视线落到桌上的草稿纸上，忽然想到小时候。

可能是昨夜没睡吧，思绪总是飘着。

那时候她才刚上幼儿园，老师让大家带蜡笔。她家里没有蜡笔，爷爷让她去偷，奶奶给了她一点钱。那点钱根本买不到。

爷爷还说了句："她反正要嫁出去的，给她买什么？"

许灿半懂不懂，但跑出去没买到蜡笔还是很伤心的。跟奶奶说钱不够，奶奶也懒得再管了。

喝得醉醺醺的许爸爸回家，发现小小的许灿躲在被子里闷声哭花了脸。问清楚是为什么，他直接把穿着睡衣的她从被窝里抱了出来，抱在手上，去楼下硬是敲开早就关门的杂货店，买了两盒最漂亮颜色最齐全的蜡笔。

回家路上还教她唱歌，五音不全的。总是浑身酒气，但怀抱特别坚强硬气的爸爸。

小时候带她去逛公园，偶尔送她去幼儿园，总是把她抱在手臂上，一段路不长不短，从她生下来开始抱到七岁，别家宠儿子也没那么宠的。

"爸爸就只有你这么一个女儿了。"

许灿吸了吸鼻子，叹口气，握紧手里的笔，再次想把思绪集中在教科书里。

她现在手里有十万块钱。

其实，在梦中许灿帮他把这笔债还掉后，爸爸确实努力工作过很长一段时间，没有再赌博，没有再惹麻烦，甚至偶尔还能给她寄点生活费。

许灿拿着笔在草稿纸上画，无意识地，想理顺梦中经历的往后人生里出大事情的时间。

两年里其实没有发生太多事。突然想到，今年股市有大动静。

在梦中这时候她刚替爸爸把债还掉，想着多赚点钱，寒假还在留学机构接文案翻译的工作，顺便也接待家长咨询。有个学生的家长痴迷炒股，闲谈时候聊到从去年飞涨到现在的股票。

许灿完全不懂炒股的专业知识，只是勉强搭话，那家长却谈得非常兴奋，把为什么石油价格下降影响到股市波动等，跟她讲得一清二楚的，还信誓旦旦预测，现在投钱至少再涨多少多少个点，闭着眼睛买也能翻倍挣个盆满钵满。

许灿微笑听着，应付完就没当回事。

没想到那家长说的全都是真的。接下来股市真就一次一次涨停，所有新闻都在播大牛市的来临……

许灿听留学机构的老板说，他中途进去的，两套房子的钱砸下去，捞回来了四套房子。

有些人，拿钱生钱，赚钱太容易。

隔了两年，新闻里的具体数字她不太记得了，只知道股票一路涨停，是在六月中旬左右开始往下跌的。在这之前投钱绝对没问题。

许灿动了这个念头。

她上网查了查,花了十几分钟弄清楚操作的基本知识,然后趁着时间早,收拾好身份证和银行卡,出门开户去了。

具体该买哪些股票是个问题。她手里有十万块闲钱,不算多,但也绝对不算少了。千挑万选,买了十只不同的股票。

四只名字顺眼又眼熟的股,某某智能、某某电子、某某云商、某某科技。这种既是新兴行业又让她有种熟悉感的,基本上错不了。

另外六只都是精挑细选的。

虽然她对金融方面的知识一窍不通,但她是学化学的,对最新的医药技术方面关注颇多。××药业、××制药,都是行业内有名的。

敲定这些股票,十万块钱从账户划走,她松了口气。

现在,再后悔也没用了。钱进股市,她就当不存在了。对不起,哪怕这十万块钱像撒盐入海,没得干净,她也再不会拿给爸爸了,一分也不会了。

04

松江大学作为始建于百年前的当之无愧的名门老校,有着大把财力砸出来的科研师资等优势资源,可惜基础设施只是一般般,旧楼的办公室装的空调总坏。

邱伟进门刚放下包,就去开了空调,一直等童明月到办公室了空调也没开成功,赶紧求助说:"你看看,这是又坏了吗?"

"坏了。"童明月过去看了眼,随口应了句,就坐到位子上去开电脑了。

"别事不关己的呀,不冷吗?"邱伟搓着手,又问,"今天怎么在这儿,不去照顾项目?"

"刚从实验室回来,约了学生来看论文……电脑怎么开不开,不会是停电了吧?"

童明月停下来,两个人相对无言。

邱伟立刻走出去问了一圈。五分钟后回来,她脸上带着忍不住的幸灾乐祸："是停电。嘿嘿，听说隔壁王教授半个月的大实验做到最后没电了！"

童明月唇角弯了弯，很快抿住："那太可惜了。"

"哈哈哈人品差！"邱伟猖狂地笑弯了腰，笑够才坐在办公位上拿手机查看邮件，边问了句，"饭吃了吗？"

"吃了。"

"唉，我也吃过了，不然还能先去吃个饭什么的。"

有学生来敲门："报告。"

"请进。"

邱伟见童明月开始忙了，也就不再搭话，转而处理自己的事情。

"你照着提纲写，"童明月拉开抽屉，把印好的带批注论文找出来，一样样细说，最后理理整齐递给她，"继续改改吧，差不多了。"

"好的。"

邱伟正在打电话："许灿你缺考是怎么回事啊……"

女生接过自己的纸质论文，想了想，走前回头又问了句："老师，跟我同宿舍的岳茜茜，她无机是不是没去考？"

童明月"嗯"了声。

女生忙问："她是身体不舒服，肯定会去参加补考的，应该没事吧？"

"没事。"

童明月留意着旁边邱伟的电话，没太在意的样子。

邱伟的电话挂掉，开始处理别的工作了。

童明月忍不住开口问："是你带的那个班，许灿缺考吗？"

"对，这小孩不知道在想什么，我得去找她问问清楚，平时那么乖的小孩，奖学金都不要了。唉，她这小孩年纪还小，不是青春期叛逆了吧？"邱伟边收拾着桌面的东西，边絮絮叨叨，"倒霉的辅导员，学生逃课了考得差了缺考了全是我的错，日常主要工作就是挨骂……"

童明月问："她电话里有跟你说明原因吗？"

"没，她说身体不舒服没去考试，问怎么不舒服，又说现在没事了。"

童明月建议说："你别直接问，她不想说的事情不容易开口告诉别人。"

拿着论文的女生有点愣，本来想帮室友打听下事，没想到看见自己清冷大气的导师，对别的学生，缺的别的考试，那么在意关心。

许灿她知道，是个很厉害的学妹，聪明努力还模样讨喜，当初要跟项目时被学长学姐抢着要。但她进的又不是童明月的项目。

女生不由玩笑地说了句："老师，你是不是只关心长得漂亮的学生啊？"

童明月愣了愣："……没有。"

邱伟突然反应过来："要不然拜托我们童老师去找她聊聊吧？问清楚是不是有什么心事。她跟别人不开口，可童老师肯定不是别人啊。"

童明月无奈地笑了："是你的学生。"邱伟也笑："你不也是教着她课呢。"

许灿跟童明月投缘，关系好，是系里很多人都知道的事。

童明月笑着，没说话，转而看面前的学生，温和地问："还有什么问题吗？"

"嗯，没了，老师拜拜。"学生出去，转身带上办公室的门。

童明月打开笔记本电脑，一副专心干活的模样。

旁边邱伟巴巴地等着她说些什么，最后，忍不住开口说："童老师，我会去找她问问的。"

许灿是在公交车上接到自家辅导员的电话的，就快到站，所以没时间仔细编理由去说明了。她再三保证没有下次后，挂断了电话。

摄影棚里闪光灯不停。许灿来得早，还没轮到她拍的时间段，拐进化妆间，正好跟上午拍完片的职业模特们擦肩而过。

"小可爱？"李明娟探身回来，笑一笑，伸手捏捏她的脸颊软肉，"等会儿原来是你拍，我这儿下周还缺着人，你有空吗？"

许灿点点头，回以甜甜的笑容："我已经放假了，有空的。"

助理在叫，李明娟随口应了声，看着许灿笑说："那我回去联系你哦。"

"嗯。"许灿忙比画着没问题的手势。

"好，那先这样。"李明娟撩了下波浪卷长发，带着笑，踩着尖头高跟鞋走掉了。一股香风跟着变淡。

许灿笑着目送她。

李明娟是网店店主兼网红模特，要展示身材曲线的衣服都是她自己拍的，清纯类型的T恤连衣裙才找别的年轻女生。许灿帮她拍过两次。

许灿刚满十六岁就去找兼职，寒假在饭店里当服务员，节假日去街边发传单，乱七八糟能来钱的、不违法犯罪的兼职她基本都做过。

大一那年在日系服装店当导购，店长问她有没有意向去工作室当模特，活动片临时缺人。薪水真的很高，她没怎么考虑就答应了。

许灿模样标致，又是天生纤瘦的身材，非常适合穿各种可爱风格的衣服。效果实在好，她在拍摄现场就被好几个经纪人要了联系方式。之后，许灿就陆陆续续接着平面模特的工作。拍片的工作算体力活，她没足够的精力，又没有时间接外地的片，所以其实拿不到很多约。一个月也就一两单的样子。

这次是帮"软妹"服装店拍姊妹装系列。

许灿提前半小时来，在休息室化完妆又等了半小时，忍不住问了声："刘姐，什么时候开始拍？"

"问我，我也不知道，"刘倩云连打好几个电话，脸色不太好看，"王佳彤说突然要考试，这套你们也不能分开拍，只能等着呗。没事，棚到十点半前都是我们的，肯定能拍完。"

总共有六十套衣服要拍。许灿余光看看旁边的"小山堆"，喝口水，用手机看论文。反正之后也没事情，她不用着急。

又等半小时。另外一个模特小姑娘进来，慌慌忙忙道了歉，跟别的工作人员都鞠躬了。

"佳彤，快快快，都快来不及拍了知不知道？"

"我错啦刘姐。"

许灿跟着站起身，终于可以准备正式的拍摄了。

王佳彤抱着衣服进更衣室，眨眨眼，对刘姐讨好地笑了笑。她弯唇时，左眼下的地方会浮现一个小小的泪坑，有种憨憨的纯真感。

刘姐顿时也不说什么了,摆摆手:"快去吧,也是知道你学习忙,学霸。"

换好衣服出来,两人开始工作,很快拍掉三套。

再次更换衣服,走出更衣间。许灿基本不说话,王佳彤几次搭话都没有得到一点积极的回应,不由觉得自己被讨厌了。

她突然挺直接地问了句:"你是不是生气了?"

许灿说:"没有。"她本来就不是热情的人,工作归工作,私下里为什么还要演戏。

许灿倒也没有很在意她迟到近两小时,进门跟所有工作人员道歉,唯独像没怎么看见自己。只是觉得她跟顾仪大概是同类人,笑起来都天真可爱的。许灿有点一朝被蛇咬十年怕井绳了。

姊妹装系列,拍摄过程中要摆出很多闺密的亲切姿势。小声交谈当然是可以的。

王佳彤瞥了眼身边的许灿:"不好意思,我学校其实抓学习抓得挺紧的,不像别的大学,干什么都没人管。啊,我是通大的,你知道的,管得很严呀……"似是不经意地说了自己的学校名字。

许灿听说过,确实是这里还算不错的一本院校。她点点头,没说什么。因为本来也没什么好接话的。

小姑娘却像在期待更多别的反应,顿好几秒,都没等到她的惊讶追问,等到换下一个动作,不由又问了句:"你也还在上大学吧?"

"嗯。"

"那你什么学校的啊?"

许灿对着镜头保持微笑,小声说:"女子高等职业技术学校。"

"哦……"

拍完二十套,终于能停下喘口气短暂休息。

许灿拿出手机,就看见收到了一条消息。

邱伟:"我就不找你了,帮你联系了更好的谈心对象,你童老师。感到压力要及时找人倾诉。"

许灿看见"你童老师"这四个字,唇角就不由自主地扬起来。还有这种好事呢!

旁边喝水的王佳彤顺嘴问了声："男朋友的消息吗？"

"不是。"许灿拿起杯子抿了口水，难得心情很好，眼眸弯着，竟也多说了几句，"期末缺考一门，老师要来找我谈话了。"

"哦……"王佳彤不知道要怎么接话，呵呵笑两声，又干巴巴说了句，"没想到你们职业学校管得也挺严的……"

许灿拍完六十套衣服，累到耷着肩。

刘姐过来拍拍她，带点表扬意味："辛苦，等会儿跟我的车走吧，我顺路把你送回学校。"

"不用了，我自己回去就好，我那儿离得很近。"

"总跟我客气，"刘姐有点抱怨，"你这小姑娘什么都好，就是人有点冷，合作那么多次都没跟我亲切点。"

"我对刘姐哪里不亲切了？"许灿拎起包，笑容乖巧地打招呼说，"带别人吧，我先走了啊。"

"好吧，下次有活儿再联系你啊。"

"嗯，谢谢刘姐。"

刘姐是模特公司的经纪人，但不是她的经纪人。许灿就是性价比最高的兼职学生，干完活儿收钱，谁也不欠谁的。

工作结束得比她想象中要早。等公交车时，许灿看了眼时间，决定转去夜市吃晚饭，懒得去食堂。

其实磨磨蹭蹭不回去，也是为了等消息。童明月要来找她谈话呢。

许灿脸上的妆没卸，虽然是可爱甜美系，但为了上镜好看，画得很浓。腮红显眼，粉唇莹润。被夜色和橘色灯光映着，白天身上那股仙女气就不见了。

夜市吃了一圈，遇到两拨搭讪要微信的人。真要等的却没等来。

怎么还没有收到消息？许灿抱着手机，皱着眉，散发着一股不太好惹的气息，凶凶地走回学校方向。

搭讪被无视的男生目送着她小声地说："那妹子真高冷……"

许灿走到宿舍楼底，还是没收到任何新消息，想着，大概童明月在忙吧，于是打消了念头，准备洗洗早点睡觉去了。

走近，看见宿舍楼那排香樟树路口有个熟悉的窈窕身影，旁边的黑色名牌车也显眼。

刘毅庭绕到副驾驶,和郭晓雅道别。两人又是一阵亲亲抱抱,耳鬓厮磨。等终于分开,刘毅庭又绕去后备厢拎出两个大袋子,把她送到宿舍楼门口。

郭晓雅从刘毅庭手中拿过东西。许灿刚好经过,无比自然地从她手里接走那堆东西,侧侧脑袋,说:"来,接下来的路跟我走。"

"好的老公。"郭晓雅自然地应了一声,挽住许灿的手臂,笑着抬步往宿舍楼里走了。

刘毅庭不能再往前了,只好站在原地无奈地说:"郭晓雅,比我长得好看的无论男的女的你都不许多看啊,还有,你老公是我!"

"是不是有人在说话?"

"风太大了我没听见,你听见了吗?"

许灿和郭晓雅一唱一和,走进宿舍楼里。

刘毅庭:"……"

她们宿舍在四楼。

郭晓雅手里空空的,边爬楼边说着话就有点小喘:"我想说……你仰慕童老师我当然是挺你的,但你对她真就是那种……嗯……陷进去的崇拜?"

"她是我'女神'。"

"所以,你就是童明月的小迷妹?"

许灿沉默几秒,笑了笑,又轻轻地"嗯"了声:"你怎么了?也没喝酒,忽然那么操心我的事?"

"都怪刘毅庭今天给我的惊喜太甜,我感动完,回来就想到你,不能让我的小福星坐冷板凳,不然我实在良心难安!"

"你……"许灿摇摇头,放弃吐槽她,"谢谢你那么有良心。"

"本来就是我欠你的。"郭晓雅一厢情愿,且矢志不渝地真那么认为。

她那时候认识了一个很优秀的帅气小哥哥,天天跟她甜言蜜语。于是她高中悬梁刺股三年,拼命考到这里来。结果,发现自己被骗了。小哥哥优秀且"渣","老婆""宝宝""对象",还有"女朋友",全是指不同的人。

她崩溃的时候,偶然间又刷到一个秀恩爱的微博号,女生记录跟男友"奔现"的故事。

好巧不巧,里面很多情节都跟郭晓雅自己的经历很像。刚开始,为了对方而努力,考到对方的城市,等等,就是对方的偶像是完美男神,而自己的前偶像是"渣男"。

本来只是失落的郭晓雅,当场就全面崩溃了。

别人都不理解她为什么看个秀恩爱的微博能难过成这样,她也不肯说,不去上课就整天待在宿舍哭。

两天后,许灿突然跟她搭话说:"那微博我看了,他们情人节约会那天,提到天气很好游乐场很好玩,可我查了下全国历史天气,那天有地铁的二十来个城市,大半都是暴雨。只有四个小地方算天气好,可没有××品牌专柜,对不上他们初次约会的地点……"

郭晓雅红着眼,傻兮兮地张嘴听着。

许灿满脸严肃地给她分析,从故事框架整理,说到各种细节漏洞,连博主本人和男朋友的对话,都找到是网上类似的句子化过来的。

"我觉得到这儿已经可以判定了,故事是编的。这是我画的他们家的地形图,所有可能性都画了,不合理的地方标出来给你参考。"许灿把手里的草稿纸轻轻递到她眼前。

郭晓雅吸吸鼻子,还傻着,隔着一层眼泪的薄膜蒙蒙地看着她。

许灿轻叹气,最后说了一句:"你……别哭了吧。"她尾音软软的。

然后转身,重新坐到自己的书桌前,翻开书学习去了。

郭晓雅愣了好几秒,才握紧那张写满推理的草稿纸,打开看两眼。当时,那一瞬间……心中有种很强的感觉:许灿一定是她命中注定的好朋友。

她哭也哭累了,擦擦眼泪,突然间情绪大好,非拉着许灿去吃好吃的。

那晚,就遇到了来搭讪的刘毅庭,两人很快在一起,她也彻底走出阴影。

郭晓雅把所有功劳全归在许灿头上,觉得她就是自己的小福星。

不过后来,郭晓雅感动地问过许灿,当初为什么会对她那么好,明明两个人不怎么熟呢。

许灿翻个白眼，说："吵着我学习了，就想让你快点安静下来，别烦了。"

郭晓雅："……"

05

"跟你讲，你欠我人情知道吗？"

回到宿舍，郭晓雅忽然想起什么，从斜挎包里掏东西，在夹层里拿出一张稍微有点皱的券："今天晚上陈默在我们学校开小型校内座谈会，童教授会去。看，我给你搞到的票！"

许灿伸手接过那张薄薄的券："哇！"

"听见童明月会去，我就把票从刘毅庭手里抢过来了。你是才回来吗？好像没什么准备时间了，要不要先洗个澡？"

许灿喜滋滋地说好听话："太崇拜你了，晓雅仙女，啊，要怎么感谢才能稍稍报答你那万分之一的善良呢？"

郭晓雅被逗笑："行了，夸我有什么用呀。你遇到童老师别老尿就行。"

"我不尿。"

"你不尿？"

许灿点点头，保证："不尿。"

"行，去吧。"

许灿赶紧收拾好替换衣服，进浴室里。

拍摄妆容卸干净，一张白皙素净的脸蒸得红红地出来，长发滴着水珠，她随手把发绾起来，打开衣柜，挑衣服。她衣服有点多。兼职的原因，拍完的衣服偶尔是不需要归还的。

李明娟那儿的衬衫、T恤、牛仔裤，每次都直接让她拿走。许灿起初探问过成本价，李明娟大大方方告诉她，T恤差不多两块二。她就接受得没什么负担了。

许灿接的另一家网店店主在外地，每隔两个月都寄两大行李箱的衣服过来。

许灿负责用手机,对着全身镜把衣服一套套试穿拍完,都不用露脸。买家还以为模特本人是店长呢。

合作过几次后,对方表示不用再把商品寄回去了。所以许灿这个拿贫困补助的学生,莫名其妙衣柜爆满,什么风格的都有,全是新款。

她犹豫完,挑了条穿着显腰显腿的娃娃裙,边吹头发边问:"人文学院的活动肯定是李老师叫我童童一起的吧?那她们坐在前面,我好像就……嗯……"

许灿在别人面前是尊敬师长的端正优等生,乖巧腼腆。背地里,给童明月取了无数昵称。

正常点的:我老师;肉麻点的:我月、我童童、我宝贝……什么乱七八糟的都暗暗在宿舍里叫过。也就自己乐一下。

在童明月面前,她还是万年安安分分的那一句:"童老师好。"

郭晓雅嘲笑她尿,又尿又痴。

"我问过了,李薇她不去,她好像就是不去才拜托你童老师帮忙看场子。你踩点最后进场,挨着她坐下。"

"噢噢!"

"裙子挺漂亮,但大衣里还是多加件毛衣吧,座谈会结束天就很黑了,你要是看着冷,童老师绝对会让你先回宿舍的,就没共进晚餐的机会了。"

"可我已经吃过晚饭了。"

"那问问童老师吃不吃夜宵?"

"好的。"许灿从衣柜里拿件藏青色的毛衣开衫,穿上,搭配着灰色格子娃娃裙,转了个圈,一双眼眸盈盈望向坐着的郭晓雅,"这样好看吗?"

郭晓雅鼓鼓掌:"我要被你电晕过去了。保持你的眼神,去多电电童老师!"

许灿低下头,踩进泛着光泽的漆皮小皮鞋里。对着镜子理好衣服,然后抬眸又瞥了眼郭晓雅,长长眼睫衬得瞳仁亮亮的,酒窝浮现。

"怎么电啊?我不太懂这些。"语气刻意柔柔的。

郭晓雅满脸"你长得漂亮我不跟你计较"。

许灿笑了笑，坐下来，拿起那张票翻看，大大咧咧地问了句："对了，陈默是干什么的？我们学校出去的教授吗？"

郭晓雅："……"

沉默几秒，其实是在等她继续讲完自己的玩笑话，见她没别的话，郭晓雅不由愣住："你不知道吗？"

"我不知道啊。"

"你不可能不知道。"

许灿眨眨眼，奇怪："我为什么一定要知道？"

郭晓雅面色几变，安静半晌，唇边有古怪的笑一闪而过，以拳挡唇，认真地告诉她："陈默就是那个很有名的女作者，写散文游记的，《沙漠》你听过没？就是她写的。"

许灿没注意到她的憋笑："这样啊。"

郭晓雅又说："她真的很有名，当初风靡全国的'陈默热'，懂吗？今天是她去世二十周年的纪念演讲。"

"去世了？那怎么说是陈默的演讲？"

"是关于陈默的演讲，介绍生平的吧。"

"噢噢，"许灿连连点头，"没了你我可怎么办。"

郭晓雅龇牙咧嘴，嗯嗯应了，脸上笑容憋到扭曲，握住桌沿的手都在微微颤抖。

许灿忙着看镜子，完全没留意到。她吹干头发，背着小挎包抓紧时间出门了："我走了，想吃夜宵等下发消息给我。拜拜。"

"嗯嗯。"

从宿舍楼到人文学院的北边礼堂其实不远，加快脚步，六七分钟就走到了。树叶蒙着灯光，这一路有好多情侣。

许灿刚走到人文学院的礼堂门口，就看见前面的人似乎是童明月，不由心情很好地扬着唇，特意隔着一点距离，慢慢跟着她。可能怕下雨，童明月手里拿着把藏青色的折叠伞。

许灿跟在她身后，轻手轻脚的。

看她不疾不徐的步伐，黑色大衣边沿时而被风微微吹动，弧度优雅，不显身材的冬装，也有风姿绰约的味道。

小礼堂前有两级台阶。童明月拾级而上，忽然转过头说了句："你怎么也来了？"

声音清淡，没有普通老师那种关切感，但看见她的时候，镜片下的那双眼眸是浮着笑的。

她语气太自然，以至于许灿下意识地顺着她的视线往后望望，发现没人，那叫一个心虚。后脑勺长眼睛了？

她条件反射扬起乖巧的微笑。"好巧呀童老师。"她赶紧把衣服口袋里的入场券拿出来，"我是来听演讲的。"

她又干巴巴补了句："学长给的券，他实在来不了了。"

童明月弯唇轻笑了笑："那快进去吧，外面冷。"

"好嘞……"许灿先走进去了。

转弯，拐去找洗手间待一会儿，她牢记郭晓雅嘱咐的话，要瞄准童明月的座位旁去坐。

同学们陆续进场，真的是很小型的演讲，或者叫读者见面会更恰当。人文学院的学生想来都不容易，也就只有郭晓雅还能抢别人的券来助攻了。

人很快坐得差不多，童明月也从场外进来，跟并肩的另外一个男老师说了句话。男老师坐在最前面，她走向最后一排。

许灿看她坐下，很快也自然地走过去，坐到童明月身边。她坐下，都没来得及说什么话。童明月很自然地递给她一小瓶矿泉水。

水是从前面拿的，她手里握着两瓶，好像是特意准备给许灿的。

许灿接过，默不作声翘了翘唇。

先拧开，再顺手盖上，然后把开好的跟童明月手里未开的换下。

"谢谢。"童明月明显不习惯被这样照顾，道谢都慢半拍，然后神情认真地说了句，"应该是我帮你开的。"

"噢。"许灿抿住唇边的笑，拧开瓶盖，想先喝口水冷静下。

她也算胆大包天，却连多跟童老师对视会儿也不敢，或是怕心跳太快，或是怕被目光里太过明显的笑意出卖。

同学们坐齐，静了会儿，主人公很快登场了。

台上的中老年人凑近麦克风，坐在台中间，人有点胖嘟嘟的。身后的幻灯片打着他的名字。

"同学们晚上好，我是陈默……"

许灿喝了口矿泉水，目光望着台上，听见这话，水还没来得及咽下就岔进气管了："喀……"

她捂着唇，还不敢咳出声打扰到别人，脸都憋红了。

"没事吧？"童明月忙从包里拿出餐巾纸，递给她，轻拍她的后背，"怎么喝那么急？"

许灿拿纸按了按唇角，缓了半天，幽幽地问了句："他说他是陈默？"

"嗯？"

"陈默不是……"许灿把"死了吗"的大不敬咽下去，委婉地问，"他真是本人吗？"

童明月听她语气怪怪的，不由笑了："你看了他的哪本书？觉得跟想象中的作者不一样？"

许灿一时半会儿还没明白过来，说："就那本……"

童明月好奇："哪本？"

许灿当然不好意思说自己是从来不看文艺类书籍的，就回忆郭晓雅告诉她的话："那本……沙……《沙漠》？"

童明月先是愣了愣，然后唇角弯着，眼角也跟着弯了下，过几秒，才用非常平淡的语气温柔解释说："你大概是记错了。《沙漠》是一个女作者写的。"

许灿："……"她这时候才反应过来被郭晓雅骗了。

"那台上这位？"

"陈默。"

许灿视线偏了偏，顿好几秒才压下那股尴尬感，无辜地说："那是我记错了。"内心咬牙切齿。

台上的讲话继续着，老人家由麦克风放大的声音，带些气音的含糊。小礼堂的布局跟公开教室有点像，椅背又高，坐在后面就不太看得清。

许灿轻声问:"老师你很喜欢这位作者吗?"

"还好……"童明月想了想说,"看过几本书的普通读者。"

空调熏得人暖暖的。许灿闭闭眼,忽然涌上困意,这几天根本没有正常睡过觉,考试榨干精神,兼职还继续剥削体力。本来只想合一合眼,睫毛却突然变沉似的没法轻松睁开。

"最近很累吧。"

台上的作家还在讲话,所以童明月说话声压得极轻,几乎是凑在她耳旁说的:"眯一会儿怎么样?"

许灿下意识睁眼:"不太好吧……"

童明月伸手,虚虚盖了下许灿还在看着她的眼睛,小声说:"没事的,睡吧。"

童明月轻扶了下她的肩,让她可以靠着自己睡。

靠在她肩膀,鼻尖就是肩窝处,许灿闻到淡淡的香味,像花香柔软清甜又似木调雅意,毫不违地清冷又温和。不太像是洗衣液或香水味,跟她闻过的都不同。可能是发香。

眼皮越来越沉。可能是这种感觉太美好,许灿于是真就毫不客气,放任自己睡过去了。模模糊糊还想着就先稍稍眯一会儿吧。

本来该帮忙管着点纪律的童教授,端端坐直,眼睛还是看着台上,只偶尔把许灿睡着睡着往下挪的小脑袋扶正,让她睡得更舒服。

许灿几次迷糊中,感觉到她的手抚过自己脸颊的碎发,动作温柔。

再睁眼,演讲竟然已经结束了。

许灿睡得太香,醒来有种大彻大悟的神清气爽。她脸有点烫烫的,望着身侧的童明月说:"嗯?大家怎么都走了?"声音有点哑。

童明月这次是真的不太称职。明明是来帮忙的,却坐到最后都定着没动,看着那男老师一个人把现场收拾完。

她闻言语气带笑:"已经散场了,小猪。"

许灿被她那柔柔的叫法,弄得心痒痒的。

回过神,思绪转得快,眼睛扫一眼空无一人的小礼堂,许灿无辜地说:"睡醒有点饿,去食堂吗?"又反应过来,才刚睡醒就想要吃,被叫声小猪还真是不冤枉的。

"好，"童明月站起身，低头笑着看她，应下说，"走吧。"

"嗯！"许灿眼睛弯弯，跟着站起来。

刚想迈步往前走，双腿突然一软，无端被平坦的地毯绊住似的，身体顺势往前靠到童明月身上去了。

真不是装的。

座位偏低，腿放不直的状态当然会麻，睡着的时候没感觉，一站起来就不对劲了。

童明月吓一跳，忙伸手去揽住她，顿了顿："腿麻了？"

许灿脸皱成包子状，可怜兮兮地点点头："动不了，好像得再缓缓……"

"不急，食堂离关门还早。"童明月让她靠着。

许灿的手轻轻伸出，努力面不改色，环住了她。

两人身高差不多，肩挨着肩。许灿下巴若有若无轻碰在她肩窝处。

慢慢缓过来的双腿像被无数细密的针扎，刺刺麻麻，但她全然无感，满心都是此刻这个半相拥的动作。

静默半晌。

童明月还在她耳旁，说了句："最近，辛苦了。"

五个字，语气温柔至极。

许灿立刻说不出话来。她低头"嗯"了声，顿好几秒，偏过视线假装哼唧："想考满分好难好难。"

童明月轻轻笑了："从小那么有志气的。"

许灿感觉耳郭都要红了。

"已经放寒假了吧，什么时候回家？"

"今年不想回去。"

童明月"嗯"了声，没追问，只是温和地说："我基本都在学校里。不看论文的时候，也可以来办公室找我，聊聊天。看看闲书也挺好的。"

许灿顿半秒，念头几转，反应过来她是因为邱伟"心理辅导"的那层意思。

她倒不觉得自己压力大，毕竟从小就是那么过来的。

可浪费这种机会要遭雷劈的,就故意哼唧,柔柔弱弱地"嗯"了声。

应完,感觉自己装苦闷压抑装得不像,有点太做作,忙补了一句掩饰的话:"反正我也没看过几本书……"

说的什么她自己也没反应过来,反正说出来就后悔。可能也是潜意识在懊恼自己不知道陈默是谁,在她面前出糗了,透露着一股哀怨意味……

许灿低头,把脸埋在童明月的肩窝,有点没脸见人的状态,快快地说:"我腿怎么还是好麻啊,怎么办?"

"怎么办……"童明月弯了下唇,想了想,牵着她的手,"试着往前慢慢走两步?"

许灿的手被她握着,听话地往前走两步。她脸红通通的,另一只手在耳旁扇风掩饰着说:"空调好热。"

童明月闻言抬眼看了看:"邹老师走前应该已经把空调关掉了。"

毕竟人都散场好一会儿了。

许灿沉默半秒,当成没听见,揉揉脖子说:"脖子好酸,听说歪着睡觉容易颈椎反弓……"

说完,下一秒又想把舌头咬掉。

怎么着啊,人家借你肩膀睡觉你还有脸嫌睡得不舒服了?

许灿觉得自己睡完觉脑子被钻孔了,说话不带那么没有智商的。

童明月却没感觉的样子,手在她肩膀处不轻不重地按了按。肌肉那块传来酸涩紧张又放松的感觉,童明月观察着她的表情,柔声问:"有感觉吗?"

"有……"

童明月说:"有什么感觉?"

宕机中的许灿同学愣愣说:"什么都有。"

童明月笑笑放下手:"还好,也不是很僵,以后期末周也要好好睡觉啊。"

缓得差不多了,两人终于往外走。

许灿忽然嘟哝了句:"你怎么知道我没有睡觉?"她出门前可是把黑眼圈遮得七七八八,漂漂亮亮来的。

童明月说:"我看得出来。"

"怎么看出来的?"

"嗯,看不出也问出来了。"

许灿:"……"哦,遮瑕膏还是有用的。

刚走出小礼堂,就发现外面飘着细雨。天边的厚厚云层里藏着一抹淡月,淡淡清辉洒落,像是画上去的。

童明月毫不意外地从包里拿出伞,撑开来:"我的伞有点小。"

许灿没想到晚上还真下雨了:"料事如神。"

童明月无奈地笑:"是天气预报。"

到路上才发现雨不算小,雨丝落在伞面,汇成细细水流滑下来。她带的是把很轻便的折叠伞,不光伞面不大,伞骨也没那么坚固,稍微大点的风就会把伞吹得晃动。

童明月撑着伞,伞在两人中间偏得明显,这么小的伞,却几乎没让许灿淋到雨。

许灿忍了忍,终究忍不住一把握住她的手,然后往上挪两寸,握住伞柄。

在童明月投来的疑惑目光里,她轻轻巧巧地笑,无辜地说:"我喜欢自己撑伞……行吗?"

"是不是撑矮了?"童明月却没松开,把伞撑得更高些,说了句,"还是我撑着吧。"

"不要。"许灿安静几秒,闷声说,"你撑,就只给我撑。"

童明月无声地扬唇笑了下,没有说话,只是默默把伞往两人的中间倾了倾。许灿也就收回手了。

夜风细雨里,许灿又凑过去,手若有若无地环住她,轻声问:"那明天,我可以去办公室吗?"

"明天不行,"童明月似乎想了想,摇头拒绝了,"后天来找我,好吗?"她商量的口吻总如此温和。

许灿故意说:"要是不好呢?"

童明月偏头看她一眼,看清她眼里的笑意,弯了弯唇,沉吟做思考状:"那后天我来找你好吗?"语气是正正经经的。

许灿又说不出话了。脸烫烫的，垂下眼不太敢去看她，应了声："好吧。"她被郭晓雅说尿不是没道理的。

　　童明月误以为她低低的语气是不太高兴了。转过弯，她换了只手撑伞，把许灿让到道路的内侧："不看书，带你去看电影好不好？"

　　"哦，"许灿心里高兴死了，但压着，矜持稳重地问了句，"好啊，最近是上映了什么很有意义的片子吗？"

　　"片子有没有意义不知道，"童明月轻笑了声，用认真的神情说，"和你去看应该就是有意义的。"

　　许灿感觉心脏撑不住跳那么快了，悄悄深呼吸，湿润的寒风帮助她稍稍冷静一些些，语气幽幽地说了句："为什么那么会说话？"

　　走到食堂门前了。

　　童明月收起伞，把湿漉漉的折叠伞放进蓝色的塑料雨伞桶里，疑惑地"嗯"了声，接着用非常诚恳的语气，笑着说："还是第一次听到这种评价。"

　　所以，只对她说好听话吗？许灿的"血条"是真的快撑不住了。

　　一顿饭快吃完，许灿才记得要看眼手机，果然有郭晓雅的消息。半小时前，托她带份麻辣干锅。

　　走前，许灿去另一边买，等干锅的时候跟童明月聊自己设计的实验，童明月听完，又给了点建议。

　　过几分钟，麻辣干锅打包好了。许灿没忘记拆开塑料袋，打开饭盒盖，往里加点调味料。

　　童明月起初没有在意，可见她一阵猛倒，还拍了拍瓶底的架势，不由多看了一眼。顿了顿，童明月提醒她说："这个……是大蒜末啊。"

　　许灿还在拍打瓶底往里倒着，面不改色："嗯，我室友她最最喜欢吃大蒜了，我得给她多加点。"

06

　　许灿回到宿舍，把打包好的麻辣干锅递给郭晓雅，得到她隔空的一个吻。

她拿手机搜索了下陈默，看完作者的简介，又翻了下陈默的知名度等评价，然后又看了眼《沙漠》的作者。两者那巨大的差别，让许灿忍不住磨牙。

她放下手机叹口气说："我忘记了。"

郭晓雅拿到自己的夜宵盒，正喜滋滋拆着筷子，抬头问了句："忘记什么了？"

许灿："忘记帮你在干锅里加醋了。"

郭晓雅傻傻地说："可我又不喜欢醋。"

许灿叹口气："我知道。"

郭晓雅："……"

郭晓雅打开饭盖，看见中间一大坨蒜末，唇角抽了抽："我代替大蒜爱好者谴责你。"边抽了张餐巾纸，挑掉整坨蒜末。

许灿语气哀怨："你跟我说是陈默去世二十周年纪念演讲，人家陈默坐在台上，开口第一句就是'同学们晚上好，我是陈默'，害我一口水呛到，还差点问童老师，陈默不是死了吗？"

郭晓雅大笑出声，足足笑够五分钟才擦着眼角："哎哟，你真这么问了？"

许灿："没有，只是问他是不是作者本人。"

"还行啊，那不是什么事情都没有吗？"

"可她问我看过陈默的哪本书，我认真地说，我看过《沙漠》……"

郭晓雅又是一阵狂笑，边笑边把桌子拍得啪啪响，说："对不起，我让你小才女的身份崩塌了哈哈哈……"

许灿飘着回来的，想着后天那个看电影的约定，美滋滋大半天，又开始回忆今天听讲座的细节。

"干吗脸色那么奇怪，不就没看过陈默的书吗，童老师又不会真嫌弃你的。"

"没有，我就是感觉今晚表现好像不好。"

"没事儿，跟'女神'听讲座和人生的重大考试，普遍都是发挥不好的，很正常啊。"

许灿坚定地说："才没有呢，我越重要的考试发挥得就越好。"

郭晓雅嘴里嚼着虾饺，含糊地问："你确定要在这点上反驳我吗？"

"你说得有道理，普遍都是发挥不好的，很正常。"

"你今晚都跟童教授聊什么好玩的了？我帮你分析分析，估下分。"

许灿沉吟半晌，犹豫着说："小礼堂空调好热，我困了，然后靠着她的肩睡了一觉，醒过来散场了，人都走光了。"

郭晓雅反应好久，哭笑不得地说："人家童教授是去帮忙看场子的，你就靠着人肩膀睡觉？算了，睡就睡了吧，怎么散场前都没醒，她没叫你吗？"

"没有。"许灿想到童明月那声"小猪"，羞涩几秒，"她等到我自己醒的。"

"童教授真挺疼你的……"

许灿软软地"嗯"了声。

郭晓雅："那你醒来怎么说的？"

许灿仿佛失忆般沉默半个世纪："我说，睡得脖子酸，歪着睡好像会得颈椎反弓。"

郭晓雅嘴里的虾饺差点呛进气管，咳嗽几下，忙喝两口水冷静下来："怎么着，你……你的目的是炫耀自己丰富的医学知识吗？"

许灿诚恳地说："不丰富。"

她想了想加了句："还是那次你说脖子快断了，我才关心下的，然后还告诉你腰难受的话扭来扭去只会更难受，记得吗？"

郭晓雅张张嘴，勉强放过这话题不吐槽："那接下来呢？"

"然后就去食堂吃饭嘛，对了，我睡醒后……她还跟我说最近考试辛苦了。"

许灿回忆着，眼角眉梢的表情都是柔和的。

"唉！反正童教授是真挺疼你的，那你说什么了？"

"我就说，想考满分好难。"

"啊！"郭晓雅差点怒拍筷子，没见过这么笨的人，"你就不能说，虽然辛苦但很爱本专业啦，以后想跟童教授看齐啦，之类的吗？"

"可我面对考试的纯真愿望就是拿满分啊……"许灿闭了闭眼，说，"好了，你别说了，本人许灿，情商学知识匮乏，本次测验挂科，申请补考。"

郭晓雅:"别补了,重修吧。"

许灿闻言,竟然低头笑了笑说:"对象是童明月的话,我愿意重修。"

"这种话别对着我来啊。"郭晓雅挑了挑眉,又问,"外面在下雨,你没有带伞还没淋湿,我看,童教授送你回来的吧?"

许灿夸她一句聪明,然后抱着手机,去查后天上映的电影有哪些。

翌日天气晴朗。

刘毅庭带着郭晓雅逛地质博物馆,他们约好寒假刚开始的这几天,趁游客不多,逛遍本市的著名景点再回家。从博物馆出来,旁边的森林公园也是景区,顺路也就拐过去逛。

"一点都不好玩。"郭晓雅进去走了两段路就后悔,赖在刘毅庭身上,拖拖拉拉走着,"你看,那边都是中老年人在约会。"

"不是吧,"刘毅庭环着她的腰,望了几眼,解释说,"那些都是替自家小孩相亲的,没看见那些阿姨伯伯手里拿着牌子?写的都是自家的条件。"

郭晓雅闻言来了兴趣,拉着他:"那我们凑近看看呗?"

"老婆大人,你看我们这小情侣手拉手地去相亲区逛合适吗?"

"就看两眼嘛。"郭晓雅一个眼神睋过来,刘毅庭就没什么不可地带着她过去看热闹了。

"那些阿姨伯伯——"

"等等!"郭晓雅忽然拽住他的衣角,停住脚步,甚至往他身后躲了躲。眼光瞄着相亲人群里,两个有点不太和谐的过路人。

"走,跟着他们……"她象征性地捂了捂刘毅庭的嘴,示意他别说话。

经过叔叔阿姨聚着谈相亲的那段路,刚才还非常好奇的郭晓雅,无心再看。郭晓雅让男朋友也弯下腰来,两人鬼鬼祟祟地跟着前面两个人。

森林公园的大路两边全是繁茂树木,水泥路修得不是很平整,要躲藏也不太容易。

041

郭晓雅跟了一小段，就直起腰，重新牵着刘毅庭的手正常走路，小声吩咐说："等会儿看我眼色！"

"为什么要跟着他们？"刘毅庭揽着她的腰，也配合着小声说，"怎么了吗？"

"她是童明月！你认不出来吗笨蛋？"

刘毅庭嘴巴动了动，无声惊叹了下，知道为什么郭晓雅要来跟了。

他又仔细看眼前面的女人。淡雅长裙，露出脚踝的高跟鞋。光凭背影就知不俗。

他看不出衣服搭配得具体怎样，只觉得穿得挺漂亮，也能看出是打扮过的。

他忍不住小声说："他们这应该是在约会吧？"

"不是，"郭晓雅隔着棉衣捏了下他的肉，"童教授才不会跟那种老男人约会呢，肯定是她爸爸。"

"那么大还陪爸爸逛公园的话挺孝顺——"

刘毅庭没说完，转弯时就看到了男人的侧面，忙急急地说："老婆，那老男人看着不是非常老啊。"

相反，看着只比童明月大几岁的模样，还是个皮相挺好的中年男人，打扮得也很得体。

半个照面，只看得出这些。

"闭嘴吧，用你说，我没长眼睛吗？"

郭晓雅脸色都变了，心里危机感升腾着，有点不知道该怎么办。她压低声音："不可能的吧。"

刘毅庭劝她说："老婆，你要不劝劝你室友吧。"

"你不知道许灿她有多崇拜童明月。"

郭晓雅心都快碎了："有次童老师跟一男教授说说笑笑谈笑风生，当天下午，许灿做实验都失败了，看着试管叹气，我在旁边看着啊，超怕她直接把剩下半管试剂喝掉啊。"

"有没有可能她只是实验失败了叹气呢？"

郭晓雅没搭理他，两个人跟得挺紧，能看得见那男人跟旁边的童明月说了什么，然后两个人往路边长椅处走去。

郭晓雅握握拳，给刘毅庭使了个眼色。然后她就走过去了。刘毅庭没拦住，只好无奈地跟过去。

走近，听见男人客气地说了句："谢谢你浪费时间带我过来。"

童明月摇摇头，两个人刚要在长椅上坐下。

郭晓雅一下凑过去，自来熟地拉着童明月的手，笑得看不见眼睛："哎呀童教授啊，怎么那么巧，能在这里遇见。"

郭晓雅："我是张李白啊，您的学生啊！"她边说边坐下。

刘毅庭立刻挨着她的身体坐下。

这两人，不知道从哪儿冒出来的，还硬生生一屁股坐在了两个人的中间。一张普通的公园长椅顿时坐满四人。

郭晓雅拉着童明月说话，两人侧对着。刘毅庭也握起田青望的手，脸上的笑容那叫一个亲切，比跟他自家亲侄子还关系好的模样："哎，您好您好，荣幸荣幸啊……"

童明月："……"

田青望："……"

童明月抽出手，手背碰了下眼镜，视线望着郭晓雅，听她废话寒暄片刻终于有点印象了。

当然不是对"张李白"，而是对她的脸有点熟悉。

郭晓雅半点不虚地吹了半分钟，童教授的课如何如何地好，让她如何如何有收获，甚至还引起了她对化学的学术兴趣，等等。

其实，童明月上的大课，不爱点名。大小考试前，许灿都会把重点笔记给她整理出来，郭晓雅就理所当然地翘课到现在，根本没去过两次。

郭晓雅以为童明月不会记得她。但她找邱伟找得挺勤的，两人同办公室，进出时童明月见过几次。童明月能认出来她是本系的学生。

"你是有什么事情吗？"

"没有，只是感觉偶然遇到童教授很巧。"郭晓雅笑容标准，指指身边的刘毅庭，"老师啊，他是我男朋友，人文学院的。给您看看，他长得帅吗？"

刘毅庭配合地探头微笑。

043

童明月："……"

没等她说什么，郭晓雅继续语气自然地指指田青望说："老师，您不跟我们介绍下吗？"

刘毅庭继续转头对他笑。

童明月沉默了会儿，还是依言介绍："他是地质学的教授，田青望。"

"哦，教授您好。"

田青望刚已经被刘毅庭抓着强行握半天手了，无言地点点头，也算跟郭晓雅打过招呼了。

郭晓雅假装天真："您是在约会吗？我们是不是打扰了？"

童明月没有说话。

郭晓雅心都凉了大半。

顿了顿，只听到田青望说："不是约会，只是我麻烦她带我在这儿转转而已。"

童明月还是没有说话。

两人一副关系挺亲近的模样，郭晓雅剩下的半截心也凉了，拉着刘毅庭站起来说："不好意思，有点打扰童教授了。我们先走了。"

地质学家？所以挑地质博物馆这种地方约会，然后还来山里，炫耀自己的知识是吧？挺有心机的啊。

郭晓雅疯狂腹诽，研究石头的男人去泡孙悟空不行吗？

能不能对自己的事业专情一点？

"你是许灿的室友吧？"

郭晓雅刚走两步，听见背后幽幽传来的这话，平地一绊。她用力攥着刘毅庭的手臂站稳，紧张地转过来："老师……您记得我？"

"嗯，我教过你们的课啊，"童明月脸上没有什么表情，"见过你们下课一起走。许灿朋友不是很多，跟她室友关系最好。"

郭晓雅心虚又快速地算了算迄今为止上课的次数，再怎么往多里数也竖不起两根手指，腿有点软。

这都能记得她吗？还好，童教授慈悲为怀，竟然都没把她挂掉。

因为童明月认出来自己的事，郭晓雅都没敢瞒许灿了，把公园里看见她跟地质学教授田青望约会的事一五一十地告诉了对方。

许灿不可能不酸，但她还是想弄清楚他们到底什么关系。

失眠整晚猜测出的最大可能性：她是在相亲吗？

童明月跟许灿约好是下午去看电影，因为她还有一些工作。许灿编了个借口非要来帮忙。提前来童明月的办公室，帮忙分类下文件。还跟平时一样，若无其事地聊着日常话题。

讲到附近的好玩地方，许灿忽然问："森林公园好玩吗？"

她说出口后自己都愣了下，本不打算那么直接的，她连迂回着问的理由都编好了。这是潜意识的错误。

童明月从资料中抬眼，目光透过镜片望过来，很不可思议地，没有什么意外或审视。

"好不好玩，张李白没有告诉你吗？"

"张李白？"

"你的室友。"

"我的室友……"

许灿对上童明月饶有趣味的视线，慢几拍，终于反应过来这"张李白"是哪里来的。

她用力紧抿了抿唇："哦……她没说。"

童明月轻笑了笑："她昨天拉着我，让我介绍身边的人，然后小旋风一样拉着男朋友走了。回去没跟你说什么吗？"

"嗯，"许灿有点窘迫，又带着一些希望试探，尽量平淡地说，"她说童老师好像在约会，对象是地质学专家？长得挺帅的。"

"他刚从国外回来，让我带他转转小时候玩的那些地方。"

"青梅竹马？"许灿笑容发涩，还是很努力后的结果。

"不算，我阿姨事业忙，他算是我妈妈带大的小孩，后来我出生没两年，他就出国了。"

许灿听出来关键点，眉毛微扬："亲戚吗？"

"嗯，表哥。"

"那你怎么跟郭晓雅介绍是……"许灿后半句话含糊着，语气软软的，主要还要忍笑。她不能让自己面上流露出太多来。

"对外介绍说公职。"

童明月低头继续给项目文件签字,补了句:"如果昨天在公园里碰见的是你,就直接介绍是亲戚了。"口吻清清淡淡,像只是说今天天气不错似的。

许灿于是不说话了。

童明月抬眼,瞥见她垂眸想抿住唇角的笑。

她也跟着弯了弯唇。

看来是哄好了?小别扭。

Chapter 2 第二章

会闹有糖吃
HUI NAO YOU TANG CHI

01

和"女神"看电影。

许灿前天就已经了解过,最近这段时间上映的电影一半烂片一半还可以,没有什么出彩的。这很好,看的时候给电影本身分些余光就行了。

挑片的时候,童明月问许灿想看喜剧片还是文艺片。

许灿抱着某种不太光明正大的想法,指着色调阴沉沉的、原声版的某科幻悬疑国外大片,边期待拍得越血腥恐怖越好,边说:"想看这个。"

童明月当然没什么不可。

上次的讲座,许灿顺手帮童明月开瓶盖那小动作,仿佛激发了什么。童明月递给许灿的可乐,连吸管都插好了。

许灿默默地接过,默默地笑。

坐到位子上,柔软的沙发靠背贴着身体曲线。她打量着身旁人,童明月还是端端的坐姿。

银幕放映着广告,光映到她镜片上,明灭不定。很快就暗下来。

许灿全程:无心电影。然而……她尿尿地闷坐着。大银幕正播放着大电影,她自己脑海里激烈地演着小电影。

科幻就是科幻,一点阴森恐怖的点也没有,不给她尝试"作妖"的机会。然后电影就结束。灯亮,最后一帧打着参演人员和制作组的姓名,周围人陆续站起身。

许灿呆愣愣反应两秒,这就放完了?

许灿心中悲哀,深刻认识到什么叫思想上的巨人,行动上的矮子。

回神，童明月已经拎包站起来了，看着傻坐着的她，笑问："去吃饭吧？"

许灿点头，走出影厅的时候，问了个关于女主的支线剧情："她说那句话是真没看见弟弟，还是暗示呢？"特意问前期细节，像是为表现自己是有在看电影似的。

童明月说："我也不知道。"

嗯？记忆力超强的童教授说她也不知道？

许灿凝神，假装不经意问一下："你没认真看吗？"

从影院出来，转弯口就是家连锁的快餐餐厅。

童明月先问她晚饭要不要吃这个，等进去了，才答了句："是没有怎么认真看。"

哦……许灿开始心思飘忽了，想到不知从哪儿看来的话说：带着其他目的去看电影，看完一半以上的剧情是不合格。反正她确实没看完整，光想东想西，和用余光注意童明月了……

"怎么了，电影不好还是不喜欢看科幻悬疑片？"她是闲聊的口吻。

童明月应得也很随意："没有，就是没怎么能集中精神。"

她们坐靠窗位置，玻璃映着两人的身影。

餐厅光线在她脸庞罩上一层暖色。童明月拿起手边那份菜单，目光温和，眼底有淡淡青色，多少透着些疲意，浓睫投下如扇深影。

许灿刚精神一抖擞，转眼蔫了。

许灿开始心疼童明月。知道童明月特意带她出来玩，大半是因为辅导员邱伟误会她缺考是压力过大，怕她出现心理问题，托童明月来开导她。明明那么忙：看不完的文献，带的两个项目，而且时不时还有授课任务……

点单的时候，要拿铅笔在纸片上圈出食物的编号，童明月问她想吃什么。许灿心不在焉说都可以。

童明月说："你先看看，别说都可以。"她是忽然用那种站在讲台前般稍微严肃的语调说的，手指还特意点点菜单，"看这里。"

许灿下意识听话，目光落到彩色菜单页面，又觉得哪里不对劲，突然察觉到什么似的，悄悄别过脸，正好瞥见玻璃外正对着的转角有对旁若无人的情侣。

在影厅前没两步,两个人就拥抱着热吻,身体贴得紧紧的,场面火热。

许灿抬眼看下童明月,果不其然,撞见她无奈又略尴尬的表情。

"扑哧。"许灿真的没忍住,不当心就笑出来了,以拳抵唇,旋即恢复一本正经的纯洁乖巧模样。

她拿着水杯,当作什么都没看见地喝着水,心想:还当我是几岁的小孩吗?

童明月继续若无其事地翻着菜单,顿几秒,用端正娴雅的神色,轻轻念了句:"不听话。"

许灿一口水差点呛到,艰难地咽下去,垂着眼瞧她,稍微抬手把杯子贴在脸上降降温,小声嘟哝了句:"什么嘛……"无辜死了。

童明月垂着眼,弯唇笑了,带过话题,问她的室友寒假准备回家吗,什么时候,又问她寒假留校计划做些什么。

许灿就跟她有一搭没一搭聊最近发生的事。

童明月听着,偶尔给些建议。她从不会拿自己的想法去引导许灿,而是帮她完善,让她的想法更清晰;也从不吝啬鼓励,就算难得有不赞同的时候,也不会勉强她。

"良师益友"这个词,在许灿心中是直接被童明月整块填满,具象化的。

可惜她虽然乖,也只是表面装乖。

她的不停上进,最终目的是能跟对方肩并肩站在一起。

贪她的才,图她的学。

吃过饭,天色彻底暗下来了。

童明月把她送回学校前,特意转到旁边那条路,让她在车上等着,自己下车,去某家网红奶茶店打包了两杯奶茶,让许灿带回去分给室友一杯。

可能是许灿手里捧着奶茶,脸上不情不愿的模样流露得太明显。

童明月忍不住取笑她:"这么小气呀?"

"没有……"许灿看着车窗外的路况,判断着还有多久就该回学校了,小声说,"我会让她感恩戴德、顶礼膜拜着喝完的。"

童明月扬了扬唇:"夸张。"

重点大学里优秀自律的孩子不少,勤奋的人大把,可许灿这样苦行僧式的还是凤毛麟角。把高三的状态和压力复制到大学,容易努力过了头。

虽然她本人可能尚且没有感觉,但长久以来的加速前行,带来的疲倦,是很容易积攒下来压垮人的。有时候停下来的休息也是一种前进。

车再往前,几乎转个弯就到学校了。

霓虹灯组成的各种牌子,掠过去,一排排橘色路灯像吹不灭的蜡烛,天暗地不眠,大城市的夜景总是美的。

许灿抿唇,眼眸随着光线明灭不定,奇怪为什么这条路,道路规划那么好。就一点都不塞车?简直没道理。

童明月的车顺利开进学校里,停在她宿舍楼下:"今天还算开心吗?"

许灿睨着她,弯弯的眼眸里亮着星星的光,沉默了一会儿,才偏过头说:"你知道的呀。"

语气轻轻的,又脆又娇。

童明月一下就笑了,无声地弯着唇,顺手帮她解开安全带搭扣,温声说:"上去吧。"

宿舍楼底下时不时有人路过。

许灿还不想走,她脑袋里飞速地想着还有没有什么事情,多说会儿话也好:"明天开始我们学生就算正式放寒假了。"

童明月:"嗯。"

"老师们是几号放假?"

"比你晚三天。"

许灿想了想,犹豫着还是问出来:"上次说,你寒假也得待在学校忙项目的事是吗?"

童明月之前其实是顺口一说,她确实有很多东西要忙,但不至于完全放不了假。来不来学校,什么时候来学校,都看本人意愿。

她顿了顿,说:"大半时间都在的。"

02

许灿上次在摄影棚里遇到李明娟,她说有片要找她拍。本来以为这话算半句寒暄,没想到真那么快有工作机会了。

一天拍摄四十套衣服,挺从容的量,却给绝对高于市场价的五千元报酬。

她早晨到摄影棚,本来以为是一套衣服就得拍百来张的高质量照,也做好了被挑剔的准备,没想到还和往常一样,很普通,顺利拍摄着,没有任何难度高的精细要求。

拍到十点半,李明娟的助理拎着两袋子食物进来,提前招呼大家吃饭了。

"休息休息,大家先来吃点东西。"

袋子里是炸鸡,还有酸奶淋的低卡水果沙拉,喝的东西有雪碧可乐,也有高纤维果蔬汁。

两大包的白色塑料袋,拆开来,众人各自扒拉着自己要吃的东西,随便拖个凳子,坐在一起吃起来。

许灿换好自己的衣服出来,看见折叠圆桌旁只剩下两个空位,赶紧加快脚步走过去。拍了半天照,她绝对不想继续站着吃东西。

她刚坐下,旁边另外一个模特小女生也小跑过来,把最后一个位子坐了。

两人从塑料袋里拿吃的。许灿随手摸了盒出来,拆开纸盖,往炸鸡上淋酱的时候,旁边翻半天才找到心仪食物的模特小女生,万分诧异地问了句:"你一个人吃这个吗?"

"嗯……"许灿瞥眼她面前的塑料盒里,就蔫不啦唧的菜叶子和水果块。有点不好意思,她把整盒炸鸡往旁边推了推,友善地笑说:"分你一半吧。你吃这个酱吗?我还只加了一点。"

"呃……"小萌妹愣住。她回过神,忙摆摆手指着自己面前的沙拉说:"我吃这个就好了呀。"

"没关系的啊。"许灿觉得人家是不好意思,忙把一次性手套拆开，顺手递给她说，"反正我也吃不掉，我们一人一半吧，浪费多不好啊，对吧？"

"不用……"

"没事啊，真的没事。"

"你们谦让什么呢？"李明娟拆着发顶的藏青色发带走过来，撩了撩长发，笑着说，"炸鸡订了很多份，袋子里面肯定还有的。"

许灿："啊？"

小萌妹委屈脸："你吃不掉不可以带回家吗？我真的不想吃。"

许灿："……"

另外两个模特小姑娘换完衣服围过来，掏袋子："吃东西吃东西，饿死了。"

"欸，没位子了吗？"

女生眼风一扫，男士都默默地捧着炸鸡站起来了。

"太好了还有好多沙拉呢，就怕过来晚，只剩炸鸡了。"

"这是金枪鱼的，我想吃全素的，跟你换好不好？"

"对不起啊，我也不爱吃金枪鱼……"

许灿心里怪不好意思的，她摸袋子的时候是随便拿的，桌上别人的也都是炸鸡，她以为就是普普通通的炸鸡了，还认定旁边小模特手里的沙拉是附赠的。

她还以为自己拿了最后一份，过意不去，像傻瓜似的非逼别人一起吃自己的这份炸鸡……

可能是许灿怀疑人生的表情太明显，李明娟掩唇笑了笑，弯腰从袋子里找了瓶果蔬汁拧开来，轻声说了句，不知道是讲给谁听的："可乐加炸鸡二十二元，果汁加沙拉四十三元……"

许灿抬头看她："……"

李明娟："扑哧。"

除了这小插曲，整天的拍摄都很顺利，许灿拍摄最后一套衣服的时候，才三点钟不到。

李明娟自己的拍摄工作早就结束，她站在旁边，通过液晶显示屏观察片子效果,对许灿的照片格外满意。她忍不住用手指点点屏幕里许灿的下巴,问身旁的男人:"她是不是特别有感觉?"

"嗯,表情管理和镜头感是天生的,看样子还不是专业的吧?学生里挺少,你哪儿找来的宝?"

"偶然发现的。"李明娟笑着说,"长那么漂亮的女生,难得在镜头里不失色,还更加漂亮了。"

"你想培养培养吗?"

"不知道她给不给我这个机会。"

"说笑了吧,哪儿还有李姐搞不定的学生妹?"

李明娟不置可否,继续在原地站了会儿。

直到许灿拍完最后一套衣服,收工,进更衣室换好衣服出来,准备打招呼走人了。

李明娟过去,笑吟吟地把手里的名片递给许灿:"小可爱,我又开了家实体工作室,准备把店里那些可爱风格的衣服都放到新创的品牌下面……简单说,就是开新店了。"

许灿接过名片,看眼上面的品牌标志和地址:"哇!那很好啊。"心里好奇,她既然网店做得那么成功,实体服装店日渐式微的情况下为什么还要开线下的分店?抓住已经有的客户群体不好吗?

李明娟满脸笑容,闲聊说:"难得网店那么有人气,不利用下多可惜。那商场地偏,店面都快租不出去了,租金很便宜,就算开了真没人来至少也给我的网店提高档次。"

许灿觉得很有道理地点点头,下一个念头就是,自己这样故步自封、裹足不前的人果然是没有经商天赋的。

但就在她完全没放在心上,随手把名片塞进包里,准备说两句好听的社交辞令结束对话时,李明娟突然走了过来。

她手肘搭着许灿的肩膀,目光平视前面,眼底映着摄影棚里不停闪烁的闪光灯,小声说:"借我靠一会儿,这双高跟鞋难穿得要命。"

许灿视线往下,见她踩着的尖细高跟目测有十厘米,还是最难穿的尖头,没有任何系带。

"要不要扶你去旁边坐会儿?"许灿建议说。

李明娟撩了下微挡眼的斜刘海，笑着扬扬下巴："坐不了。不是人人都和你一样不需要费心教的。"她得看着新模特的拍摄。

　　许灿犹豫着，不知道她准备靠到什么时候，还是小声提醒说："李姐，我今天已经拍完了……"

　　"你等会儿没事了对吧？"

　　"嗯。"

　　"可惜我今天要待到很晚，本来想请你去吃大餐的。

　　"要不是你，我根本不会想要另开新店的，所以你一定要来当我的模特，这样，Flora才一定能做起来。"

　　李明娟从风衣口袋里把办公室的钥匙摸出来放在她手心："从那天第一眼看见你，我就很看好你，我敢打赌你一定能成为优秀的模特。还记得第一次来过的地方吧？"

　　话落，她拍了拍许灿的脸颊："过来找我，给你看新店的筹备。"

　　许灿往后退了两步，笑容收敛，愣怔住，缓了好久也没想明白。手里还拿着那把钥匙。

　　那么想让她当她新店的平面模特，给钱就行……

　　刚刚被许灿逼着一起吃炸鸡的小萌妹也换好衣服了，她走前，还对许灿笑了笑："你怎么还不走啊？"

　　这话就是个招呼，跟拜拜同意思，谁知许灿回神，竟然直直地走到她身边来了，还搭话问说："你是准备回家吗？怎么走呀？"

　　小萌妹明显愣了愣，还是老实说："嗯，回家，我打车走……"

　　"你家住在哪儿？"

　　"嗯……"刚认识第一天的陌生人问你家在哪儿，小学生都知道不能老实回答。

　　许灿说："好吧，我就想看看顺不顺路，我也打车，没准可以捎带送下你的。"

　　"啊，没事……"

　　短暂沉默几秒，气氛有点微妙。

　　两人走到门口的时候，许灿又轻轻说了句："不好意思啊，中午我不知道袋子里有很多盒炸鸡，还以为自己拿了最后一份。有点不好意思，才想跟你分着吃的。"

"啊，没关系……"小萌妹明显不好意思了，又不知道该说什么，就只好努力笑笑了。

"其实感觉拍这片拿得是不是有点少？以前接海报要多点。"许灿似不经意地问了句，"你拿了多少？"

具体工资在企业都算是要保密的东西，兼职收入也挺敏感。打听一个比较隐私的问题容易被拒绝，所以就在此前，再打听一个更隐私的问题。已经拒绝过你一次，下一个不怎么敏感的问题对方就会补偿性地回答了。

小萌妹说："不算少吧，我拿了五千块钱……"

"噢，"许灿满意地笑了笑，"你应该拿的，你那么棒。我走了，我回去是另外一边的路，拜拜。"

"嗯好，拜拜。"小萌妹跟她招招手，往前走几步，站路边打车的时候突然想到：这不是还没说她家在哪儿吗，怎么就知道不是一个方向啊……

许灿走到路口，穿过斑马线，去另一头的公交车站等车。

心里松口气，幸好大家薪水都是相同的，少拿点就算了，万一因为某些奇奇怪怪的事情，她比别人多拿了一笔，还真不知道要怎么弄……

李明娟在挺偏的写字楼里租了办公室，许灿第一次去，是为了让财务改掉自己预留的转账卡号。她爸的那张卡被冻结了，虽然别人可以转钱过去，但取不出来。

说是财务，其实就只是管基本出账入账的会计小姑娘，叫出纳比较合适。

许灿在那儿磨了大半天，最后还是等到李明娟回来，才把银行卡号更新成自己的。

就去过那么一次。不过也很意外了，她之前以为网店线下应该就是仓库和打包，没想到麻雀虽小五脏俱全，跟个小公司似的。

她上公交车，手机收到消息，李明娟问她对"恋爱"是什么看法。

许灿："……"

她读了两遍短信，等手机屏幕暗掉，又仔细琢磨了会儿，接着叹口气，走神了会儿，突然想到李明娟的发型是长发波浪卷。

许灿边想着，边给李明娟回消息。

"每个人都有追寻自己幸福的权利吧，哈哈哈，就跟我和我男朋友一样，都是很美好的爱情。"她拒绝别人都一个套路。

很快收到李明娟的回复。

"你还有男朋友？从没听你提起过啊，感情很好吗？"

许灿习以为常，那么多年了大家都是这个问题。她有一个固定回答。

"嗯，我们是青梅竹马，我追了他好多年，他在努力工作等我毕业就结婚，所以我平时不能太黏人，得懂事啊。哈哈哈。"

她"男朋友"陪着她长大，当然青梅竹马。只是那么多年，男朋友连个名字都还没有，许灿懒得编。

再也没有短信了。

许灿琢磨着，什么时候把钥匙还过去？

最好先等两天，如果李明娟一切如常，那她也当作无事发生。平面模特，做起来毕竟是赚钱比较多的，损失单子有点可惜……

许灿隔了两天，给李明娟发消息，问她什么时候方便她把钥匙送回去，或者交给别的哪位，顺便问了下，为什么新店拍片的事得去办公室找她。用种非常不谙世事的口吻。

很晚才收到回复。

李明娟说她在出差中，钥匙麻烦她一个人放到办公室就行。开新店后，写字楼的办公间也换地方了，现在应该收拾得差不多，没有人在了。

许灿答应下来。

她这些天待在实验室里候着自己的化合物，好不容易有成品，想着送钥匙又不着急，就没立刻去。又隔了天，才抽空下午去趟远郊。

公交车两个多小时，路上颠簸，她背单词背得有点头晕。到目的地，天已经黑下来了。

这栋写字楼挺旧的，之前工作日去的时候就非常安静，附近总像没有人在。今天是周末，就更加安静了。

李明娟那个楼层，坐电梯上去，开门就有种人去楼空的感觉。看得出是前两天搬的地方，灰色地毯上还留着胶带和几块瓦楞纸板。

许灿凭着回忆，转到李明娟的办公室。只要开门，把钥匙放到办公桌的抽屉里，任务就完成了。

走廊越往里面越是黑漆漆的。

前面的办公区还有落地窗透进来的光，这里完全没有，许灿拿着手机，低头找手电筒模式的时候，人已经到了李明娟的办公室门口。

她掏钥匙，借着手机的光，对准锁孔，里面突然传来了说话的声音。

"你……"

许灿吓得浑身一抖，冷静的天性让她没有尖叫出来，只是微微退后半步。

"要不是你，我根本不会想要另开新店的，你一定要来当我的模特。这样，我们的Flora才一定能做起来，从那天第一眼看见你……"

许灿从惊吓中回神，很快意识到声音的主人是谁。她不知道李明娟为什么在，没意识到有种出差叫出短差。

"真的吗……"

许灿背靠着墙，耳里不停听到她们的声音。她低头闭眼，揉着眉心缓半晌，无声笑了。

这熟悉的台词……所以那天一眼到底看中几个人？

姐姐，你真对不起我前几天胡思乱想浪费掉的那半个小时……

03

许灿压低脚步声出去，离开写字楼，在周围找个咖啡厅坐着，背了两小时的单词，拿出手机，许灿给李明娟打电话先确认一下。

接通后，听见她自自然然的声音，说自己刚出差回来，现在正好在办公室里。

李明娟是下楼来接的许灿，许灿把钥匙给她，李明娟笑说要带她去吃晚餐。许灿有意无意地说了句："不用，天已经很晚了，你还是带别人去吃晚饭吧。"

许灿走到公交车站，确认了一下末班公交车应该还能赶上。冷风刮着脸颊，她抬手把帽子戴上了。

忽然有点想童明月。

其实不算突然，她控制自己去找她的频率，刻意闲时变忙，就算想，也只是藏在碎片时间里深深细细地想。绝对不能过于依赖，不能得意忘形，不能轻举妄动。

许灿扬着唇，有点感叹，怎么就还真被李明娟唬住了会儿呢？

许灿顺利等到最后一班公交车。

上车后，找靠后的位子坐下，目光望着玻璃窗外，一路灯辉夜景映入眼底，流淌过去。她目光迷离，心思顺着有些颠簸的路散出去，想到那年第一次见到童明月。

许灿是跳级升上高中的，老师们都拿她来作为学生榜样，对她寄予厚望。她还不懂什么是捧杀，只是觉得不能辜负大家的期待。

只有读书，许灿从来没有真正输过。

虽然本身不算天才类型的学生，但依靠扎实的努力，一分耕耘一分收获着。她对自己的要求是第一名，丢一分就是没学懂。

有次测验考结束，许灿走在回家路上，接到了奶奶的电话，让她先别回来，追债的人正在堵门讨债。

问爸爸在哪儿，爸爸人已经到外地躲起来了。

她刚考完试，正是精疲力尽的时候，走到半路，天完全暗了下来，抬头看不见什么光，路灯也黯淡。那时候她才十四岁，一个背着沉重双肩包的女孩，还能去哪里。

没办法，许灿悄悄地回了学校。

怕保安拦着问东问西，她从操场后面绕路，踩着围墙砖块间的缝隙爬过来，再猫着腰，远离老师会出现的地方，躲在食堂三楼的楼梯间。

她的高中没有晚自习，食堂关门很早，六点半以后所有人都下班了。楼梯间锁住，也没人会再上三楼来。

许灿就傻傻待着。时间一分一秒地过去，越来越静，楼道里的光线慢慢消失得干干净净，转眼间伸手不见五指，只有黑影笼罩在身旁。

天地间仿佛只剩一个她，被抛弃，被遗忘。

许灿想到回不了家，就哭了，又因为实在很累，哭也只是无声地流着眼泪。她边哭边走下楼，肩上背着沉重的书包，不知道能去哪里。

下意识想去最熟悉的地方待着，走到班级，却发现门被锁得牢牢的。

许灿站在门口，心里已经有点崩溃了。挨个确认完窗户，发现值日生非常尽职，自己真的进不去。

她眼泪扑簌簌地滚落下来，不是说上帝关上一扇门就会留一扇窗吗，怎么连窗都不给她啊。大颗大颗泪水，连长长睫毛都糊在一起，看不清前面的路，边哭边慢慢走出去。

空无一人的教学楼前，黑暗寂静，是和白天完全不同的气氛。背景的年级展板上，还登着上次考试的成绩排名榜。高一的第一名：许灿。

许灿坐在台阶上，脸藏在手心，缩着肩膀哭得不能自已。反正没有人看见，她也很久没能大大方方地哭了。

没想到，头顶突然出现一个声音，问："你怎么了？"

那个瞬间，许灿是真的被吓到浑身一颤。脑袋发蒙地抬眼，还以为要遇见童话故事里骗伤心小孩的女巫了。

她隔着眼泪，仰下巴，就看见穿白衬衫黑裙的年轻女人，微微弯腰看着她。视线对上，许灿下意识地吸了吸鼻子。

"怎么还不回家？"声音平缓柔和，悦耳到能让哭泣的孩子走神片刻。

"我……"许灿磕巴着，当然不想说实话，刚考完试，下意识就说了句，"我考试没考好，不想回家。"

童明月弯了弯唇，是那种官方而温和的笑，在漆黑的夜里，依旧是带着温度的。

沉默几秒。

她似乎还不擅长顺口说出那些教师最基本的老套安慰话，只从包里拿出纸巾，递给她。

许灿怔怔没反应。

她其实迷迷糊糊觉得，这时候应该是别人帮她擦掉眼泪才对。也不知道为什么这么觉得，好像电视里都是那么演的。所以她望着童明月，愣是没伸手接。

两人隔着浓厚的夜色对视几秒。

童明月眼光微动，像是读懂了她的意思般倾过身，弯了弯唇，蹲下来，一只手轻托住她的下巴，纸巾柔柔地擦掉她脸颊的泪痕。

许灿回过神来，她这下是后知后觉，感到有点不好意思了，微微侧了侧脑袋。许灿垂着眼，想从她手里拿过纸巾，伸出手时不可避免地搭到了童明月的手，触感温软。

许灿刚哭完，还不自主地抽噎了一下，她咳嗽了几声，微窘着。

"你哪个班的？"童明月于是把纸巾放在了她手里，抚了下裙子，在许灿身边坐下来了。

许灿没有回答，这问题太像老师的语气。

等了一会儿，童明月轻叹口气，转而说别的。

从书本外特别重大的事情开始举例，又说到学生间熟悉的经典勉励故事。各种侧面暗示、正面引导，总之特别认真地安慰了她半天。

许灿点头都点累了。她又不是真的考试没考好……

最后童明月要送她回家。

许灿往家里打了电话，含糊着跟奶奶确认自己是不是可以回家了，得到了肯定的答案，堵门的人已经走了。

她于是背着书包，再三跟童明月保证自己家离得很近，不用麻烦她送，在童明月的目送下离开了。

那天回到家，等所有的事情都做完，许灿躺在被窝里，才开始慢悠悠地思考，晚上遇到的那个漂亮大姐姐是什么人。绝对不是老师，不然她不会一点印象都没有。

想来想去，许灿还是没有想到任何靠谱的答案。见她时是大哭着的缺氧状态，过后回忆，甚至还有些不太真切的感觉。

心里带着这件事入睡，隔天醒来，她脑袋里还记挂着这件事，残存着的不真切感更重。

如果童明月就此不再出现，时光流逝，许灿再回忆起这幕，说不定真当成是自己当时压力太大出现的幻觉。

许灿照常去上学。

当童明月以代课老师的身份,被班主任带进教室跟大家介绍时,许灿手里的圆珠笔没拿稳,滚到地上……差点惊掉下巴。

她穿着浅色的套裙,漆黑柔顺的发垂在胸口,眉眼如水墨丹青,气质清淡端雅,偏双眼皮弧度完美,衬得那双眼眸大而明亮。站在讲台边,却像站在一架白色钢琴旁。

没等同学们惊艳完,新老师第一节课就发了测验卷下来,开始考试了。

许灿拿到试卷,发着愣开始写,把选择题做完后才回神,判断出这只是难度不高的摸底测试。

她看讲台上方的时钟,还早,翻翻试卷,后半张果然都是基础题和典型题目。化学本来就是许灿擅长的科目,一下有些放松,趴着有一搭没一搭地填化学方程式。

其实是有些懒得写了。还剩下最后大题的时候,距离童明月给出的考试结束时间还有很久,许灿放下笔,想先借着困意睡一会儿,等要交卷前再把最后两道大题填上也不迟。

她趴着写试卷的时候,童明月已经在注意她了。刚进教室,就很快发现她是昨晚那个在教学楼前抱膝痛哭的小孩。

昨夜光线太暗,小孩看着年纪很小,没想到在光线充足的地方,看着更小了,比起高中生明显更像是初中生。

童明月走下去,停在许灿身边弯下腰,担心地问:"怎么了?是不是身体不舒服啊?"

许灿趴着迷迷糊糊都快要睡着了,当然也不想挨骂,就顺势点了点头。

下一秒,童明月很自然地伸手贴着她的额头量体温:"好像没有发烧,是哪儿不舒服?"

可能是她温柔的关切声线太悦耳,许灿下意识就顺着哼唧了下说:"头有点晕。"

童明月问她要不要紧,许灿说没关系,趴一会儿就好了。

最后,许灿一直装不舒服趴到了随堂测验结束,试卷空着的两道题也没填上。

那次考试,她罕见地拿了全班倒数十几名。不过在摸底测试后,许灿的化学成绩也一直这样,保持着倒数第五到倒数第二十之间的水平。

她作为一个挑不出错的优等生,却偏偏连化学作业都不肯交。

童明月问起,她每次都说没做或没有带。

这两个理由在老师眼里当然都是没做的意思。童明月无可奈何,然后就意识到自己是不是被这小孩讨厌了。

反省了下,也只可能是教学楼初次见面的时候,被她看见哭鼻子,小孩感觉伤面子,所以就有点讨厌她吧。

童明月因此找她谈话。

许灿认错态度认真,忏悔也诚恳。但绝对不承认是因为讨厌老师,只说是化学越学越难,她学不进去,每个人都有自己并不擅长的科目。

童明月冷静地说:"可是你之前还是第一名的分数。"

许灿淡定地说:"突然就不擅长了。"

她平常上课确实是认真的,童明月于是将信将疑,又开导几句,最后让许灿放学就来她办公室报到。她开小灶给她补习化学。办公室里每天都准备好了各种小蛋糕和零食,哄着她写卷子。

许灿就这样跟童明月关系越来越近。

童明月批试卷,她就坐在她身边看着,吃着她为她准备的零食,有时候还搭把手帮她把选择题批掉。

童明月把别的不写作业的同学拉到办公室里来,就让他们站着靠着窗台把作业补齐。

截然不同的待遇。

偶尔有非常不乖的学生,童明月也会训人,许灿就喝着热水在旁边附和,你一言我一语的,面前低着头听训的学生总是心情万分复杂。

然后童明月说不了两句,就会不自觉被许灿逗笑。也真说不了两句,就把人放走了。

那时,许灿只觉得每天都过得好开心,上学不再是平缓而无趣的。不去细想自己次次化学考试都留空两题是什么心态，从别的科目上面把排名的总分拉回来，更努力也更高兴。

04

直到隔壁班有个人找她。

许灿对自己长相漂亮这点，很早就有意识。不单源于身边亲戚长辈们的夸赞，同龄人之间，她只是安安静静待着，就总能收到男生塞来的礼物，被讨好，被恶作剧。

初中跳级，也是因为原来那个地方学校里的流氓混子太多，实在耽误她。换到了高中的环境，身边都是比她大两岁左右的人，自然隔着层疏离的照顾感。许灿只跟后桌徐倩雯走得近，人际关系简单，每天就是认认真真学习。

那女生叫什么名字她都记不清了，因为是隔壁班的同学，她们只是合班课上的同桌，在许灿眼里那个女生只算半个熟人而已。外教课还都是互相称呼英文名的。

当天是圣诞节，学业还不那么紧张的高一高二都有小活动，同学们带点糖果来教室里发发，老师看见也不会管。

许灿被她叫出教室，手里接过塞来的一把水果糖，花花绿绿的玻璃纸，在光线下亮闪闪的。

那女生具体怎么说的她已经忘了，只记得自己完全傻了，几乎小跑着躲回教室里。

她缓了很久，趴在桌上，心还在狂跳，长长睫毛不停地颤。

不知道是被吓到，还是别的什么，徐倩雯问她怎么了，许灿没说。

这件事，过了好几天都莫名地深深记在心里，虽然她总让自己尽快忘掉。

隔了两天。

早晨下着淅淅沥沥的小雨，天空灰蒙蒙，窗边飘进香樟树淋湿的清爽气味，还带一点点草木的土腥气。教室里都亮着灯。

本来以为大课间的跑操不必去了,谁知道刚到跑操前的半小时,雨就停住了。学生再祈祷也没用,下课铃一响,操场上准时放起《运动员进行曲》。

大家唉声叹气,推推搡搡地下楼集合。

许灿的体力不好,大课间的一千米跑操对她简直是身心折磨。以前徐倩雯在前面还能悄悄拉着她跑步,能稍微轻松点,后来被老师看见,以这样跑步不安全为由把两人分开了。

教师办公室在教学楼中间位置,正对着操场。长廊里,主席台那边的跑步声轰轰地朝这里传过来。

童明月站在走廊往下望,看许灿有没有去跑步,很快在蛇形慢跑的人群里找到她。

许灿个子矮,站在第一排最旁边,满脸无可奈何地跑着。挥手臂的动作无力,脚步沉重,明显已经喘不匀气了。跑步姿势很可爱。

童明月看着看着,不禁扬唇笑了。

许灿忽然无意识地抬眼,往教学楼一瞥,两人目光对上了。

童明月赶紧对她挥了挥手里的试卷,纸张在风里翻动,示意她等会儿就不用再来一趟办公室了。

谁知许灿傻不棱登的,不知道在想什么,看见她的动作,表情跟着笑开,然后,也朝她挥了挥手。

挥就挥了,下一秒,她还因为走神,没注意前面过弯道,径直往前撞到旁边的人。自己身体不平衡,加上雨湿地滑,没稳住摔了跤。

童明月站在高处远远看着,不太看得清她那跤摔得重不重。

许灿本就是身处最内侧的跑道,在转弯处摔跤,整个人都躺进操场中间那块草坪里。

幸运的是草是软的,也避免了被后面的人不小心踩踏到。

许灿等两个班级都跑过去,坐地上,看了眼撑地的手掌心没被蹭破,摔得根本不痛,于是赖着又坐了会儿。

再抬眼去看,童明月已经不在走廊里了。

等剩下几个班都跑过去了,跑步结束,许灿直接走到集合的地方。

班里同学看见她纷纷问了句:"没事吧?"

许灿笑说:"没事。"

徐情雯快步走过来:"要去医务室吗?"

"不用去。"许灿毫不在意,等班主任一说解散,立刻屁颠屁颠跑去办公室里找童明月。昨天的补习结束,童明月让她大课间去办公室拿试卷。

没走上二楼,在楼梯间里遇见走下来的童明月。

"老师你去哪儿呀?"

"教室。"童明月看她要往办公室去的架势,"刚刚不是跟你挥过手,让你不用上来了。你不是看见了吗?"

"啊?"许灿特别意外地说,"那不是让我加油,快点跑完上来的意思吗?"

童明月忍不住低头笑了笑,有点无奈地走过来,停到许灿面前,扯好她校服的下摆,帮她拿掉衣服上沾着雨水的小碎草,又问:"衣服都湿了,刚才摔得疼不疼?"

许灿低头,看着衣服身侧那块潮湿的地方。往满是雨水的草坪里重重地躺了躺,能不弄湿吗?

"一点都不疼。"

童明月拉着她的手掌心细看,见没有什么伤口:"下次小心点。外套还是脱下来吧,穿在身上等会儿会感冒的。"

"不要,"许灿没心没肺地笑着说,"里面就穿了一件,没有外套很冷啊。"

童明月闻言无奈道:"穿着湿掉的衣服就暖和吗?"

继而,她转过身,道:"跟我过来。"

许灿跟着她上楼,走到办公室里。

童明月拿给她一件黑色的外套,说:"洗干净的。你先穿着吧,校服脱下来给我,中午拿回去洗完烘干再带给你。"

"不用……"许灿捧着她的衣服,整个人害羞到都有点发蒙。

虽然她潜意识喜欢亲近她,但这种穿她的衣服的程度还从没有过。一下好像有些太亲近,她心里怦怦乱跳,有种说不出来的感觉。

耳朵发烫,许灿只能暗自祈祷脸上别显现出来,低着脑袋,小声地说:"太麻烦你了吧……"

童明月好笑地拧了下她鼻尖:"现在不好意思麻烦我了?平时怎么没有这种自觉,嗯?"

许灿:"……"

"老往我办公室跑。"

许灿闻言抬头瞪了她一眼,幽幽说了句:"老师,我是被你逮到办公室里的。"

童明月语气带笑:"因为什么呢?"

许灿:"掉成绩还不写作业……"好吧,闹到哪儿去都是她没道理。许灿乖乖把湿掉的外套脱掉,一声不吭,不知道心里在想什么。

童明月打量着她,见她垂着眼,长长眼睫轻轻扇动,湿掉的外套脱下,拿手里随手就团了团,又觉得不太好的样子,稍微抖了抖,想展开意思性地叠下,无奈叠衣服又不太会。

抬眼,童明月不由瞥了她一眼。童明月唇角弯了弯,拿过她手里的那团外套说:"晚上来找我。"

许灿"嗯"了声。

"这机灵的小脑袋瓜里成天都在想什么?"童明月忍不住戳戳她脸颊,觉得她呆吧,分明又聪明得很,"下午化学课随堂考,这次想考几分?"

许灿心不在焉:"能及格吧……"

童明月挑眉,给她补习那么久就这点目标吗?

"能及格?"

"嗯,能及格!"回过神,这次换成信誓旦旦的保证语气。

童明月揉揉眉心:"好,你去吧。快要上课了。"

许灿"噢"了声,一脚深一脚浅地走出办公室,轻轻带上门。

穿着童明月的外套上课,导致她频频走神。明明是件很舒适的普通衣服,穿在身上暖暖的,却无端有强烈的存在感。若有若无的淡淡香气,是童明月身上的味道。

许灿趁着班主任不注意,趴下来,干脆用书本挡脸睡了一觉。

睡得不太安稳,那么短的时间,甚至还做了好多梦。都是碎片化的梦，做完就忘记了。

但是，有一幕印象极深。

依稀回到了圣诞节，隔壁班的女生却变成了童明月的样子……

许灿醒过来，耳旁正好响起下课铃。

她整片思绪都沉浸在刚才的梦里，心跳如擂鼓，梦里跟第一次听到这话时的反应一样大，却又是两种完全不同的情绪。

梦境和现实经历的区别，好像只有人不同……怎么会，给人感觉那么不一样。

"童明月……"说来奇怪，当这名字被她喃喃念出来的时候，心里不安定的感觉忽然消失得毫无踪迹，且变成一种铺天盖地的渴望。

许灿咬了下唇，无意识地找出水杯，急喝了两口水。这种奇怪的感觉还是没有消失。

"许灿！你上课睡觉！"徐倩雯从后面猛地拍了下她肩膀，许灿在走神，吓得直接把水杯扔到了地上。

"你没事吧？"徐倩雯没想到她反应那么大，反倒被吓一跳，忙帮她把杯子捡起来，"我错了我错了，你是不是身体不舒服啊？刚上课睡觉，被王老师看见了。"

"嗯……"许灿没放在心上，随口问，"那她怎么没有来敲我桌子？"

"因为你数学又拿了满分！"徐倩雯"哼"了声，告诉她，"王老师看见你睡觉，说你肯定是昨晚通宵学习累到了，还让我们跟你学习。你是她的宝贝你不知道吗？"

许灿："扑哧。"

徐倩雯转过话题又问："你化学怎么最近总考那么差？还得被童老师拉去补课。年级第一被当差生的感觉怎么样？"

"就那样吧。"

"童老师其实对你挺温柔的，还给你单独补课，可能本来你是第一名的成绩，她一代课就退步那么多，觉得对不起你吧？"

许灿不置可否。

"说实话，"徐倩雯是真的好奇，"你是不是讨厌童老师，故意考得差？"

"我为什么会讨厌她?"

"也对,那你的成绩为什么会突然掉下来?我这种差生都没觉得化学有变难啊。"

许灿拿餐巾纸擦着水杯,扬唇笑得正直:"偏科吧,我也不觉得数学难,你怎么就考不好呢?每个人都有自己天生就不擅长的东西,是吧?"

徐倩雯重重地点下头:"对,你说得好有道理。"

她怎么可能讨厌童明月?

而是,怎么说呢……

老师理智上觉得闷声不响看书的小A才是乖孩子。可看着总扒着她大腿、吹着鼻涕泡说"最喜欢老师啦"的小B,才更觉得亲切。

当哄他哄成了习惯,得到他一点笑容就觉得愈加可爱,他被你驯服的那点乖就愈加珍贵。

下次路过糖果店,往里一看,棒棒糖又大又漂亮,不自觉地买了,心想,那是小B喜欢的东西,下次他闹得厉害了可以拿出来制他。

这是许灿在幼儿园观察出来的。

她也想当一当会闹有糖吃的孩子。

下午最后一节化学课,是随堂考。

许灿的选择题永远有做错的,实验化学也时会时不会。一张试卷刚写完,她就在心里给自己算出分数,连排名都估出来了。

最后两节是自习,无比自然地被赶来的班主任王媛占掉,讲数学。

童明月留在教室里没走,坐小讲台,拿一支红笔批刚收上来的试卷。

许灿耳朵在听课,目光却在讲台上,手里拿着笔,笔尖点着草稿纸,留下浓浓的小墨点。

王媛讲完课还剩十几分钟,就把作业本递给课代表让发下去,剩下的时间写作业。

这时候大家就可以小声说说话了。

课代表发着本子,忽然朝讲台上问了句:"老师啊,我数学那么差,你为什么要选我当课代表?"

王媛笑着,故意用无奈的语气说:"顾景烜啊,谁让你的名字那么有小说男主角的风格。"

底下人全都笑了起来。

许灿心念一动,忽然接话问了句:"老师,我的名字是不是特像电视剧里的恶毒女配?"

她坐在第二排中间,对着讲台上讲话不需要多么大声。

王媛有点愣怔,许灿平时不会对老师说这种话,她就是安静乖巧的优等生,讨喜,但不出挑。

"不会,我们灿灿那么可爱,绝对是女主角呀。"

许灿说:"老师我爱你。"

王媛意外得笑到不行,回了句:"好,老师也爱你。"

许灿说这话的同时,用余光睨小讲台批改试卷的童明月。

看见她的动作似乎顿了顿,然后,在试卷旁写上扣掉的分,再翻过去,继续改下一张试卷。头也没抬。没有别的反应了。

所以,刚才是在加减分数吗……听见她的话了吗?

许灿仗着自己年纪最小,想了想,童言无忌地笑说:"老师,反正你也没对象,等我长大,嫁给我算了。"

"好啊。"王媛笑得眼角皱纹都深了些,点点头,"那要等你多久呀?"

许灿清清嗓子,先故作认真思索地沉默一会儿,笑着刚要回答她。

"许灿,你过来。"童明月忽然开口,边把厚厚的试卷竖起弄整齐,批完了的样子。

目光望去,对视上的那瞬间,不知道是不是许灿的错觉,童明月好像瞪了她一眼。

明明语气还是如平日温和。

许灿走过去。

童明月手里拿着红笔和笔盖,要盖不盖的,忽然问:"许灿,你数学最近一次考第几名?"

许灿闻言愣了愣,偏头往讲台上看了眼,跟王媛目光确认,说:

"大概……第一吗？"

王媛笑着点头："嗯。"

童明月说："物理呢？"

许灿说："应该也是。"

童明月咔嗒一下把笔盖扣上，继续问："语文？英语？生物？历史？"

许灿不说话了，嘟嘟嘴，视线往下看着光滑的地砖，片刻，悄悄竖起一根食指。基本都是第一名，除了化学。

童明月似笑非笑，手里的笔指指那沓试卷，问她："知道你这次化学考第几名吗？"

许灿竖着的手指没动，不高不低地举在胸前，默默又添了只手，竖个二，想了想，左右手还交换了下位置。

应该是二十一名吧？

童明月淡淡地说："是二十八名。"

许灿"噢"了声，不怕死地小小声说了句："我上次是二十九耶。"

"还有进步呢是吧？"

许灿"嗯嗯"地应了："对啊。"

童明月没说话，翻了下卷子，很快从中间把她那张试卷抽出来。

她其实分数不能算低，只是这阶段学的化学根本不难，整个重点班，徐倩雯这样成绩排中下游的学生都能拿九十分。

许灿的分数中庸，排名当然被拉开很多。

童明月："最后一道选择，不是昨天才讲过类似的题目吗？"

许灿看了眼，答："水解强弱和电离强弱弄混了。"

"这道呢？"

许灿看也没看："典型公式没弄熟，自己写就没配平。"

童明月指什么她答什么，有理有据的。

"我怎么感觉你其实都会？"

许灿表情严肃："我也是那么觉得的。"

童明月忍不住笑了，端起水杯，白皙手指轻轻点那鲜红的分数，轻叹口气："你真不给我争气。"

许灿看似认错般地低下脑袋，乖乖挨训，手背在身后绞啊绞的，实则努力憋笑。

放学铃响起来了。童明月把她的试卷放回去，拉开小讲台的抽屉随手塞进去，不再带去办公室："明天发掉。"

许灿应了声："好。"

童明月代课后，化学课代表完全"尸位素餐"。她都只使唤许灿。

"跟我来，拿你的衣服。"童明月把椅子塞回桌肚，又说，"今天就不写试卷了，早点回家吧。"

许灿跟在她身后，"哦"了声。

上楼进办公室。

童明月临时住的地方距离学校没多远，中午回去，帮她把校服洗掉再烘干，叠得整整齐齐，递给许灿。

她突然柔声问："你很喜欢原来的化学老师吗？"

许灿愣怔，斟酌几秒说："林老师人很好，虽然有点凶，但不会有人讨厌她吧。"

童明月坐下来："没多久要期末考试了……"她后半句话，像是在思考该不该说。

许灿听着，心稍提起来，隐约察觉到接下来不是随便的话。

童明月抿了抿唇，忽然拉开办公桌第二个抽屉，里面全是各种包装可爱的零食。

童明月随手把桌上档案袋里的资料倒出来，把所有零食都装进去，加厚档案袋撑得满满的，递给她说："你带回去吧。"

许灿："嗯？"她满脸都是"你的零食为什么给我"的疑惑。

童明月唇角抽了抽，随手从档案袋里拿出根巧克力能量棒，晃了晃，花花绿绿的包装还用英文写着适合孩子："你以为这些，是我这年纪喜欢吃的东西吗？"

许灿："……"

许灿说了句："你什么年纪啊？"

童明月："……"她忍不住低头笑了笑，眼眸亮亮的。

抬眸，童明月拿巧克力棒戳着她的脸颊："没大没小，叫老师。"

想了想，她又说："成天你你你的，都没怎么叫过我老师。"

许灿抿着笑,垂下眼,该不叫还是不叫,嘀咕说:"那不是本来也没比我大多少。"

二十三岁,也就比她大九岁。

童明月把巧克力棒丢回去,整包零食塞给她,又捏她脸颊:"行了,早点回家吧。"她从抽屉里拿出隔壁班的试卷,开始批改。

许灿应了。转身出去前,习惯性地又回头多望了一眼,只见,童明月似轻轻说了句什么。

隔着两三米远的距离,许灿辨别出她的口型的瞬间弯了眼眸。她说:"小没良心……"

许灿都走到门口了,下意识就重新跑回去,怀里抱着那装零食的加厚档案袋,笑得眼眸弯弯,郑重其事地说:"不是没良心。"

"噢,"童明月手里的笔顿也没顿,"就是不太喜欢我呗。"她用无比端庄大方的表情抱怨,声音还温和悦耳。

许灿唇角瞬间扬得高高的。

看童明月侧脸的线条,长而微翘的睫毛,鼻梁直挺,柔顺的黑发侧分着,几缕碎发散在耳旁垂到脖颈。她仿佛只是随口一说,继续批着试卷。

半晌没有听见任何回应,童明月瞥她一眼,对上她傻兮兮的笑容,唇角不由提了提:"笑什么呢?"

"咯……"许灿立刻移开目光。对崇拜的人,怎么可能若无其事地说好听话?

王媛走进办公室,兴致勃勃地问童明月说:"童老师,听说林老师孩子已经生出来了?校长之前找你说过这个了吧?"

童明月"嗯"了声。

王媛问了句许灿是不是还要补课,得到否定的答案,就继续追问感兴趣的事:"我还听隔壁班李老师说,孩子没有保住?"

童明月看眼许灿,她也赖着不走,一脸要听完的架势。

"嗯,好像没留住。"童明月其实有点尴尬,一来不知道这算不算议论别人不好的事,二来还是在学生面前。不过这事大家早晚都会知道,也就没帮忙瞒着。

"唉,真的太可惜了。都五六个月大了啊那孩子。"

王媛唇角动了动,想问又不太敢问,最后还是忍不住问出口:"林老师前两年在化工厂工作的,你说,会不会跟这有关系?你们做实验的是不是不太能怀孕啊?"

"做好防护的话问题不大,就算有影响,离开化工厂两年肯定已经——"

许灿见话题要往那方面聊,忽然打断,说:"那林老师是要回来了吗?"

王媛看了她们一眼,没说话。

童明月沉默两秒,轻点点头,笑了下:"林老师后天回来。"

许灿脑子发蒙,心里虽然凉了但还是问说:"那……"

童明月接话:"我的代课明天就正式结束了。"她脸上的笑容轻轻浅浅。

许灿没有任何话要说了。她脑子顿时空荡荡,既没有悲怨也没有哀愤,很久才漫上来一些酸涩到极点的难过。

童明月只是博士在读期间来这儿做项目,因为导师跟校长是好友,所以缺人的时候暂时帮忙。

代课而已,不可能一直教下去,许灿早就知道的。

许灿忘记自己是怎么回到家的了。

她像小时候一样躲在被窝里哭得稀里哗啦,又不敢发出声音,死死咬着拇指。第二天发烧,请假在家没去上学,硬是没去上童明月的最后一节课。再去学校,童明月已经不在了。

王媛带给她一个小袋子,说是童明月给她的。

打开来,是有点厚度的软面笔记本,里面写满了许灿最近在办公室里写错的题目。每页原题里,夹着打印好的同类型题,包含相应的知识点,不知道是什么时候开始帮她整理的。

扉页贴着一张黄色便笺,上面短短几个字——

"下次化学不许比数学考得低!"

字迹秀美清逸,写得还挺用力的模样。

许灿摸着本子左上角的校徽图案，怔怔发现，那是童明月的学校。

不知道她是有意还是无意。

颓废近两周，期末考试门门科目雪崩式地考砸，许灿每次对上那本子，心里都很难受，除了想哭还是想哭，对学习提不起兴致来。

终于下定决心。她放弃原来想考的本省重点大学，把目标定得更高。许灿念的是重点高中，却只是基础教育薄弱的三线小城市里的重点，往年的全校第一也考不上那所顶尖院校。

许灿擦干净眼泪，接下来一年半都沉浸在书本和试卷里。

高考填志愿，只填了一所学校。

新生报到那天，童明月从实验室里出来帮邱伟的忙，去礼堂跟本系学生会打招呼，告诉他们把下午来的新生带去B楼领军训服，A楼会议室临时要用。

一圈通知完，童明月去食堂的路上，遇到本系的学生带着几位新生。

童明月本来只是随便看了眼，忽然站定。

迎面走来的老生看见她，打招呼："童老师好。"

跟着的新生们也乖巧说："老师好。"

童明月点了下头，目光定定地望着中间那个女生，没有说话，一时弯了弯唇角。

远远就认出来是她，当年那个别扭的小姑娘。

她站在树影晃动的阳光里，若无其事乖乖地笑，眼睛看着她轻轻说了句："童老师好。"

普通的打招呼。

童明月应着，没有等到后半句，下意识自己接话说："好久不见。"

许灿愣了愣，她眼睛晃着亮亮的光，微皱鼻子，非常稚气地笑了。

"嗯，好久不见。"她低垂下了眼，语气带着藏不住的笑意。

树影晃动，日光融融。

那刻，是童明月执教那么多年来，最高兴的时候。

05

郭晓雅坐在床上抱着玩偶,正好挂掉男朋友的电话,蹭过来,扒着床栏杆探头问许灿:"今天怎么那么晚,和童老师出去玩了吗?"

"没有,"许灿脱掉外套,"去工作了。"

"拍照啊?"

"嗯。"

"其实仔细想想,你那兼职也能遇到不少美女吧,有没有遇到什么大波浪小姐姐啊?"

许灿:"你跟踪我?"

郭晓雅本来只是那么随口一说,闻言立马挺直身子,惊掉下巴:"你不是吧?怎么什么都没跟我讲?太不够意思了。"

"没什么好说的。"

"你所有事都喜欢自己闷着,根本都不和我分享。不行,不够意思。"郭晓雅踩着楼梯下来,非逼着问清楚。

"就是这两天。"许灿喝了点水,叹口气,简单跟她说了一遍最近发生的事情。

郭晓雅听得大呼小叫,忽然思考了会儿,认真地说:"你要不要试试,拐童教授去烫个发?"

许灿哭笑不得,靠在椅背上揉揉眉心,半响说:"你不也想烫个卷吗?"

"烫完卷后会对我好吗?"

"嗯?"

她那轻描淡写的上扬语气,漫不经心,听在郭晓雅耳里真就觉得"酥酥"的。郭晓雅捂着脸"啊啊"乱叫。

许灿:"呵呵。"

郭晓雅翻白眼:"行啦皇帝不急太监急的,老娘日日夜夜,为你操碎了心。"

她还有点抱怨意思:"你还啥都闷着不肯说,我明天可就要回家去了。"

"买好票了?"

"嗯,八点就走。"

"那还能一起出门,我去给小乖乖补课。"

郭晓雅看她四两拨千斤的,哼了声,转过身噔噔噔又爬回床上睡觉了。

许灿看她一眼,轻笑了笑说:"我的事没法着急。镜花水月,希望渺茫,这些我心里都知道。我自己沉在里面,最后怎么样都行,就不要拖你跟我一起空欢喜了。"她的话是很认真的意思。

郭晓雅刚盖好被子,闻言又直起身去看她的表情,见她带着淡淡的笑,不由诧异:"你真那么想的?我本来还想你是那么轴的人……"

许灿挑眉:"你怎么知道我轴啊?"

郭晓雅知道她把童明月奉为"女神",还是在同宿的日子里自己猜到的,以为许灿是来大学后才对童明月这么崇拜的。

郭晓雅说:"追你的人不说排满长城,在本院绕两圈总没有问题吧,你多看谁一眼了吗?你这,还不够轴的吗?"

许灿没说话。

郭晓雅继续吐槽她:"在外边对谁都没兴趣,翩翩仙女,不惹尘埃,私底下对童明月各种崇拜,我当初差点被这种反差吓死啊。"

许灿:"我……没有啊!"

"那是你长得漂亮!"郭晓雅说,"别以为我不知道你在网上搜童明月的资料能翻到两千八百页。还有,是谁忽悠我带你去学生会,偷偷用团委的电脑查老师的消息?"

许灿没话讲了。她撩下头发,索性说:"对,我长得漂亮。"

郭晓雅见她真心虚地打开手边镜子,照照脸的模样,乐不可支:"哎哟,你怎么那么可爱啊。"

翌日天气晴朗。

许灿要去任教授的家里,教他六年级的女儿任欣怡学习。任欣怡是那种长相可爱,聪明伶俐,就算犯错,笑一笑大人也就没办法继续责怪的小孩子。所以这份兼职许灿很喜欢。

她负责教小丫头英语。其实英语是很靠自己努力的学科，小学英语特别没难度。她一周也只给她上一次课，主要测评这一周来她英语学习是进步还是退步，然后再给她讲讲不懂的知识点，管理好分数，稳中带升就可以了。

最近一次英语考试，任欣怡拿了满分，于是试卷没什么好讲的。许灿又给她做了另外一张相当于初中难度的试卷，她虽然开始做错挺多，但讲讲也就很快吸收了。

还有半小时，再没别的什么要讲的东西，任欣怡从抽屉里拿出棒棒糖，问许灿要不要，许灿拒绝了后她才问："那我可以吃一根吗？"

许灿笑着点点头。

她剥着糖纸的时候，许灿一眼看见旁边书堆里压着的数学卷，鲜红的分数太令人震惊。

"你这分……"许灿把试卷抽出来展开细看，"怎么，没有人教教你数学吗？"

任欣怡把棒棒糖塞进嘴巴，鼓着腮帮子点头："有啊，等你走了，下一个就该是他来了。"接着，她老气横秋地叹口气。

许灿被她逗笑，旋即故作认真地问她："那你是喜欢我，还是喜欢他呢？"

任欣怡一点犹豫都没有："我当然喜欢你。"

许灿满意地刮了刮她鼻子说："来，那姐姐来给你讲一下这张数学卷。"

任欣怡震惊了："姐姐，我都选你了，你还要这样吗？"

许灿："嗯？"

童明月从实验室出来。

放假的几天，她事情都忙完了，妈妈催过好几次什么时候回家。

上车，看眼时间，才反应过来今天是几号。

她握着方向盘，顿了会儿，给许灿发了条消息。过年前后，她想，小朋友一人待在宿舍会不会无聊？

许灿在回宿舍的路上，收到消息。

童明月："室友回家了吗？"

许灿停下来，酝酿着要怎么回复。

"她回家过年了，宿舍只剩我一个人啦。"不经意强调下自己的寂寞孤独。

许灿又追发一条："卖凉皮的阿姨说她们夜市明天也要收摊回家了，幸好学校食堂不关门……不知道烤鸭店会不会也不关门呢？"疯狂暗示。

童明月："晚饭吃了没？"

许灿："还没有……"

童明月："带你去吃烤鸭好吗？"

许灿："好！"

许灿走在四下无人的步行街，高兴地蹦跳两步，准备去找童明月了。灯光拖长她的身影，照亮含笑的眼睛。

到停车位，许灿很快找到童明月的车。

许灿上车后，非常乖巧地关心问："实验做完了吗？"

童明月倒车出去，语气带笑："实验失败了。"

"那你怎么那么高兴的样子？"

停车坪昏暗，道路上，两旁的路灯让车内光线变亮。许灿突然发现童明月哪里有点不一样，定睛细看，她心里咯噔了下，攥攥手指，差点忍不住尖叫出来！啊——

她竟然换发型了。而且，竟然还真的是长卷发啊！

许灿有种说不出的感觉。表情是呆滞的，内心有海啸。

童明月原先是微侧分的中长发，不染不烫，有种极为质朴却又华丽的美。现在发尾烫成弯弯弧形，从容而优雅。

许灿本来坚信自己是"黑长直控"。"控"那么多年，这短短几秒间，她已经彻底变"长卷发控"了。

童明月说："因为我的实验刚失败，隔壁缪老师就把自己的实验室炸了，我帮她把火灭掉，说是她影响到我的实验，讹了下学期的早饭。"

"来那么快，"她看眼后视镜，长发随着动作微微偏动，又问，"本来是准备去哪儿?"

"食堂。"许灿鬼使神差地伸手轻撩了下她的发尾,入手顺滑如绸。反应过来自己在干什么的时候,脑子有点蒙。

童明月偏头望一眼,然后双眸弯弯,笑了一下,接着目光平视着前面的路,没说什么。

许灿抬手掩鼻,强行让自己镇定下来,眼眸乱瞟,又补了两个字:"吃饭。"

然后她赶紧假装自然地问:"什么时候换的发型呀?"

"昨天,本来只陪缪老师去的,"童明月回忆着,脸上露出点无奈,"被理发师围着忽悠教育啊。"

许灿想象着那画面,忍不住发笑:"挺好的,特别特别好看。"

童明月闻言弯了弯唇角,抬眸看她一眼:"那就……还挺好的吧。"

06

等车开到店门口,才发现许灿最喜欢的那家烤鸭店已经关店了,关得竟然比夜市还早。

两人商量着改成吃别的什么的时候,手机铃声响了。

童明月靠边停车,先接了电话:"喂?"

"闺女你怎么还不回家啊?我把你爸的嘴拿针线缝好了,保证不催你找对象……"

童明月的手机音量正常,但是那头的章光遥喜欢用免提加大嗓门讲电话。声音一下透过电话打破车内的安静,还噼里啪啦说了一大堆。

童明月赶紧按音量键调低声音,看了眼许灿,对上她似乎是有点愣掉的目光,小声尴尬地说:"不是真缝啊,别怕……"也不知道在解释什么。

许灿愣了下,偏头捂嘴笑起来了:"嗯。"

电话那头的章光遥女士不明所以,却信誓旦旦保证说:"真缝上了!缝得扎扎实实的,所以可以放心回来了,闺女,饭都做好了,你什么时候到?"

童明月刚想说自己现在有事。

"别跟我说你现在在外面有事啊,有本事你今晚给我带个人回来!不行的话,还不赶紧滚回来让妈妈伺候,不好吗?谁家做姑娘的不回家?饭都做好了,你不回来像话吗?挂了。"

童明月都只来得及:"喂?"

嘟嘟嘟……

电话被挂断,童明月在心里叹口气,对上许灿无辜的目光。童明月犹豫半晌,试探着问:"你想跟我回家吃饭吗?"

许灿全程只听见电话里的第一句,和童明月的那两声"喂"。闻言,她始料未及地瞪大眼睛。

发生什么了?怎么就这进展了?

"肯定不想去,对吧?"童明月旋即笑了笑,想要回拨,跟家里说下明天回去。

"没……"许灿脱口而出,"我想去啊。"

"你想去?"

"嗯。"

童明月:"真想去?"

许灿厚着脸皮,坚定地点点头。

童明月笑了,无奈地把手机塞回口袋里,手握方向盘:"好吧,那就去吧。"倒车转弯,然后换了个方向,彻底换了目的地。

许灿于是开始紧张,望眼窗外夜景,笑都不太笑得出了。

闲聊着,听到童明月说她父母也都是教授,许灿心里麻麻的,说不出是不紧张还是更紧张了。

虽然她作为学生挺讨教授们喜欢的,但她对这种典型的知识分子家庭完全不熟悉。童明月大概是看出来她紧张了,一路上都扯些有的没的,想让她放松些。

童明月的家距离学校不远。其实开到一半,许灿心中就知道目的地是在哪儿了。她以前忽悠郭晓雅帮她,在学生会众人忙着做材料的时候,用团委电脑偷查过老师们的基础资料,里面有童明月身份证上的信息,家庭地址是父母家。

她虽然不会去做什么，但记住了。

童明月随口问："以前来过这一带吗？"

许灿小小心虚下，摇头说："没有，不过知道博物馆就在附近，挺想去的。"

"那……"她本来想说吃过饭带她去的，记起闭馆时间，改口说，"那下次去吧。"

许灿弯着唇应了。

童明月带着许灿回家，敲开门。章光遥完全没想到她还真带了个人。

亮亮的大眼睛，高瘦白皙，仙女似的小姑娘，看年龄也不像是自家闺女的朋友。

"这位是……"

童明月说："我的学生。"也没多加解释。

许灿忙规规矩矩地叫人。

章光遥立刻笑了笑，唇角扬起的弧度有点像童明月："孩子进来吧。"

那么几分的相似，让许灿瞬间对她充满好感。

"老头子，赶快多烧两个菜啊，"章光遥扭头对厨房，拔高音量说了句，"有客人来。"

"什么？"厨房里炒菜的声音停了，咔嗒一下，关火的声音。

下一秒，穿着蓝色卡通猫图案围裙的老教授，嗒嗒嗒地走出来。人还没到，语气冷冰冰的有点不善："还真带了人来了？"等绕过玄关，他看见童明月身旁站着的许灿。

童明月于是又跟爸爸说了遍："我的学生。"

"噢，"童老教授语气缓和，脸上露出客气的笑容说，"坐坐坐，菜马上就好啊。"然后转身大步回厨房了。

许灿被章光遥牵着，带到客厅里坐下来。

"饿吗？吃点东西垫垫。"章光遥把旁边吃的端过来，放到许灿面前，指挥童明月说："你去把上次那项目文件找出来，不知道藏哪儿了，害得我跟你爸找了大半天。"

"就在书房里。"

童明月刚走，章光遥看着茶几上还缺点什么，跟着站起来："我去倒点茶来，你先吃东西。"

许灿："阿姨不忙！"

章光遥笑说："喝的东西都没有，不像话。"

许灿一人坐在茶几前，看着面前各种漂亮的水果，都是有核的，还有瓶装混合干果。

她伸手拿了个应该是最方便吃的白煮蛋，捏了捏碎，凑在垃圾桶边剥壳。

目光打量着周围。飘窗上的淡灰色坐垫，木架子上满满的书籍，旁边两个高矮不一的茶具柜。简单干净，有种恰到好处的安逸感。

章光遥手里端着木质托盘，放下来，又反应过来说："不对，不应该拿茶的，小姑娘是喜欢喝饮料的吧，家里有椰汁，喝吗？还是喜欢喝雪碧可乐那些冒泡泡的？"

许灿忙说："没关系，我就喜欢喝茶，谢谢阿姨。"

"欸，"章光遥把茶盏放在她面前，提壶倒着，动作不急不缓优雅极了，"现在喝茶的小姑娘少见了。"

章光遥看见她手里拿着那剥到一半的鸡蛋，又笑了："孩子真聪明，会自己剥鸡蛋呢。"

许灿："嗯？"她剥鸡蛋的手都顿住了，抬头看着老太太脸上的笑容，就也跟着笑，反正笑总是错不了。

"她是聪明，"童明月捧着茶杯，走过来，坐下悠悠地说了句，"不过不是你这样夸的，妈。"

"那要哪样夸？"

章光遥问许灿："会削胡萝卜皮吗？"

许灿："嗯，我会的……"

"看，"章光遥拊掌，对着童明月说，"比你这老师强吧！"

童明月："……"

她拿着茶杯，刚坐下，就又站起身说："我去看看爸做菜还要多久。"

许灿："……"她算是发现了，当家做主的根本不是那看着有点凶的老父亲，而是这位看似温柔似水，唠叨慈祥的老太太。

原来童明月不擅长家务类的事吗？不应该啊，明明长得那么贤惠。

许灿发挥出生平最高演技，没有笑出来，转而自自然然地跟老太太聊家常琐事。关于她的生活细节，当然是知道得越多越好。

章光遥也很乐意聊天，没聊多久，就把童明月小时候的事情全抖搂出来："凶啊，班里的小男孩好多都被她打哭过，人家好玩戳戳她，就能把她惹毛了，打回去。"

许灿忍不住哈哈大笑："真的吗？"不敢置信，她还以为童明月会是那种乖巧长大的。

"有次她爸就在边上看她打架，还在鼓掌啊，可把我气坏了。不过再长大点就好了，估计也是看打架打不太赢了，懂收敛了……"

童明月从厨房出来，看见客厅里相谈甚欢的两位，虽然感觉走远点会好一些，但也难说亲妈不会各种败坏她形象，想了想，还是准备走过去。

"你年纪还小，不急着跟周围人学谈恋爱，"老太太正拉着许灿的手，和蔼地念叨说，"前两年还是学习重要，别的事情，放到后面都会有的。不着急。"

童明月走过来，附和着："嗯。"

章光遥闻言转头瞥她一眼，奇怪地说："你答应什么？"

童明月："……"

很快就开饭了。

童建军没让任何人帮忙，他两手端四盘菜，没一会儿直接喊她们上桌吃饭。

接近正方形的餐桌，一端靠墙，许灿坐在童明月的身边，是手肘放松就能稍稍碰到的距离。

章光遥递给许灿空的小碗："多吃菜，菜不咸的，等等再看要不要添饭啊。"

一桌子的菜，家常小炒菜只有两道，其他的都是蒜蓉粉丝蒸扇贝、蛋黄焗鸡翅、牡丹虾球……这种做法十分麻烦的菜，许灿以前认为只有在饭店里才能看见。

四个人的饭桌，七盘菜，弄得那么丰盛，怎么可能吃得完？

许灿情不自禁地看眼童明月,童老师,您这到底是多久没回家了啊……

童明月跟她目光对视上,轻笑了笑:"愣着干什么?"

她自己刚拿起筷子,就先夹了一个鸡翅放进她碗里:"尝尝这个,小朋友没有不爱吃的。"

以前在外面吃饭,童明月是不会帮她夹菜的。这会儿应该是怕她拘束着不好意思随便夹菜。

许灿察觉到,露出酒窝,默默地垂眼吃着鸡翅。

沙沙的蛋黄微咸,本身就很香,包裹着炸得脆脆的鸡翅,一口咬下去,里面的香浓肉汁流出来。

许灿抬头,真情实感地说:"在外面从没吃到过这么好吃的。"

"哦,这不难做的,腌鸡翅的料稍微讲究下而已。"童建军闻言笑说,"以后常来吃。"

他戴着顶布帽,等拿筷子开吃才摘下来,轻轻放到旁边。黑色的头发掺杂些灰白,清癯的脸颊显得眼睛很大,所以初见时,许灿会觉得他有点凶凶的。笑起来,脸颊上两道法令纹就立刻柔和许多。

他语速不快不慢,跟章光遥大嗓门快语速的说话方式完全不同。

两位老教授虽然外在表现截然不同,长相都不是教科书上的慈眉善目,但周身都有种与人为善的温暖。

许灿扬着乖巧的笑容,轻轻点头,还没来得及说什么,童明月微微起身,把蛋黄焗鸡翅整盘端起来,直接跟许灿面前的麻辣牛蛙换了个位置。

许灿脸都红了,压低声音讷讷说:"不用放我面前的啦。"

童明月:"那牛蛙很辣的,你吃不了。"

"吃不了辣啊,"章光遥把砂锅盖子揭开,里面是粥,她把许灿的碗拿过去说,"那下次来的时候,做酱香的,酱香更好吃。"

热腾腾的粥盛在碗里,放到许灿面前。

许灿小声道谢,童明月又递给她勺子:"这个是我妈做的,还挺好吃的。"

许灿听到这话,心中就开始酝酿怎么夸奖了,等真尝了两口,抬眸，眉毛微扬，眼睛亮亮地感叹说："又鲜又滑，而且米还是软嫩嫩的，阿姨好厉害呀，那些要排长队的砂锅粥店也完全比不了阿姨做的。"

"这孩子，真会说话。"章光遥笑得眼角露出皱纹，"不过也不算自卖自夸，我做的海鲜粥就没有人不喜欢，当年光靠这一样，就抓住我家老头子的胃。"

童明月淡淡地说："因为你就只会做这一样。"

许灿笑着听，几口就把那小碗粥吃掉了。

"凡事贵在专，"章光遥把许灿的碗拿起来，又添了两勺粥，"当初也有学生要跟我学，我说，这个就只教亲女儿，不外传的。"

"唉，"章光遥目光看着童明月，意味深长，"早知道，还不如教教别人呢。"

童明月就当作没听见，淡定地吃菜。

"学不会就算了，"童建军很无所谓地开口说，"反正她在外面也没把自己饿死。"

"话不是那么说的……"许灿小口吃着粥，眼睛闪着亮亮的光，笑得不行。

他们一来一往，这种家庭自自然然的温馨感是她从没体会过的，本来挺紧张的情绪，也渐渐放松下来。

吃过饭，童明月被章光遥支使着去书房修电脑。

许灿坐在沙发上跟两位老教授闲聊，有一搭没一搭地说着话。电视上放着新闻。

被问到怎么年纪那么小。她没说跳级什么的，只说："上学早。"

聊了会儿，童明月从书房出来，手里拿着车钥匙。她站在玄关处灯光下，隔着几米叫了声在客厅里的许灿："时间不早了。"

她指指手表，脸上带着一层浅笑："我们走吧？"

"嗯。"许灿立刻应一声，站起来，走到她身边。

童明月忽然想起什么，转过头，跟客厅里的两位说："我还得去实验室一趟，可能不回来了，爸妈你们早点睡。"说完打开门，先往外走。

许灿走前当然记得要打声招呼的。她不知道怎么脑抽了下，可能是刚刚相处愉快得让警惕心融化了，想说叔叔阿姨再见的，却跟着童明月张口就说了句："爸妈再见。"

所有人："……"

说完，许灿整个人都僵掉，脸上发烧："啊不，是，叔叔阿姨再见……"然后急急地走出门，都没敢看一看别人的表情。

站在门外的童明月："……"忍了忍，还是轻轻笑出了声。

许灿垂着眼找哪里有能把自己埋起来的地坑，不然就徒手挖一个。脑子里呼啦啦吹着能掀翻轮船的大风，不明白为什么这都能叫错。

童明月盯着她的小小发旋，忍不住摸了摸，声音也带着笑意："好了，走吧。"

许灿傻着，跟她走进电梯间。现在，满脑子又都是她那个"摸头杀"了。

她抿抿唇，抬起眼睫从电梯间里的镜子觑她一眼，却正对上童明月似笑非笑的目光。

童明月也在看她。

两人通过镜子对视几秒。许灿先挪开视线。她一声不吭，垂着眼装空气。

过半晌，耳旁听见童明月又轻笑了下。

许灿："嗯？"

电梯门开了，童明月走出去。许灿跟着，闷闷问了句："笑什么呀？"

童明月："没什么。"

许灿："……"

坐到车上，许灿边系安全带边说："我已经知道阿姨的海鲜粥做法了。"

她又想起来问："挺清楚的，有点小麻烦可不难，你是真学不会吗？"

童明月迟疑几秒，说："只是没去学而已。"

倒车出去，她旋即转移话题问："都跟老太太聊什么了？"

"阿姨说……"许灿想到就忍不住要笑，"她说，以前有个老师喜欢摸你的马尾辫，你不高兴，有天在家对着镜子剪头发，差点把自己剃成光头。"

童明月握着方向盘转弯，目光看着小区前面的路，冷静解释："我妈乱说的，那时候只是觉得头发太长了，有点碍事。"

许灿认真问："碍到你和小男生打架了吗？"

童明月沉默几秒，万分后悔接那个电话，按掉不就没事了，非要接起来。

许灿平视着前面的路，翘着嘴角，突然说："华华……"语气轻柔柔的，有点叫着玩的意思。

路上灯光，透过玻璃映在童明月的镜片上，让人看不清眼底神色。漆黑的长发搭在胸前。她闻言抿抿唇，不动声色。前面的路太顺坦，她改成单手握方向盘。

"华华。"许灿见状又叫了下，露着酒窝。知道童明月小名的愉悦，跟凭空中五千万彩票没两样。

童明月扯扯唇，半晌，忍不住无奈地应了句："没大没小的。"严厉感不足，宠溺度有余。

"为什么是华华，因为小时候长得太可爱，像小花朵吗？"

"不是。"

许灿"噢"了声，然后等她解释。见她完全没有要解释的意思，许灿瞥她一眼，笑说："华华？"

童明月："华月跟明月一个意思。"

许灿点点头，万分满足地沉默了。

路段顺畅，开回学校比过来时还要快。前面已经是非常眼熟的环境，又转了个弯，进学校，直直地开往宿舍楼方向。

许灿沉浸在又要分别的情绪里，忽然说："我厨艺很好的哦。"

"这样啊，"童明月弯了弯唇，车停下来解开安全带，"不知道我有没有荣幸尝到？"

明明是随口说的话，偏偏跟着侧身帮她解安全带的动作。许灿垂眼看她纤细白皙的手指解开安全带扣。

"你有……"许灿的话脱口而出，又柔得像撒娇不像承诺。

童明月眼眸笑意愈深，点点头，目光在她脸上逗留几秒，才温声说了句："那很期待啊。"

07

学校对假期留校的人挺宽和，生活一切如常，不愁没吃没喝没水没电。除了走在校园里遇不上几个人。

许灿又在化学实验楼待了一晚上。写了几份实验报告，这些下学期都可以直接当作业用。主要是为了重新熟悉。她的实验操作有那么点退步，得练练。

其实一般本科生是不被允许单独进化学实验室的，但她跟老师关系好，进了课题组打杂，又是很细致小心的性格，才拿到的权限。

许灿啃完一袋面包，看着天空缓慢地变幻成亮色，终于搞定任务。她洗干净所有东西，收拾好，签完字离开了实验楼。

晃荡到步行街，无聊地拿手机刷着朋友圈，突然看见高中好朋友徐倩雯新发的动态，说她在旅游中，求问附近有什么有意思的地方。

左下角的定位离学校不算太远，是许灿挺熟悉的地区，于是就在评论里说了几家不错的店，有吃的有玩的。

刚发出去，几秒内就跳出来一条私聊的消息。

"不忙吗？出来玩呀！"

许灿看着这非常平常的语气，意外地笑了笑。

高考后，两人念的大学一南一北，各自忙着适应新环境，就很自然地没有联系了。

许灿对她的印象停留在高中，活泼开朗，比自己年长两岁，行为却比自己更幼稚些，单纯好强又讲义气的小姑娘。许灿心中对她还是很有好感的，没有联系也不会绝交的那种。

许灿："你一人来玩吗？"

徐倩雯："跟我男朋友呀，你想不想看见他？不然让他回酒店自生自灭吧？"

许灿不喜欢见生人，但也没必要非耍大牌似的让人家避开。

许灿："没关系啊。"

徐倩雯："那就在你说的那个茶馆见好不好？"

许灿:"好,我现在过去的话一刻钟吧。"

就那么约好了。

许灿走去公交车站,才到站就上了车。路上不堵,十分钟不到就到那条街了。

说好要见面那刻的开心是最纯粹的,路上就难免会开始想别的。久别重逢,担心记忆中的人是否变化太大,能不能找到以前的默契。

下车,许灿边走着边跟她发消息说到了。

不到片刻,茶馆门口就跑出来个穿红棉袄的漂亮小姐姐。脸上化着妆,长马尾变成了齐耳短发,昔日素面朝天的质朴稚嫩变成了年轻动人。

"许灿灿宝贝!"一如既往的自来水般的热情,打开水龙头,就畅快地哗啦啦流出来。她抓着许灿的手,激动地笑,眼睛弯得只剩下双眼皮了。那笑容,让许灿感觉一下回到了高中。

许灿憋着笑,满脸正经地扯开她的手说:"干吗呀,你来之前都不告诉我,明明没怎么把我放心上。"

徐倩雯:"你以为我定位是给谁看的?仅对许灿一人可见。"

"骗人。"

"进去我给你看!"

"那你怎么知道我正好就能看见?"

两人你一句我一句地往茶馆里走,转个弯,进最外边的包间里。

里面坐着看包的男生见人来了,立刻站起身招呼:"来了啊。"

他把包拿在手里:"你们女生是坐里面还是?"

他目光看着徐倩雯,鼻梁上架着黑框眼镜,其貌不扬,有些腼腆但很礼貌的样子。

"我们坐里面,你坐外边,要跑腿就很方便嘛。"徐倩雯拉着许灿坐到靠窗的沙发位,指指对面的男生,"他叫徐伟,就我本家那个姓,还是我同专业的师兄。"

"许灿,我的小宝贝。"

徐倩雯介绍完,摊开手对徐伟说:"牌要来了吗?拿出来,我们打牌吧。"

"真要玩斗地主？"许灿听见牌,忍不住笑出声来,"怎么还就这点兴趣爱好啊？"她高中大课间就老找人陪她打牌,不知道被班主任没收过多少副扑克。

"哎呀,"徐倩雯扯扯她袖子,睨她一眼,"玩嘛！玩嘛！"

许灿于是就真跟她坐在茶馆里,玩起斗地主来。徐伟洗牌发牌,三个人认认真真,不过是各自打的玩法,公平起见不设地主。

徐倩雯爱玩牌,而且她相信斗地主是靠运气赢的,手气一般,平时跟普通人玩都是有胜有负,图个开开心心。

许灿闷声不吭,可她是会算牌的人。徐倩雯高中就总输给许灿,还根本不知道原因,觉得她纯粹是运气好而已。

两局牌下来,许灿连赢。

第三局牌发完。许灿整理牌的时候,瞥了眼对面的徐伟。她今天没有要放水的意思,是准备赢到让徐倩雯戒掉牌瘾的。

刚刚察觉到,徐伟也是半个会算牌的。他看似不经意,却总把J、Q、K的角翻开都露在面上,应该是帮助记忆打出去的牌。

许灿打了张牌,忽然伸手把桌上的牌都翻了过去,偏头,跟徐倩雯说:"我们把打出去的放边上点吧,这样,我看着舒服。"

徐倩雯什么都不知道,应得爽快:"好。"

徐伟眼角抽了抽:"行吧。"

于是,就见对面的徐伟打牌速度明显变慢了,开始可能想要强行记住打出去的是哪些,没过几轮,他就放弃了,出牌速度变得跟徐倩雯差不多了。

许灿翘了翘唇,心想,还得看着牌面才能算,没我厉害。

她用手里这副不好不坏的牌,淡定打着,稳住三连胜。

其间谈谈笑笑。

徐倩雯在理科班时成绩排中下游,总说自己适合学文,梦想成为了不起的记者。高考后,真考上了新闻专业,每天都学得开开心心的,搞不好真能成为很了不起的新闻记者。

等到徐倩雯有这局一定要赢的意识时,许灿已经连赢到第五局了。徐倩雯这次手里牌挺好的,赢面大,只是走了几轮下来,不知为何赢面就缩水掉了一大截。

许灿出了顺子，徐倩雯手里的牌能拆出一副很大的顺子，但拆了要多三张单牌，明显走不掉了。

很想押。她想到网上教的："等等啊，我有。"

徐倩雯小心地觑眼许灿，见她没在看她，赶紧借整理顺子的时候，把那两张出不掉的单牌，反过来藏到准备出的顺子里，接着，飞快地把顺子拍进那一堆牌里。

"10JQKA！"故意喊了出来壮气势。

顿几秒，许灿眼也不抬："拿回去。"

"好嘞，"徐倩雯不太甘心地撇嘴，赶紧把牌收回来了，偏头对上男朋友仿佛看傻瓜的表情，怒打他一下，"看什么看，挖你眼睛啊。"

徐伟："……"

从大中午打牌，三个人吃着茶馆里的糕点零食，喝喝茶，一直打到天色昏暗。许灿慢慢给她放水了，光凭感觉打。

聊他们的旅行路线的时候，她稍微想了想，随口说："那你们来这里不太顺路啊。"

徐倩雯盯着牌面："我想要见你一面嘛。"

这随口的话让许灿心头微微一动，感动之余，反应过来，为什么她跟同样性格单纯的顾仪给人的印象那么不同。

如果是顾仪，会说："不顺路，我是为了见你才特意来的。"

前者是，我想要见你才来。而后者忽略掉这个，只说为了来跟你见面这点，提高价值而已。

许灿笑说："你真好。"

徐倩雯："那你能闭起眼睛五秒钟吗？"

许灿："我知道你手里剩几张。"

徐倩雯："好，那你闭十秒钟好吗？"

许灿："不可以。"

许灿看着手里剩下不多的牌，笑说："你就正常打呗。"

徐倩雯哀号："可你手里就一张了啊！"

许灿还是笑而不语:"那你也正常打着呗。"

又是几轮,徐倩雯手里的对子已经全部打完了,她小心翼翼地往外出牌,试试许灿手里那张牌的大小。

可是直到她出到最后一张,许灿都带着神秘的微笑,让她过了。

"天哪我第一!!"徐倩雯终于赢了一局。

她唇角刚扬起来,看见许灿手里最后摊出来的那张牌,顿时炸了:"就剩张3,你还搁这儿装半天?"

一张小3,死也走不掉的最小的单牌。偏偏许灿拿手里,就有种这不是大王也该是小王的气势。她淡定地说:"玩牌,当然不能让别人猜到手里的是什么。"

"那是在有胜算的时候啊!你这样的,纯粹逗我玩呢!!"

许灿:"扑哧。"

"你们带来的蛋糕,是六点半端过来吧?"服务员小姑娘端着大托盘,把东西放桌上,打开盖子,里面是八英寸奶油蛋糕,又把蜡烛递给他们。

许灿奇怪,这蛋糕很像是生日蛋糕,问了句:"你们谁过生日吗?"

徐倩雯扶着桌沿差点昏倒,对着她翻了个大白眼:"你是傻瓜吗,今天是你生日啊!"

许灿愣怔了下。

徐倩雯拆着蜡烛盒找打火机。"十八岁了吧,"她脸上带着点揶揄的笑容,"长大成人的感觉怎么样?住酒店都能拿自己的身份证了,是不是特别爽?"

徐倩雯用打火机点燃棉芯,烛光照映得她眉眼柔和,许灿笑:"我不知道呀,你说爽就爽吧。"

徐倩雯:"你话里是不是在暗指什么?"

许灿笑而不语。

几个人在茶馆闹完,分掉蛋糕,徐倩雯又拖着她去唱歌。一直玩到九点多,怕再晚不太安全了,才跟男朋友一起把她送到学校附近的车站。

回宿舍的路上，许灿看见手机有收到一条快递的短信。

本以为是商家提前寄来了要拍的衣服，她顺路去校内代收快递的咖啡店里拿，发现并不是大包的衣服，掂掂手里的长方形快递盒，挺轻的。

寄件人栏是空白的。

琢磨了好久也没猜到里面是什么，她又不是网红，应该没有厂家会给她寄新年礼物吧。

回到宿舍，随手先扔在地上。

许灿洗完澡，吹干头发，没什么事情要做了。目光注意到门口的快递盒子，才想到拆开来看看。

拆着，露出黑色的礼盒一角。

难道是合作过很多次的"软妹"服装店大哥，批量寄给模特的礼品？还真有良心。

很快打开盒子，里面竟然是一条米色混淡灰色的大格子围巾，拿在手里有点软糯。滑滑柔柔的触感比羊毛更细腻，不薄不厚，流苏小小柔柔的。

许灿怔了下，下意识按亮手机，点进自己的朋友圈里去看。寥寥可数的几条动态，最新一条是前两天发的：想去买围巾！

配图还是张难得的自拍照片。穿着粉色灯芯绒棉袄，戴着帽子，毛领是一圈柔软蓬松的白色，对着镜头露出一点点门牙地傻笑。鼻尖冻得红红的，其实是腮红。低领毛衣露出空空的颈项。靠窗拍的背景像室外，其实那时候是在摄影棚里。

化妆师给她戴了副圆圆的黑框平光镜，许灿视力很好，之前从没戴过眼镜，觉得有点新鲜就拍了一张。

才说缺围巾，是谁送给她的围巾？

许灿脑海里只有一个答案。并不是全凭感觉的。

因为……别人看她的朋友圈永远是无内容，不是被屏蔽了，而是她根本不发动态。难得发一条，只可能是为了给童明月看见。

既然如此，当然会设仅对其一人可见。猜到是谁送的了。

许灿摸了摸围巾的流苏，傻笑半天，然后把围巾郑重地叠回去放进原本的盒子里，打开衣柜，专门清出块地方来放这条围巾。要不是刚才徒手拆烂了，许灿恨不得连同外边的快递盒一起珍藏。

白炽灯很亮，整间宿舍如同白昼，玻璃窗映着外面的点点灯光和许灿坐着的身影。她不动声色地坐着，也不会有任何人来打破这份静谧。

踌躇半天，许灿还是决定给童明月打个电话。接通前的短短十几秒，她把要说的话推翻重新想了好几次。

童明月都没告诉她，她要拿什么来道谢？

许灿："喂……"

童明月小声说了句："稍等。"

许灿迟疑半拍地"嗯"了声，听见那头有小孩子尖尖笑着的声音，还有交谈声，估计她家里有不少亲戚在。

她应该是走到了房间里，关门声后，喧闹顿消："怎么了？"

"我拿到你给我买的围巾啦。"

童明月："……"

许灿："……"

前一秒的沉默，许灿心中还是紧张的。过几秒，她就忍不住无声笑了起来，眼睛亮亮的，安静等着她说话。

她在想什么？怀疑自己是不是在诈她吧？

电话那头，童明月似乎轻笑了笑："怎么知道是我啊？"

"我自己买东西不会用真名的，"许灿半真半假，用棉花糖般轻软的口吻说，"所以，只有你会给我寄围巾。"

许灿听见她真切地笑了下。

"这就能猜到？"童明月像是没信，也不追问，只是柔和地问了句，"那收到得不算晚吧？"

许灿知道她指的是那条缺围巾的朋友圈有没有送晚，却故意说："不晚，正正好赶上，你怎么知道今天是我的生日呀？"

"嗯？"童明月并不知道许灿的生日是几号。她顿几秒，否认是生日礼物，很诚实地说原本不知道今天是她生日："我以后会记得的。"

许灿无声地弯着唇，酒窝深深。听她那不快不慢轻柔的声线，似有点惊讶，但又很认真地说她以后会记得。好想见她此刻是什么表情。

"我今天已经满十八岁了，可从小到大都没人给我唱过晚安歌，嗯，好想感受一次，不知道过生日许愿有没有用呀？"语气轻轻柔柔，很顺理成章，又庆幸没当着面，否则她绝对说不出这些话。

说一大堆话，只是铺垫这一句——"给我唱首歌好吗？"

说出口，完全没想被拒绝后怎样圆场。可能是夜色作祟，她有种自己的请求是不会被拒绝的自信。

虽然事实也是，童明月从未拒绝过许灿的任何要求。

半晌，她柔声问了句："怎么，那么早就要睡了？"

所以这话是答应了的意思吗？

许灿哼唧了下，语气肯定地点点头说："今天累了，就要早点睡。"

"这样啊……"童明月又笑了下，短促的气音。

透过电话，寂静环境里，那声音仿佛就是在许灿耳旁笑的："好吧。"她再开口，语气恢复一本正经："先关灯，再盖好你的小被子。"

"嗯。"许灿抬手按了按眉心努力保持淡定，唇角的大大弧度像固定住的。

"好了。"她站起来得太急，还跟跄了下，很快拍掉了宿舍的灯，"灯关掉了。"

"嗯。"

她听见童明月那儿有轻微"咔嗒"一下，应该是去把房门锁上了。

许灿关灯后爬上床，很听话地躺好，面朝着天花板，又是扬唇一阵傻笑，侧过身拉高棉被盖住脸，只露出眼睛，不让自己发出任何傻兮兮的声音。

"裹好被子了？"

"嗯。"

屏息等待的几秒，许灿侧躺在被窝里捂住脸，脑袋轻轻蹭着枕头，脸笑得都快僵了。

电话那头，童明月不好意思地轻轻笑了下："记不清几年没唱过歌了……"

她顿了顿，开口：

"Just think of things like daffodils（像优雅的水仙），

And peaceful sheep on clovered hills（像布满苜蓿的坡上安静的小羊），

The morning song of whippoorwills（像夜莺清晨的啼啭）。"

她缓缓开嗓，唱歌时比平常对她说话要多些轻松的柔和，不变的是语气里的不疾不徐。

咬字清晰，音准得一塌糊涂。许灿没有听过原曲，但就是能感觉到。

许灿眼睛弯成一条缝隙，黑夜里仍然亮晶晶的，手悄悄揉皱了床单，整颗心沉在她歌里时潜意识只剩下：今晚怎么还能睡得着啊……

那种带着辨识度的平缓温柔声线，像波光粼粼的清澈湖面，实在诱人沉溺。

"Every lovely view introduces you（那美好的一幕幕都是你）。"

童明月没有只唱一小段，而是认认真真地用温柔到不行的语气，唱完整首歌。

到后面的几句刻意让声音低了又低，轻轻说了句："睡着了……吗……"

许灿："……"

"灿灿，生日快乐。"

Chapter 3 第三章

护身符

01

许灿本以为等年结束,寒假时还能找理由见见童明月。没想到过完年,童明月直接因为项目的事情出国了,到现在开学快两周也没回来。

许灿还被郭晓雅拖去参加开学晚会,帮戏剧社跑龙套。

郭晓雅是校学生会的骨干,文艺部副部长。这次活动是校学生会组织的,上学期就开始策划,开学了更是忙前忙后。

节目表满满当当,开场还有走秀。

那天,许灿接到郭晓雅的电话,语气很急地说要帮忙。她就直接过来了。

没想到是戏剧社退了个成员,缺了个关键的龙套角色,对长相气质有要求。郭晓雅把许灿叫过来顶人。

排的是"大学生原创微电影剧本"特等奖作品。他们学校偏理工,这种文艺类型的校园大奖基本都是隔壁学校得的,难得拿一次,大家立刻让原作者改成舞台剧剧本,请戏剧社演出来了。

本来是微电影剧本,改成舞台剧就有非常多变化,时间又紧,许灿这个龙套角色也得跟着一遍一遍排练搭戏。

虽然是千般嫌麻烦万般不愿意,但许灿还是认真帮忙着。她挺喜欢郭晓雅这种有目标,且为之努力的模样。

一直有条不紊、游刃有余地排练到晚会开始当天,突然就出了个大岔子。

重中之重的开场走秀环节,总共找来了二十八位模特,排练半个多月。就在要出场的当天,有八个模特同时说来不了了,然后直接失联。

郭晓雅是负责这块的人。她又是主持又当统筹策划的,想出个大功劳，一半是为当学生会主席的目标，一半也是想对得起自己的部长。

文艺部的部长是他们化学院的直系学姐，各种事情上都挺照顾她，给她机会，教她做事。郭晓雅也是唯一一个新生竞选副部长的人。别的部门都默认新生没有竞选资格的。

那不来的八个女生都是职业技术学校的，空乘专业的准空姐，身材和脸都过得去，走秀也挺好。排练的半个月里就她们没出过差错，结果到这一天全部联系不上。

一宿舍说好的吧？

所有人，但凡稍想一想都清楚郭晓雅是被人整了。可这并不是她失职的理由。

上场了出那么大一娄子，开那么大一玩笑，整个上午学生会全体都在默默地找人，补这大娄子。可缺的是走秀模特，不是普通打杂人员，多少套衣服和走秀的背景音乐节奏都是设计排练好的，就算身材样貌的要求放再低，上台会扭扭捏捏、不管节奏的肯定也不行。

直到大中午，离正式排练还差四个小时。

郭晓雅一口饭都没有顾上吃，急得快掉眼泪了，总共找到五位能顶的，还缺三位。她实在是没办法，又想起许灿那戏剧社的节目是压轴，离走秀时间隔得远可以串场。忙给许灿打电话，求她帮忙。说明情况的时候，听到亲近人的声音，因为太急，郭晓雅还真的哭出来了。

"好，你别哭了。我现在在校外，马上就回来。"许灿沉默了会儿，说，"别着急，如果找到人了告诉我一声。"

郭晓雅擦掉眼泪，应了声，挂掉电话，她又去后台忙得团团转。

得商量另外的方案，如果实在凑不到人，该怎么修改背景音乐让模特多走一遍。如果拖长时间，又要跟着调整后面的节目表。

陈爱媛抱着手臂慢悠悠地走过来："学姐，你们很忙吗？"

她是宣传部的人，事情早就都忙完了，笑吟吟地打量着郭晓雅："郭晓雅你乐子开大了啊，到底做什么了，整宿舍女生都被你气跑？"

学姐拿着文件，训了句："有空闲站着说风凉话，不如看看后勤有没有事忙。"

郭晓雅却一愣，突然反应过来，目光死死盯着陈爱媛："哟，你知道她们是一个宿舍的?"

"猜的呀,"陈爱媛怔了下,很快笑起来说,"我猜对了吗?"

郭晓雅紧抿着唇:"我想起来了,你高中那很好的朋友就是空乘专业,王晶晶是吧?"

陈爱媛张张嘴,差点要把"你怎么知道"说出口了,强行把话咽下去,她笑得不太自然:"你在说谁?"

"你大一过生日的时候,"郭晓雅努力压着怒气,语速极快,"她不是给你空间留了很长的肉麻话吗,我当初想说你怎么还有小学生好朋友,顺手点进去看过。"

陈爱媛:"……"

"你们合影挺多的,应该感情不错吧,你下学期就把我删了好友,没关系,只要别把那位晶晶删掉就行。敢不敢把你手机拿出来!给我们看眼空间留言板?"

"你……"陈爱媛被她打了个措手不及,有点慌,决定先发火蒙混过去,"别血口喷人!你凭什么看我手机?!"

"如果不是你搞的鬼,看眼手机心虚什么!辛辛苦苦排练十几天,走秀结束是有钱拿的!她们集体不来,你赔给人家多少钱?你给她们的是现金吧,不会还蠢到留着转账记录吧?"

看她们吵起来了,学姐拦了她一把:"晓雅,我们先把现下情况解决,其他的事情改天再说。"

"怎么改天再说?"郭晓雅情绪激动,有点控制不住嗓门,伸手攥住陈爱媛的手腕,"让她走掉,肯定就把那些证据都删掉了啊,要再怎么追究!"

陈爱媛猛甩她的手甩不掉:"怎么着,你还想打架?"

"郭晓雅!"学姐语气严肃了些。

郭晓雅回神,其实明白现下把事情圆过去最重要,没时间去吵架,但这又怎么能甘心。

一时僵持住了。

礼堂门突然被推开,光进来,又接着一暗。

这个点除了急成热锅上的蚂蚁的学生会成员,没有人会来,也就没人注意谁进来了。

"郭晓雅,你先松手。"许灿刚进来,就听见她们在台上的争执。

她三级台阶并一级,匆匆走上去,站到郭晓雅身旁说:"听学姐的,等事情结束了再追究,人都在,又有什么是追究不到的?"她看着学姐问:"学姐,对不对?"

学姐脸色缓和下来,点点头:"知道那八个人的学校,就不难查是谁,我们学生会一定负责调查清楚,交涉明白。如果事情性质恶劣,我们必定追责,不会一笔带过的,上升到学校与学校之间的问题也没有关系,总之不会让你那么委屈。"最后一句话是对郭晓雅说的。

郭晓雅眼眶发烫,感觉特别对不起那么照顾自己的学姐,给她添那么大的麻烦:"对不起。"

许灿瞥她一眼:"找到模特了?"

"还没,我马上再去找找看,找不到调整背景音乐的话……"郭晓雅被点醒,没再理会旁边的陈爱媛,想跟学姐商量节目时间的事,又被许灿扯了扯袖子。

"你忙傻了吧?"许灿指指身后站了半天的三位漂亮女生,"缺三个模特对吧,她们来当。不用换背景音乐,赶紧先带人熟悉一遍。"

郭晓雅是真的忙傻掉了,在场操心这事的人,除她之外,目光早就瞄着许灿身后的这三位高挑美女了。首先身段脸蛋,就很合格。

"我带她们去换衣服,"闻言,立马有人走过来,"先试试再说。"

"好,你去把王晴叫过来。"

短短半分钟,大家就开始忙起来了。

郭晓雅回过神,悄悄问许灿:"你……你哪里找到的人啊?"

她一脸不可置信:"那么短的时间。"

"是你运气好,我刚从摄影棚里出来,听说隔壁棚有走秀的模特拍封面,就去抓人了,"许灿拉着她走下台,舞台灯光很快切换,"幸好人家不嫌弃钱少。"

"大恩大德!"郭晓雅大大舒了口气,无力地坐下,后知后觉地抱怨说,"这破事把我吓傻了忙疯了,到现在一口水都没喝过。"

"正式排练还早,等会儿带你去吃好吃的。"

"哎哟,"郭晓雅忍不住哼哼唧唧,"你可真好——"

许灿淡定说:"想当牛做马回报的话,不许你赊到下辈子。"

郭晓雅继续哼哼唧唧:"可惜我想以身相许,只能等下辈子了。"

许灿:"……"

许灿目光看着台上,很快背景音乐响起来。有走秀经验的模特们毕竟是专业的,融入排练十多天的学生里轻而易举,而且比她们走得好看多了。

一遍就过,那些职业的模特小姐姐,甚至还忍不住想给身边的女大学生们挑挑毛病。

一切都很完美。

郭晓雅咧唇笑,知道许灿不喜欢寒暄社交,赶紧叫来了外联部的学生去招待刚下台的小姐姐们。

有个女生一下场就被站旁边看半天的后勤部男生叫住。男生羞涩地问了句:"请问,你是微博上那个'芋圆抹茶'小姐姐吗?"

"啊,"李圆圆撩了下短发,立马扬唇笑起来,"你能认出我?好厉害。"

"我不是……不是我厉害。"男生唇角笑得都快裂了。

李圆圆是本地的网红,那男生是她的粉丝,刚才在台下就悄悄把她的微博主页给身边人看过了,比照着照片对了半天,真人跟照片长得差不多。

李圆圆被自己的粉丝夸了半天,虽然完全没夸到位,但她还是要表现得谦虚点的。

"能来松江大学走秀本身就很荣幸啊,而且还是灿灿发的第一条朋友圈,我看见了当然就得来了。"她看许灿一眼,扬着和善的微笑弧度。

许灿知道她这话是社交辞令,商业吹捧,可别人不知道,看她的眼神立刻变了。

他们上午为找人补那八个模特的空缺,有多焦头烂额,现在对许灿的敬佩之情就有多深。

对普通人来说,网红虽然不在神坛上,但也是隔着一层"次元壁"的存在。她随便发条朋友圈，竟然能叫来有两万多粉丝的网红美女来学校里当模特。多么厉害！

许灿忙客套地笑说："谢谢你来帮忙，真的太有义气了。"

"没事儿呀。"

"改天一定要请吃饭的。"

"不用，灿灿你太客气了！"

两人笑脸对笑脸，其实完全也没有话讲了。

摄影棚里一起吃过饭的小姑娘，很多会来跟你加个微信，太平常了，许灿也不会去拒绝，跟她们之间也就是微信里的好友关系。

郭晓雅看出来，赶紧代替许灿去寒暄几句。

下午吃过饭，正式排演前，许灿又被戏剧社的叫去排练。

她是关键配角，总是去一次，配半分钟，休息等待一两个小时。

郭晓雅换上礼服，穿着高跟鞋满场找许灿时，看见她幽幽地坐在幕后等待出场。

她笑吟吟地告诉许灿："跟你讲，童教授回来了。"

"我知道。"

"你知道？！"

"因为我刚拒绝了童明月的晚餐邀请，说自己有事。"许灿坐在后台的三角琴旁边，淡淡说，"然后，现在在琢磨怎么杀了你。"

郭晓雅眼角抽了抽，忙认错说："好吧好吧，我不该拿就忙一小会儿骗你来的，等结束，我请你吃烤鸽子行吗？"

许灿不理她。

"我补偿，"郭晓雅拍拍她的肩膀，打包票说，"不就是想见童老师吗，我把她骗过来看你表演节目不好吗，不比普通的去吃饭好？"

"可她从来不会参加这种……"许灿说到一半顿住，警惕地看着她说，"别拿我当幌子骗啊。"

"知道你不愿意打扰童老师，你懂事，你乖巧，我又不是情商那么低的人，"郭晓雅翻个白眼，片刻就有鬼点子浮上心头，"你等着，我绝对把童明月给你带来。"

远处学弟用麦克风喊郭晓雅过去,她来不及多说,拍拍许灿的肩膀说:"你就在这儿配合着啊,我去那边看,晚上请你吃烤乳鸽!"话落,拎着长裙嗒嗒嗒地走掉了。

许灿无奈地坐着,看着台上学长学姐都在声情并茂演绎着。她没台词,特别闲,但要帮别人搭戏,就不能彻底不来。

正式排练终于结束,没想到郭晓雅真的把人骗过来了。

她在电话里,磨半天嘴皮子,说这活动一切都顺顺利利的,就是前两排位置都坐不满,差了盛大隆重的意思,这可是新学期头次全校的大活动,学生会如何如何辛苦准备……

总之,成功让李薇带着童明月来撑场子了。

许灿顿时心满意足,对郭晓雅和颜悦色:"辛苦你啦。"

"多亏李薇跟童明月关系好,不然没辙,我其实对童教授还有点怕怕的呢。"

"因为专翘她的课?"

"这是首要原因,其次,你不觉得她身上有种凛然不可侵犯的气势吗?"

许灿没说话,看着正和李薇老师说话的童明月。

"我之前在公园碰到她那次,不是上去打招呼了吗?"郭晓雅说"打招呼"三个字的时候,比画了个兔子耳朵的手势,示意加引号,"回去后特意查了下,知道以后再也没有她的课才松口气的。"

许灿在幕后暗处,舞台灯光并不会扫到这里。她半眯了眯眼,有点满意这个位置能随便窥视童明月。然后悄悄在心里猜着,要经过几个人后,她才能看见这里的自己。

许灿随口答郭晓雅的话:"你和她不熟而已。你自己不是也不爱搭理不熟的人,还有人觉得你很凶,那你真很凶吗?"

"哼哼。"郭晓雅皱皱鼻,怀疑地看一眼远处的童明月。

那女人举手投足间清冷古雅的气质,实在不像天生好脾气,顶多是礼貌之下的温和。

"你觉得我跟童教授是一类人?"

"绝对没有这个意思。"

"你滤镜八百米厚。"郭晓雅忽地勾住她脖子，压低声音说，"知道她们为什么来那么早吗？"

许灿说："正想问你呢。"现在是彩排刚结束，活动开始前，作为观众来得太早了。

"我可是把八点的活动硬说成六点开始，这样犯蠢就为了把人早点骗来。我现在得去跟李薇撒娇道歉了，别让人家学生会的老师，以为我这个文艺部副部长的脑子里是汪洋大海。"

许灿笑得不行，作揖说："那去吧，谢谢您了。"

"你就……"郭晓雅说着话，忽然察觉到斜侧面有道目光，奇怪地偏头，就见童明月端端地站在不远处，目光平静望过来。

不知道为什么，郭晓雅立刻松开勾着她脖子的手，不敢勾肩搭背了。

"你童教授来了，我撤了。"

许灿："……"

许灿看见童明月径直往这儿走过来，酒窝不由微现了现："好久不见呀。"

"你怎么在这里？"见许灿站在幕后的三角钢琴旁边，童明月笑着问，"是有什么要表演的节目吗？"

许灿"嗯"了声："就帮戏剧社跑跑龙套。"

童明月："什么角色？"

"只存在于男主角想象中的……"许灿歪头想了想，"角色。"

童明月扬着唇说："刚刚看见你们节目单上的名字了，是在男主角追逐梦想的挣扎过程中，透过钢琴，看见你小天使在跟他对话？"

"不是天使啦，"许灿翘了翘唇角，又惊讶说，"这剧本有那么俗套吗，这样猜都能猜得差不多？"

"毕竟是校园心理剧——"

她话还没说完，被走过来跟她打招呼的人打断："童教授也来做指导啊？"

"没有，"童明月客套地笑着，"跟着李老师来看看。"

"这次节目都很不错的……"

"许灿许灿，你来，临时给你加两句台词好吗？刘睿从头到尾自己跟自己讲话太蠢了,明明仙女就在面前……"

戏剧社的学姐急急地跑过来,拉着许灿的手:"我们还是决定用最后一版的剧本!你加两句话,其他都一样的。"

时间就剩那么点,许灿被着急的学姐拖去休息室看台词了。

确实就加了两句话,她看两遍就完美地背出来了,跟男主对次戏,也很成功。等着男主角再次排演的人还有很多,她这边完全过掉了。

许灿就又没事干了,一个人坐在休息室里,等着负责后勤的学长把晚饭提过来。

这里是礼堂,旁边相对着还有一个小礼堂,学生一般喊作东礼堂、西大厅。两处都有相应的更衣间、大休息室和化妆室。他们在礼堂里办活动,休息室也用这边的。但毕竟在休息室里吃东西,容易顾不上收拾,大家都是去另外一边的休息室吃饭的。

许灿不知道。戏剧社忙得不行也顾不上她,毕竟是郭晓雅带来的人,默认郭晓雅会安排好。她等了小半天,收起手机,准备出去看看的时候,休息室的门被推开了。

童明月进来,一眼就看见坐着的许灿:"怎么不看手机呢,郭晓雅在到处找你。饭吃过了吗?"

许灿刚玩了半天手机,当然知道什么消息都没有。她稍微想想,就猜到是郭晓雅故意扯谎。"那你吃过了吗?"她先问童明月,再决定自己吃没吃过饭。

"老师啊!"郭晓雅不知道什么时候也过来了,突然说,"你是不知道许灿这人有多笨,平常有什么事都是我给她化妆的!还把高光当粉底液,问我这东西怎么那么白。"

她是在许灿背后冒出来的,把许灿吓了一跳。

"现在前面后面全乱掉了也没人帮她化妆啊,她就只能傻坐着,"她狠狠瞪许灿一眼,赶紧把化妆包塞在童明月手里,铿锵有力胡说八道,"老师你来救个急吧!"

说完,郭晓雅再次恨铁不成钢地瞪眼许灿,踩着高跟鞋嗒嗒嗒地走掉了。

童明月:"……"

许灿:"……"

那化妆包是许灿自己的。她本来放在化妆间的柜子里,打算过会儿吃完饭再去化妆的,反正离上台的时间还相当充裕。坐这儿是为了等晚饭,不是等上妆。

许灿都兼职平面模特了,当然会化妆,偶尔化妆师照顾不到就是自己化。虽然总被郭晓雅吐槽是"人美瞎化"的技巧,但舞台灯光下随便往浓里化化还是不会出错的。

她垂眼,看着童明月拿着自己的化妆包,简简单单的纯黑品牌小羊皮化妆包,衬得手指纤细霜白,拿在她手里不像赠品像名品。

许灿不动声色,旋即无辜地抬眼看着她。没错,她就是把高光当粉底液,就是不会化妆。

可能是许灿平时在她面前都表现得乖巧,很少打扮花哨,跟不会化妆的形象并不违和。

童明月看眼手里的化妆包:"现在化吗?"她若无其事地询问。

许灿闷闷地应声。

"不用那么担心,"童明月以为她在不安,"难道你印象里我化妆技术会很差吗?"

"对啊,"许灿小声地说,"谁让你那么天生丽质。"

童明月弯了弯唇,微蹙了下眉竟有些腼腆的样子。"总之不会给你化成小花猫的。"她拉开拉链,把要用的东西拿出来,"我们现在化?"

许灿小幅度点点头,有些紧张。不是不习惯别人给她化妆。是实在没想过,童明月会给她化妆。

从粉底液到眼影眼线睫毛膏……她轻轻眨了眨眼,很顺从地配合,很乖巧地坐着,能感觉到童明月化得极认真,手法轻柔。

童明月俯身时,偶尔会有几缕发丝顺着垂到她的肩膀。

许灿目光瞟到那发上,鼻尖嗅着她身上若有若无的淡香。

也不知道时间过了多久,化到最后一步。

童明月翻看着化妆包,奇怪说:"怎么一支口红也没有?"

嗯?许灿转头去望了眼,散在桌面的各种化妆品连同包里,竟然真的一支口红也没有。

本来绝对是有的。

许灿都不必花半秒以上的时间去想,还有谁会特意把她化妆包里的口红拿走。

童明月看着空无一人的休息室,沉默了会儿,终于,用带了些不好意思的口吻说:"我包里倒是有口红,可没有带唇刷……"

许灿:"……"

"你介意吗?"

许灿没说话,但很快速坚定地摇摇脑袋。

童明月笑了:"这是不要,还是不介意的意思?"

许灿脱口而出:"是不介意啊。"急急的。

童明月又笑起来。

原来是在故意逗她……

许灿鼓了鼓脸,下意识偏过目光,怕唇角的笑太过出卖自己:"这有什么好介意的嘛。"

"嗯。"童明月轻轻应了声,似敷衍不似赞同的意思,在包里找出自己的口红,打开盖,又迟疑了下,"颜色好像素了点。"

"哦我这个是仙女,郭晓雅说的,"许灿怕她说算了,再去别的地方给她找口红,张口就顺溜说了一段语序有点错乱的话,"就要颜色素的!"

说完了她又觉得好像有点傻,补救般地问:"对吧?"

"对,"童明月勾了勾唇,低头把口红转出来时说,"你是仙女。"

许灿沉默着,讷讷道:"我说的是这个角色。"

等看清她眼里闪烁的笑意,许灿不由撇嘴,委屈地瞪她一眼:"又开我玩笑……"

"什么时候开你玩笑了?"童明月边说着话,手又托着她的下巴,带有弧度的口红仔细涂在她唇瓣上,"都是真心话。"

她们离得极近,她放轻柔的语调近在耳旁,不带半分揶揄,表情也正正经经。

许灿垂着眼睫,犹能感受到她目光凝视着她的唇。口红慢慢沿着唇线涂满,覆盖住原本的唇色。

能感觉到涂好了，只是童明月的目光仍然在停留。

许灿心念微动，眼睛有点湿漉漉地看她，下意识想要抿唇，缩了下手。

"先别动，"童明月托她下巴的手微抬，让她双唇微启，眼带笑意，"让它成膜，等等喝水才不容易掉。"

许灿点点头。

无处可落的视线，转了圈，又回到她的脸上。此时此刻，光明正大地看她是很自然的吧。

"嗯，可以了。"童明月先微微偏开了视线，松手，往后退了一小步，接着以欣赏的姿态说，"非常漂亮。"

"非常漂亮？"许灿扬了扬唇，"夸得一点都不走心，敷衍我。"

"那……"童明月轻轻蹙了蹙眉头，似乎因为词汇量的匮乏而思索了半晌。

许灿憋笑："可不可以既口语化又有很真诚的感觉？"

"好吧，"童明月有点明白她的意思了，无奈地弯着唇，点点头说，"是……非常非常非常漂亮。"

有点无理取闹的撒娇，也被她耐心满足。

许灿看着她的眼睛，忽然挺自然地说了句："你觉得是漂亮的就好。"有点坦然，偏偏目光跟她对视时又挪了下。

童明月笑意愈深，微点头，用很理所当然的语气认真说："许灿同学，关于这点我是十分肯定的。"

02

戏剧社的学长们后知后觉，发现演龙套的许灿没有来吃饭，于是派了个男生找她，很快找到休息室里，叫她去吃饭。

许灿有点不情愿过去："我还不饿……"

童明月说："还没吃饭，是不想吃外卖吗？我去食堂给你打包点别的好不好？"

"不用，"许灿当然不愿意让她辛苦，"我这就过去啦。"

想到离节目开始还有很长的时间,她又问:"那你……等会儿还在吗?"其实她想说,她上台的时候能不能看见她。

戏剧社的节目是最后一个节目,她怕童明月会先走。虽然不觉得自己上台的片刻,有让她花费时间停留的价值。

童明月不知是读懂了她没说完的话,还是什么,只笑笑说了句:"我会期待小仙女上台的。"

许灿扬着唇沉默。

"小仙女"这词,被她用不轻不重、温柔沉稳的声音说出来,杀伤力有多大,不知道童教授自己有没有察觉。

许灿跟着别人走到大厅的休息室里,拆外卖开吃的时候,还有点魂不守舍,要深呼吸才能不傻笑。

周围人跟她有一搭没一搭地说话,没有上台经验吗?紧张吗?不要紧张……

吃完饭,郭晓雅晃进来的时候正好看见她:"在这里啊?"

"嗯。"许灿收拾好吃完的外卖,站起来,带出去扔掉。

郭晓雅跟着她出来,拉着她走到正面,上下打量两眼她的妆容,感叹说:"很美好,但是我要先劝你一句,脸还是要洗的。"

"我没有不洗脸的打算,"许灿笑吟吟地摊开手,"口红还给我吧。"

"知道是我拿的?"

"不然呢?"

郭晓雅边从包里把藏起来的三支口红还给她,边随口问:"情况怎么样啊?"

"能怎么样,她拿自己的口红帮我涂了呗。"

"嘿嘿……"郭晓雅想说"果然不出我所料",忽然顿一下,抓到了关键字惊讶道,"帮你涂?她连口红都是帮你涂的?!"

许灿"嗯"了声。

"许灿灿,你这待遇也太独一无二了。"郭晓雅有点咂舌,回忆起几次跟童明月面对面交谈的印象,实在想象不到她帮许灿涂口红的模样,跟气质清冷的童教授不搭。

"童教授那么对你,不是偏爱你,就是偏爱你。"

许灿先不去仔细思考，光听到这话，整颗心就像被泡进温泉水里，暖得有点烫。

半晌，她说："不一定。"

"不一定？那你可能是她失散多年的亲女儿，亲妹妹都没有那么宠的，你觉得哪个可能性大？"

许灿："……"

舞台灯光不断变化着，台上太亮，往下望去，同方向的一片面容都隐在暗处。就算这样，许灿站在幕后等上场时，目光也很快就找到了童明月的位置。

她跟旁人坐姿不同。端端坐着，说放松也放松，却有种说不出的气质。

周围老师都是差不多的深色衣着，童明月穿最常见的黑大衣。长发一边别在耳后，微侧分，发尾弯弯的弧度平添优雅，没有打光的皮肤也比别人白一度。

背景音乐陡然变化。

许灿按照排演时那样，等到灯光集中在舞台中央时，步调款款地走去。她身穿白裙，演的是男主角臆想出来的钢琴幻化的形象，所以脸上得端着弧度标准的笑容。

许灿坐在琴凳上，手扶着身旁的三角钢琴，长裙其实不太合身，也不够精致。许灿身材瘦削，后腰板型还是靠别针固定出来的，幸亏人漂亮，能撑起来衣服。

台上男主角在跟自己的父亲吵架，背对着她。

许灿刚坐下，身子就微往右侧了侧，视线自然地落到童明月的方向。这样，她脸上的假笑也会变得真切起来。

男主角跟父亲还要吵一小会儿。

许灿本想在这段空当里，默默看着童明月的。谁知刚抬眼，两人的目光就对上了。

周围还是暗着的，明明此刻光没投在许灿身上。童明月的目光却仿佛在她刚上台时就望过来似的，迎上她的目光，她还微微偏头扬唇一笑。

好的，开始紧张了。

男主角开始朝着她走过来，几个有些夸张的肢体动作后，演绎台词："你是知道我想逃避，所以来再见我一面？或者，来劝说我的吗？"

许灿微笑着说出台词，语气尽量温柔："只是告诉你一句话。"

"什么话？"

"不管什么时候我都在这儿……等你。"

许灿坐姿没动，学姐嘱咐过要把表情对着台下观众，所以目光还是望向童明月的方向。

像是在对童明月说。

童明月顿半秒，先垂下眼，又很快地抬眼弯着唇笑了笑，镜片后的眼眸亮亮的。

几秒过后，灯光全部暗掉。许灿顺势退场了。

十二分钟的舞台剧，很快演完。最后俩主持人上台说完结束词，晚会就正式落幕。

晚会结束后，还有学生会的同学站在门口两边，端着竹篮，给走出去的人发糖果。

"坐得腰疼。"李薇直了直背，看着前几排的学生陆续走掉，站起来说，"我们走吧，刚回来就被我拉过来看节目，辛苦了，请你吃大餐。"

"哪儿的大餐？"

"我想吃汉堡……"她看眼童明月，圆圆的脸庞浮现温柔的央求，"可你刚回来，是不是不想见到这类东西啊？"

想想，她又说："算了，那普通中餐也行的。"

童明月："没事，就去吃汉堡。我请客。"

李薇疑惑地"嗯"了声，看她表情："怎么心情忽然那么好了？"

她旋即自己得出结论："是节目比你想象中的好多了对吧，我们学生会的小孩很厉害的。"

童明月不置可否，笑说："确实有惊喜。"

同时，另外一边。

郭晓雅刚进休息室，就踩着高跟鞋飞快走到许灿身边："等我换好衣服，请你吃烤乳鸽好不好？今天辛苦啦。"

"你更辛苦，"许灿心情很好地笑说，"我请你呀。"

03

新学期里再也没有童明月的课了，许灿少了个每周见到她的时间地点。她每天上完课，泡在自习室里学习，闲时就琢磨着下个见面的理由。

知道童明月最近很忙很忙。许灿看着论文材料，准备这段时间先专心弄自己的论文，忽然听见身后那桌两个女生在压低声音聊天。

"你怎么手表显示两个时间啊？"

"因为我永远都过两种时间。"

许灿悄悄往后看眼，边写提纲，边轻轻笑了笑，心想，这不是馊掉的"鸡汤"上的熟悉句子吗。好装啊……

"为什么呀？"

"因为我朋友在外国留学呀，忘了？她总熬夜，我得监督她，看她有没有按时睡觉。"

"那她要是看见你消息故意不回呢？"

"不会的，我朋友看见我的消息就一定忍不住要秒回，就算知道会被我叨叨。"

许灿又回头看一眼，确实都是女生。

背对着她的是问问题的，答话的女生扬着唇角笑得满脸甜蜜，伸手撩了下发。手腕上的表很漂亮。

"哎哟，你们感情可真好。"

"哈哈还好呀。"

许灿趴在桌子上，拿头轻轻磕桌面，一下一下，可恶。好酸啊……脸颊贴着刚写两句话的打印纸，没有动笔的欲望了。

许灿又坐着磨蹭了会儿，正好肚子饿，干脆收拾东西去校外吃饭。

出来时天还亮着，吃完饭回去的路上，天边橘色霞光已经替换成路边灯光。

平常地走在夜里,迎面忽然走过来五六个男人。

实在太显眼。他们全部穿着黑色衣服,戴金色的粗项链,甚至鼻梁上还有架着墨镜的,留近乎光头的短短板寸头,壮壮的,走过来。

她下意识垂眼,往人多的马路中间走了走,余光却察觉到几个人在跟着她。

许灿看他们一眼,目光对上那刻心里迅速确认了,脚步加快,同时往左边避开来。

"前面的同学,等等。"男人叫住了她,旋即六个人呼啦啦地围了过来,"不着急走。你是许庆国的女儿吧?"

许灿面色不改:"认错人了。"

"哦,认错人了。"旁边的男人闻言立刻转头要再看别人。这里是大学附近,不时就有学生经过。

他被中间的男人一把拉回来:"认错什么啊!"

"就是你吧,许灿对吧。小妹妹,我们边上站站,知道你爸欠了多少钱吗?"

几个男人走过来,要抓她的架势。

"你们不用过来,"许灿快走两步,自觉先走到马路的边上,认真说,"你们真的找错人了。"

站在中间的男人,从鼻孔里发出一声冷笑。他的长相就像把"坏人"两字写脸上了,下巴处还有一颗非常显眼的痣。黑痣跟着笑不动声色地扯动一下。

"你爸在外面欠了钱,躲得找不着人了都。父债女儿还天经地义。"

"听他说有个读名牌大学的女儿,本来还不信呢,这多好的大学啊……"

"是啊是啊。"

"钱欠得也不多,连本带利就五万块钱。"

他们一人一句说着话,语气还算在商量范畴:"你看看,什么时候能还上?"

许灿想了想,余光望着周围的环境:"我没有钱,也联系不到我爸,帮不上你们的忙,不好意思。"

"没钱？几千块钱也好，能拿一点是一点。"

"真没钱你是怎么上学的？"

"没钱就去想想办法。"

"对啊，"男人的目光上下打量着许灿，不怀好意，"你这样的小姑娘，五十万元都能拿出来吧？"

"要不然哥儿几个给介绍点工作？"

许灿闻言扭头就走，往右边拔足狂奔。虽然是僻静些的西门，但门卫室也有几个保安看着，他们见状不敢光明正大地追过来了。

许灿混入散散走着的学生群里，一路跑回宿舍，关上门。她拿出手机，走去阳台给爸爸打电话。

过了好一会儿，电话通了。

许庆国声音被风吹得破碎，但掩饰不住意外的语气："囡囡，怎么了？"

许灿站在阳台，宿舍的白炽灯灯光照过来，她背着光，脸上没有任何表情，挺平静地问了句："爸，你是不是把我的学校和地址告诉讨债人了？"

"没有……"许庆国愣了愣，接着非常激动地反驳了，一连串的话语里夹杂着家乡方言。说他怎么会害自己的亲女儿呢。

许灿默默地听完，直到他再次安静下来。顿了顿，她放柔声音问了句："爸你过得怎么样？没有被人找到吧？"

"放心啊，爸在工厂上班，轧钢筋呢，钱还挺多的也不累，改天汇点钱给你啊。"

"没事，我学费也才刚交掉。"

许灿又寒暄了两句，挂断电话。她裹紧衣服，低头把敞开的毛衣开衫扣起来了。虽然是初春，但三月天里还是料峭着的。

心中相信爸爸的话。相信他主观意愿上不可能害她。既然他自己还没被找到，就不会特意把她的信息抖出来给讨债的。

那些讨债人的言辞还是自相矛盾的。既说找不到许庆国，又说是许庆国告诉他们她的学校是哪儿。

许灿长这么大，流氓混混地痞无赖见过无数，知道他们是查到自己的手机号，定了位而已。

许灿很早就给爸爸买了张特殊的手机卡，叮嘱过，只可以用来联系她。

所以，她爸躲债躲得基本都挺成功的。欠个几千几万块钱，谁也没法真下狠心去跟他这样磨，多半就都算了。催收公司多一笔死账坏账而已。

许灿坐在书桌前，神情晦暗。自动铅笔拿在手里，却连直线都画不直，别说继续画化学元素了。

其实没什么应对的办法。虽然心里知道这事没那么简单过掉，但也只能尽量避着点，没课的时候不出宿舍，安静学习。

反正讨债人进不来大学，就算真混进来，也不可能用二十四小时贴身跟着她的讨债套路。

没想到，很快等到他们的下一次动作。

许灿刚从实验楼出来，准备去食堂，拿出手机想问郭晓雅要不要带饭，就看见静音过的手机屏幕一直亮着，密密麻麻的未接来电，而且还在不停地打进电话。一秒过后自动挂断，下一个电话又进来，归属地有南有北，还有海外。

许灿知道是软件打过来的，随机生成的号码，不知道怎么屏蔽，直接切了飞行模式。手机安静下来。

许灿正常走去食堂，正常地排队，正常地端着晚饭找好座位。她睫毛低垂，一口口吃着饭，虽然毫无滋味，但吃饭的动作并没有慢下来，白皙的脸上没有任何表情。

回到宿舍，许灿刚打开门，就看见郭晓雅在宿舍里急得转圈圈，她看见许灿，立刻提高嗓音叫了声："你没出什么事吧？！"

"怎么了？"许灿轻飘飘问一句。

"什么怎么了？"郭晓雅顿时有点抓狂，"你干什么突然手机关机啊，你是不是被人整了？你看到校园网里的帖子了吗？"

"什么帖子？"许灿边问边走到桌前，坐下来，打开笔记本电脑。

"就我们学校的校园网，你搜你自己的名字，也不用搜，说不定还飘在主页上呢！"郭晓雅站到她身边，像是怕刺激到她，忽然收小了音量说，"点进去就能看见。"

许灿点进校园网，确实不用往下翻，立刻就看到了极刺眼的帖子名——

我是大二的许灿，爸爸在外面欠债五万块钱，求各位兄弟姐妹出手相助！

郭晓雅小心地看眼许灿脸色："你觉得会是陈爱媛吗？"

许灿淡淡说："不是她。"

她点进去，见主楼贴了几张图片，是她全家人的信息。

后面有非常多的跟帖。

许灿顺着往下滑，有些是质疑帖子真假，还有纯表情感叹。帖子热度很高，没多少时间就搭起了快两百楼。

有人贴出本校确实有叫许灿的。学校官网拿奖学金的学生名单上，许灿的名字被圈了出来。后面的人在议论是不是这个许灿。

许灿紧抿着唇，想了想，先把手机的飞行模式关掉了。果然已经不再疯狂进电话了。

郭晓雅见状，都不知道应该要先问什么。她摆明了知道是怎么回事。

许灿继续翻着帖子，一直挺平静的，看见后面有个刚注册的小号，她甚至还笑了笑，指指对郭晓雅说："喏，这个才是陈爱媛。"

那人回复了好几层楼：许灿是化学系的，确实缺钱，不会是她本人去借钱了吧哈哈哈。

郭晓雅凑近看屏幕，刚读完那行字，心里就开始腾地冒邪火："你居然还笑得出来？"

"没什么……"许灿余光瞥见手机又亮了起来，这次不是一秒就断的那种电话，归属地也很正常。

她于是接起来："喂？"

"小妹妹，"男人粗哑的声音，不熟悉，但许灿知道是那天讨债人里的一个，"哥哥们呢，虽然长得凶巴巴，但也不是不讲道理的人，你手里现在有多少？余下的我们可以慢慢还的啊。"

许灿目光盯着屏幕，还能分神继续把帖子看完了："我没钱。"

"行行，你说你没钱是吧，问身边人，同学啊老师啊借借，先凑出来个千把块不难吧？你给个态度，余下的我们都好商量的。"

许灿只重复一遍："我没钱。"

"你这样太不给面子了，"那人语气冷下来，稍稍提高嗓门警告她说，"你上网了没有，要不你先去学校论坛看看再来给我回个电话？"

许灿说："我看见帖子了。我没钱。"

"先礼后兵知不知道什么意思？

"小妹妹啊，那帖子挂着不好看吧，有多少熟人同学议论你啊是吧。

"想想清楚啊。"

04

许灿沉默几秒："我真的没钱，除了求你们删帖，也没有别的办法了。"

郭晓雅站在她旁边，三言两语里听懂了事情的来龙去脉。没想到，帖子里说她爸爸欠债不还的事竟然是真的。

她张张嘴，旋即按捺住，小声告诉她说："我们学生会里就有个人是管理校园网的，等他理我，我就让他把帖子删掉啊。"说着，掏出手机看消息。

原本想催一下的，没想到已经收到回复了。她看了眼，就把手机递到许灿的面前。

"王志杰，你快点把这帖子删了！"

她发了帖子的链接。

"造谣我室友呢。

"看见就快点删了啊！速度速度速度……"

半小时之后。

王志杰："好的，已经删掉了。"

许灿低头扫一眼，给她比画了个很棒的手势，继续用没有任何变化的淡淡语气说："如果我爸联系我了，我就告诉你们他在哪里。你们去找他好不好？冤有头债有主。"

郭晓雅听着，边给王志杰回了个"谢谢"。

等许灿挂了电话。

"你爸真欠了别人五万块钱吗？"她认真地问，"你想要帮你爸爸还债吗？"

许灿说："不想，我一块钱都不会帮他还了。"

"五万块钱不算少了，他有可能被法院起诉的。"

"我最希望他能被抓进去坐几年牢，改过自新。"

郭晓雅替她想了会儿，点头说："那好，就算到最差的这一步问题也不大。"

许灿扬唇笑："这可不是最差的一步。"

"应该没事了吧。"

"没事，"许灿说，"他们要不到钱，再过两天，就散了。"

郭晓雅见她非常淡定的模样，也就信了，而且这种说不准就让别人不高兴的事，她也不能多问。

转而跟她聊起大三要不要出去实习的事。

许灿遇到过最凶的债主。

那时候她年纪还小，除了放学路上小心走路，时不时不能回家，唯一做出的牺牲也就是把奖学金拿出来，帮爷爷奶奶一起把债还掉，直接盯着她要债的，还从没有遇到过。

隔天，许灿手机收到好几条性骚扰的短信，知道不对劲，去网上搜自己的电话号码。

果然——她的信息全都被公布出来。

走在校园里，光线充足，许灿抬头一望，仿佛周围所有人都在看她。

理智上明明知道这是错觉，可是心里的慌乱感没那么容易消失。

她加快脚步，回宿舍。身侧的影子都似眈眈地望着她。

又过了几天，许灿若无其事得都快让郭晓雅忘记那件事了。

她正常上课学习，操心实验结果，生气花半个月做出来的实验品被师兄当垃圾顺手扔了。然后讹师兄给全组同学买炸鸡吃。

日子一天天照常过。

直到有天，郭晓雅从邱伟办公室回来，进门就把门摔上了，很激动地说："许灿！你知不知道那些讨债人根本没放过你啊？"

许灿抬头，用眼神询问她怎么回事，自然得装作没事人一样。

"不过你别害怕啊，"郭晓雅喝口水平静了下，坐下说，"他们被抓进去了，还写检讨保证不再来骚扰你。"

许灿愣怔："什么？被警察吗？"

"嗯，检讨书写合格了才放出来的，听说律师拉着他们的手和蔼可亲地科普法律知识，讲他们违反了哪些法律……"

郭晓雅见许灿有点茫然的样子，马上话锋一转，改说她感兴趣的事："当时，童教授就坐那边，抱着手臂，看着他们写检讨的。"

"怎么会……"许灿表面的镇定与平和立刻被打破了，面容沉下来，忙追问，"她是怎么知道的？"

"好像是他们那群人在校门口拉人，打听你呢。有人告诉辅导员了，邱伟她忙着结婚啊，估计把事情托给童教授了吧，她就最后跟着跑了一趟派出所。"

许灿："……"

"不然我怎么打听到的情况？其他具体的不清楚，只知道那律师貌似是行业内大牛，一封律师函就让那些平台都配合删除内容。"郭晓雅话顿了顿，又不解，"不过，他们后来还去别的地方发帖了吗？我都不知道。"

许灿发着呆，没说话。

"哎呀，反正那么大牌的律师，还特意给小流氓做半天思想教育，我该说……"郭晓雅开着玩笑，有点想逗她开心的意思，"真不知是童教授面子大，还是你许灿面子大？"

许灿抿了抿唇，却实在笑不出来，脑子有点蒙，心沉甸甸地压着石块。

下午的课结束，许灿从教学楼走出来。

她心不在焉，走到食堂方向，忽然看见不远处童明月走在香樟树底下，手里拿着几张纸，像是刚从实验楼出来的。

许灿此刻其实有点想逃避她的，可双腿下意识就走了过去。

"好巧呀。"

"不巧，"童明月弯了弯眼，"我在等你。"

风把云吹远，霞光把天际晕染得像油画的色彩。

许灿在她那眉眼柔和的笑容里迷失，几秒后，风卷起她的发乱在脸颊上，心思才去想别的。

童明月："饿不饿？带你去吃好吃的。"

"我……"许灿目光望着她，童明月未施粉黛的白皙脸庞，有浅浅的黑眼圈。她要说什么话都忘了。

明明她最近那么忙。

两人离得近，任何细小的表情都能留意到。

想到她是为什么来，许灿蹙了蹙眉，自己都弄不懂为什么心里那么难受。

童明月却仿佛能看懂。她拉着许灿，柔声说车停在边上，走过去再想吃什么好不好。

等上车，许灿还是被满腹心思压得说不出话。有种浓浓的自我厌弃感。

童明月沉默着帮她扣好安全带，也不着急去哪儿，忽然说："听说，网上那件事你连室友都没告诉，她不是你的好朋友吗？"她很少那么直接问她。

许灿愣怔了下说："不是。"

察觉有歧义，她忙摇摇头说："她是很好的朋友……所以不想告诉她。"

童明月没有说话，认真地看着她，无声地让她继续说下去。

片刻，许灿才闷闷地说："朋友不该被我拖累的。"

爸爸是老赖，催收人盯到自己身上。这种除了散播负能量外完全无意义的事，并不适合倾诉，说了也没办法解决任何的问题。难道要让郭晓雅帮她还债吗？

许灿只擅长自己扛着。

"看见你被欺负，"童明月见她低垂着脸，半响，托起她的下巴，语气带着难得一见的严肃,"只要不被牵连,朋友就可以满足了吗?"

许灿望着她,讷讷:"我不知道……"

"你不是真不知道。

"选一个不会被指摘的答案,好像很有义气,但只是为了让自己舒服而已。宁愿被身上的担子压得喘不过气,也不愿意心里多负担。是不是?"

许灿:"……"

童明月淡淡评价一句:"傲气的小姑娘。"

可能是她对她总是柔声说话的,语气稍微冷下来,许灿心就跟着一抽,眼眶发烫,只觉得抬不起头来。谁傲气啊。

许灿:"……"

童明月手没松开,手指虚虚地扣着她下巴,想望清她的表情:"我有说错吗?"

许灿看她一眼,蹙眉又微微偏过了脸,眼眸闪着泪光。

童明月看见了,愣怔了下,似有点不知所措起来,接着松开手,语气恢复往常的柔和:"怎么了,这么两句就委屈?"

许灿说:"我本来就委屈。"

童明月静了几秒。长睫半垂下,眼眸流淌着有点内疚的柔和神色,轻轻说:"对不起啊,灿灿。"

"你为什么要道歉……"许灿长睫颤动,泪水就不自觉地掉下来了。本来能忍住的,要不是,要不是她语气那么温柔,说的话又让她被愧疚感浸没。

"没经过你的同意,擅自插手你的事情,对不起。"

"我……"脸庞被泪水打湿,她喘了下,瞬间就哭得说不出完整的话。

那么多年过去,却又像回到十四岁的那刻。明明很少哭的,却在童明月面前哭得停不下来。

许灿边哭边觉得丢脸,又刹不住,就很别扭地抬手捂住脸。

童明月靠过去,又伸手轻轻抱了抱她。非常温暖的拥抱。

"坚强是给外人看的,你这样全靠自己撑,要朋友做什么呢?"

许灿："……"

她的怀抱实在太舒服，无论多大的委屈也该被治愈了，太阳穴不再一抽一抽的，许灿觉得揪在一起的五脏六腑都放松了。眼泪渐渐停下来，撇撇嘴，没有说话。

"很多事……"童明月缓缓开口，语气温柔到不可思议，"你不想说出来的那些事，可不可以，跟我说说，只告诉我一个人？"

05

郭晓雅对着镜子敷面膜的时候，许灿回来了。

她从镜子里看见许灿进门唇角还噙着笑，不由得打趣说："回来啦，例行报告情况，去哪里了？聊了什么？"

许灿轻轻关上门："别闹。"

"我看你没回来，就知道你肯定是去找童老师了。怎么样，童教授是怎么把人揪到派出所的，细节问清楚没有？"

许灿："……没有。"

郭晓雅靠后坐坐，闭着眼："那你找她干吗去了？"她边把脸上面膜抚平，边说："哎，想到我们童教授，抱着手臂，坐在派出所里冷眼看那群流氓，盯他们写检讨书的模样，那副高冷的样子，哎呀呀，我心里都觉得酥酥的。"

顺着她的话，许灿想到那个场景，不由捧着脸笑了会儿，把童明月来找她的过程挑挑拣拣地说了下。

郭晓雅身子窝在秋千椅里，听得连连点头："所以我总结一下，就是，童老师帮你，你别扭，然后童老师哄你，带你去吃饭，等你开心了再把你送回来？"

完了她又有些不可置信："是这样的吗许灿？"

许灿："……"

郭晓雅无奈地说："算了没关系，这也是欠她人情嘛，可以借此继续纠缠她，下一顿饭约起来了没有？"

"没有。"许灿讷讷，"……她刚忙完项目，要赶去外地的学术研讨会，两周内我都见不到。"

"两周内都见不到？！"郭晓雅敷着面膜，努力保持面部无表情，吼她，"两周后这件事都算完全过掉了吧……你还怎么拿以报恩为由纠缠？等她回来，岂不是都没有马上约的理由了？"

"不会，"许灿坐下来，拿出手机，"邱伟老师不是要结婚了嘛，她会参加的。"

"所以你也想去？"

"嗯。"

"可她婚礼应该不会叫学生吧，我跟她关系还挺近的，也就是多几包喜糖啊。你要主动提自己想去吗？"

许灿淡定说："她结婚前还为我奔波了一趟派出所，我是不是要感谢她？"

郭晓雅疑惑地"嗯？"了声。

许灿拿出手机，翻看邱伟朋友圈里透露的喜好："所以我要借这件事情，送她一个巨贵的礼物感谢她，祝她新婚快乐，再问问婚礼日期。这样她就不好意思不叫我去了。"

"可她是辅导员，不太能直接收我们的礼物吧。"

"没关系，我直接匿名快递寄到学校给她，等她签收了再暗示。"她还是从童明月那儿学来的，直接寄快递。

"这招好！"郭晓雅鼓掌，"看你平时不争不抢的，背后心思挺深的啊。"

许灿挑眉笑："通常这样的反差才能得到自己想要的。"

郭晓雅竖起大拇指："能！你能！"

许灿乐了下，上网看了圈旗舰店和官网的图片，很快看好了要买的东西——邱伟在朋友圈表示过喜欢的品牌手链。价格也非常合适。

准备明天出门顺带去趟商场，她要好好报答辅导员，强化下这件事情在童明月心里的印象，以后借此"纠缠"，也能非常自然。

想得美滋滋的。

翌日，许灿给任欣怡补完课，把准备好的礼物同城快递给辅导员。回宿舍的路上，接到郭晓雅的电话。

校学生会组织的纯文艺的电影鉴赏活动，根本没人参加，各系又有人员出席的指标，最后学生会的同学只好自己报名参加了。

郭晓雅说她男朋友食物中毒住院了，得赶去陪，没空去活动了，让她帮忙占个空的座位。

许灿觉得她在医院的路上都惦记着这个电影鉴赏，还挺有责任感，正好没事，就同意去教室坐一会儿看场电影。

郭晓雅立刻给她发了十二块钱的红包。

"进去前记得一定要买杯珍珠奶茶，最大杯的。电影能无聊死你，真的。"

许灿听话地先去买好奶茶。拿在手里，去的路上还在想，看电影能无聊到哪里去。实在不行，签完到还能坐在后排找机会先走。

走进放映电影的公开课教室。能容纳一百多人的教室里，只有十来个男生。四人围在讲台周围，操作着电脑，其他人坐在前排低头玩手机。

许灿进去，又下意识地退出去，再确认眼门号，踌躇着想再跟郭晓雅确认下。

里面的人看见她，招呼了句："同学，看电影的吗？是在这里。"

"哦……"许灿点点头，犹豫地走进来。看了眼手机上的时间，离开始只有五分钟？也没来早啊。

她都不好意思挑靠后的位置，这么零星几个人，往后反而显眼，她就坐在第二排的最边上。

围着讲台的男生开始操作电脑，准备放片子的样子。

许灿坐着打量整间教室，这电影鉴赏的活动竟然除她以外一个女生也没有。

讲台上四个放电影的，还有玩着手机明显凑人数的。她忍不住给郭晓雅发消息问："怎么都没有人？"

很快收到回复："不应该啊，十九个院应该有十九个人，但有两个院在校学生会里没人，所以应该有十七个人！"

许灿："你们活动人真多。"

讲台上的男生们聊着天,说他是被女朋友拽来的,他是室友请客请来的。说着说着,从游戏聊到帮教授忙的事情。

"我给化学系的教授家的女儿补数学,结果那小孩说,哥哥你讲数学还没教我英语的姐姐讲得好,你是不是差生啊?"他故意掐嫩嗓子,语气模仿得惟妙惟肖。几个人顿时笑起来了。

"哈哈哈……"

许灿猛地抬头,看了他一眼。

"教英语,是人文学院外国语的吧?"笑完,有人抬手拍拍他肩说,"程逸云,那你去打听打听人家妹子单身不,说不定还是段缘分呢。"

"对啊,外国语的妹子都漂亮啊。"

"把握机会兄弟。"

"不是,就他们化学系的,叫什么许灿啊。"程逸云愤愤不平地说,"听说是 GPA 几乎满分的'大神',这样的学霸,肯定长得丑。"

许灿:"……"学校那么大,为什么这都能遇上?

"那么牛,怎么还去给小学生当家教啊?"

"马上就是初中生了,我都怀疑自己很快要被换掉了。"

"怎么会被换掉啊哈哈!"

许灿垂了下眼,心想,幸好她是代替郭晓雅来的。签名簿传来传去也不会掉马甲。

她继续喝奶茶,给郭晓雅回复说没事,会等电影放完再走的。刚刚查了下,也就是一个小时多一点点的电影。

程逸云:"因为那小孩说,教她英语那人说,如果是她来教数学的话,肯定把她的成绩变成九十分以上。教授虽然现在没说什么,等暑假,肯定就只让她教自己女儿了呗。"

"她跟教授也那么说吗?"

许灿一口奶茶差点没吸上来:我不是,我没有说过啊……

"算了,反正家教的活儿哪里都好找。"程逸云摆摆手,很感兴趣地转过话题问,"张杰岩,听说你们院有导师结婚了?"

张杰岩欢快地科普:"对啊,听说一毕业就结婚。"

"学校不管这种吗?"

"怎么管，都是成年人，你情我愿，合情合理合法的事情。"

"不一定吧，导师可以卡毕业什么的……"

"想多了，哪里犯得着这样，又不是什么天仙。"漫不经心的嘲讽语气。

说这话的时候，投影仪已经开好了，电脑上开始调下载好的片子。

"那导师得大她十六岁吧，真你情我愿的话，那女生到底是怎么想的？"

"成熟也有魅力的吧？"

"老头有什么魅力。"程逸云嗤笑一下，又说，"不过导师的话，其实，你们见过化学系的童明月童教授吗？那才叫魅力。"

"噢噢，我听学物理的哥们也说过，她是你们理学院的宝藏级教授对吧？听说带的课题组也非常牛。"

"正教授吗？几岁了。"

"不到三十岁，还是副的，但她很厉害的，这两年肯定就能升上正的。"

许灿听他们夸童明月，马上高兴起来，边喝着奶茶边竖起耳朵静静听着，有种特别的与有荣焉感。

"人还长得漂亮？"

"超级漂亮，"程逸云点点头说，"我上学期还特意去蹭过两次课，说实话，我特别想追她。我感觉她就是我的理想型。"

周围人起哄："别仗着自己长得帅，就这样异想天开啊。"

"我做过调查了，她单身！"程逸云长得高高瘦瘦，斯文白净，还挺有自信地笑了笑，"我们说不定就成了呢？到时候，我请你吃三天三夜的饭啊兄弟。"

"行啊兄弟，那我给你包大红包啊哈哈……"

许灿脸黑了下，把奶茶杯捏瘪了点。

电影开始放起来，他们也坐了下来。程逸云看见独自坐在边上的许灿，试着来搭个话，微笑着问："同学你是哪个系的？叫什么名字啊？"

"许灿。"

程逸云："……"

许灿捧着奶茶，语气没什么起伏地说："啊，我就是那个教欣怡英语的化学系的，她那么聪明的小姑娘数学总不及格，也不知道是为什么。"

所有人："……"

06

过两天，许灿果然收到了邱伟的婚礼邀请函，欣然赴约，还申请在最忙的早晨去帮忙跑腿。她花童是当不了了，帮伴娘打打杂搭把手还是没有问题的。

邱伟还叫了郭晓雅，可惜她早计划好翘课两天连同双休在内出国玩，就没能跟许灿一起来。

早上化妆、打扮、藏婚鞋等事情都忙完，许灿坐在旁边吃小点心等新郎到的时候，童明月就来了。

她是跟在李薇身后进来的，先对穿着婚纱的邱伟夸了两句。扫眼室内，很快看见小沙发上坐着的许灿。

许灿脸颊鼓动，捧着个小碟子在吃饼干，眼睛溜溜地看着她，视线对上，有点惊讶的模样，很快伸手抹了抹下巴沾上的饼干渣，然后笑了笑，酒窝深深。在热热闹闹的婚房里，像个小吉祥物。可爱极了。

童明月弯了弯眼，下意识往她那边走过去。

时刻盯着窗口的伴娘突然大声喊了句："注意啊，他们车都停到楼下了。"然后立刻三步并作两步地过去，把门关上，反锁掉。

下一秒，门就被敲响了。新郎竟然比楼下的车到得还快。

李薇笑得不行："他们故意跟在我们身后的？还真没注意到，差点就直接给他们混进来了。"

"太狡猾了吧。"

"我们准备的红包太大了啊，门缝有点塞不进。"

敲门声非常斯文："姐姐们把门开开，红包人人有啊。"好声好气好商量的口吻。

"谁是你姐姐？"最年轻的伴娘马上跳起来，隔着门笑着喊说，

"比我大，还叫我姐姐吗？"

"小妹妹，漂亮妹妹开开门吧。"

另一个年长的伴娘立刻接话："谁是妹妹？"

门后静几秒，继续奉承："各位美丽姐姐和漂亮妹妹……"

童明月在许灿身边，笑着看伴娘们的堵门环节，并不打算凑上去。

许灿默默地把饼干咽下，咬掉最后一口红枣糕，然后拍拍衣襟上不当心沾到的碎屑，收拾下仪容，心怦怦地跳。她都不知道童明月会那么早来。

今天她还罕见地穿了裙装，简单白衬衫，黑裙子……简直作弊。许灿本以为自己能挺正常地直视她的脸，结果视线还是飘忽起来。

不到半分钟，伴娘们都没有来得及说出一条为难他们的要求来。门突然就被打开来了。

其中一个伴郎把什么东西放到身后的口袋里。这个动作，明显是在藏他刚撬开门的作案工具。

伴娘们集体傻了几秒。

新郎满脸笑容，淡定地从四位伴郎中走过来，把红包塞在她们手里，大声说："各位美女，有什么问题和要求吗？还是别浪费时间了，我们直接找婚鞋吧。"语气特别自信。

邱伟看到他身后的几个伴郎，顿时笑得不行："一个物理博士，一个化学博士，一个大文豪，还有个特种兵退役的……你们骗我讲都不来？"

她跟老公是青梅竹马，伴郎也基本都是昔日的发小同学。

几个高高大大的男人往那儿吊儿郎当一站："邱，你看哥儿几个凑起来还有什么做不到的？随便提。"

"对，随便提吧。"

伴郎自己也笑得不行："今天昭哥来娶你，搞数理化的都找来了。"

新郎本人是数学博士。

"还有一位上知天文下知地理，跟这个特种兵退役的。"

"我们就直接找婚鞋吧？"

见他们态度嚣张，伴娘团顿时不干了，上去老老实实地问问题。

关于新娘的，新郎全都倒背如流。

李薇特意出了个冷僻的文学性问题，旁边据说是大文豪的那位轻轻松松就答对了。

准备的抽盒子游戏，抽到让伴郎每人都做五十个俯卧撑的字条。

开锁那位一个人就做完了，而且速度飞快，几乎是伴娘数一个他就做一个，爬起来前还问了句："要不再来五十个？"特种兵退役了也很厉害。

眼看着他们真要开始找婚鞋，邱伟忽然大喊一声："我的童教授何在？！你也来问一个。"

童明月本来站在许灿身边看热闹，身影都被沙发挡掉大半，又是角落的位置，很不显眼。

新郎伴郎们都全身心盯着伴娘们，闻言，又齐齐转过头望去。

"我有什么好问的。"童明月被点到名，看眼站在新郎左边的人，"他们那边也有个学化学的，我想刁难，也刁难不到。"

"学……学姐？"学化学的于延荣被点到名，站出来的同时，说话都有点磕磕巴巴，"学姐，你……你问吧……"

看着明显比童明月要大几岁的他，喊着学姐，刚刚还挺嚣张的模样仿佛换了个人，大家都乐得不行，发出各种故意的嘘声起哄声。

他本人也笑了笑，可明显绷着，状态瞬间回到博士学位的论文答辩现场，童明月笑了下，并没打算为难他，随便出了个挺简单的专业问题。结果他太紧张，还答错了。

被旁边的物理博士一把推开，代他答了出来。

几人开始找婚鞋的时候，于延荣被新郎拍拍肩揶揄了句："色令智昏啊兄弟。"

婚鞋没藏起来，就放在最高的柜子顶上，要求他们不许借助任何工具，只能用人力来拿。

新郎抓住"人力"这字眼，让旁边的伴郎趴着当人梯，轻而易举拿到婚鞋。

他半跪着，给新娘穿上婚鞋，在周围人的起哄鼓掌里，直接把人公主抱抱起来下楼，坐上了婚车。

众人也跟着下楼。

许灿一路都自动跟在童明月身边。

两人仿佛本就是一起来的，自自然然。

等到婚礼开始。

宾客里两桌都是理学院的教授们，有本系的老师认出许灿，入座的时候，笑着对童明月说："跟你带来的学生坐去那边吧，坐一起。"

童明月也没反驳，带着许灿就坐过去了。

等落座，童明月才想到问句："郭晓雅没来吗？"

她知道跟邱伟关系很好的学生是郭晓雅，看见许灿在，以为等会儿郭晓雅也会来。

许灿："她没有来。"

童明月点点头，没有再问。

许灿："你怎么不问我是跟着谁来的呀？"

童明月笑："跟着谁来的？"

许灿看她并不在意的样子，鼓鼓脸："不告诉你。"怎么都不问她为什么也在。

"好吧，"童明月拧开饮料瓶盖，给她的杯子里倒满果汁，轻笑说，"我的小朋友，就算我带来的。"

许灿盯着缓缓升高的果汁，告诉自己，别脸红千万别脸红啊……

等她倒完，端起来干掉半杯。

童明月又轻笑了下，再给她倒满："慢慢喝。"

许灿红着脸，有点小叛逆："我就想快快喝。"

她还莫名其妙地倔强补了句："我喜欢这个果汁……"

童明月笑着点头："好，那我们藏起来，不给别人倒。"语气还是一本正经的，给她倒满，然后拧好瓶盖，把瓶子从桌上轻轻放到桌子底下。

许灿要在她的温柔里溺亡了。

旁边走过来个老师，问童明月："谁落了个手机，是童老师的吗？"他手里拿着一个套明黄色壳的手机，明显已经问一圈了。

童明月："不是我的。"

许灿认出这壳子，后面印着"吾皇万岁万岁万万岁"几个篆体字，非常特别："是伴娘的，我送过去吧。"她从老师手里接过手机，跑去找伴娘了。

手机物归原主。许灿被正整理着小礼物的伴娘随手塞了两个挂件。她看着毛茸茸的小熊猫，笑着道谢，又被伴娘小姐姐捏了捏脸颊。

都准备得差不多了，就等主持人出来改放音乐了。

她们跟快上场的新娘说着话。

"姐，跟你打个商量，等会儿捧花扔给我好不好！"

"扔给你有什么用，你的目标对象在哪儿呢？邱邱，扔给我呗，我要暗示暗示老林马上给我求婚。"

"你还小着什么急，我知道老林也快了，不用你催的，"邱伟拨了拨长发，笑着说，"我要扔给我们童明月童教授。刚刚于延荣跟我求半天了，要我帮他搭线。"

刚拔腿要走的许灿："……"

"我不管，我等会儿就要捧花，你往她那儿扔我就站她旁边。指不定就扔偏砸到我了。"

邱伟笑说："你忘了？我初中篮球队的。"

结婚典礼的各种环节，许灿非常关注，还认真地盯着那位叫于延荣的伴郎的一举一动。

童明月取笑她："怎么眼神跟要上去抢婚似的？"

"这个，"许灿目光仍然没离开台上，顺手从口袋里掏出那两个熊猫挂件，哄小孩似的，"伴娘小姐姐给我的，分你一个。"

"好的。"童明月从她手里接过熊猫玩偶，弯了弯唇，"谢谢你。"

"不客气。"

终于到扔捧花的时刻。

邱伟走到红地毯的最中间，两旁的女性不管想不想抢都站起来围着捧场。童明月座位就在旁边，也跟着站起来。

许灿紧紧地挨着童明月。

邱伟转过身，目光明显往这儿锁定了下位置，然后假惺惺说：

"我就随便扔噢,接到的就是下一个新娘,单身的要跟伴郎交换联系方式噢。

"三——

"二——

"一——"

邱伟不愧是爱打篮球的人,捧花从空中抛过来,沿着一条完美的抛物线直直地往童明月身上去。

然后,许灿伸手一抓,捧花稳稳地落在她怀里。

众人:"……"

周围几位适婚年龄的女青年,转过头来,无声地看她几秒,主持人看见接到捧花的小姑娘明显年纪还小,就没有玩笑打趣,很快结束掉这个环节。大家坐回位置上。

许灿对童明月无辜地笑,小声地说:"她们是不是都急着想要结婚啊?"

童明月忍不住笑:"知道你还抢?"

"那我……"许灿低头戳了戳捧花,色彩鲜艳的精致花朵组成圆圆弧形,中间有软软的白色棉花,改口说,"棉花原来也能在装饰花束里。"

"它……"童明月想了想。大堂里开始放起了音量强劲的浪漫歌曲,正常说话声变得模糊,于是童明月侧了侧脸,凑近些她耳旁——

"珍惜身边人。"

许灿睫毛颤了下望着她。

童明月似察觉到她没懂,低头轻笑,补了句:"是棉花的花语。"

07

"那这个花呢?"许灿垂眼,按捺住,手指点点旁边的白色花朵,婚礼上最常用的马蹄莲。

童明月说:"永结同心。"

"这个呢?"

"洋桔梗……好像是不变的爱。"

"哦,"许灿面无表情点点头,"童老师肯定是收过成千上万吨花的人。"

童明月扑哧笑了,又低低说了句:"还以为你会夸句知识丰富呢。"

许灿受不了她略带嘟哝的语气,她无言地伸手拿起杯子,咕噜咕噜几口,将果汁莫名喝出了啤酒的气势。

童明月有点惊讶地笑,没想到她还真那么喜欢喝,把果汁从桌底拿出来,又给她倒满。

明明菜都还没动几筷子,直接喝饱了……

晚上婚宴结束。

童明月送她回学校的路上,照例关心下她学习,然后告诉她,最近有点忙,她有问题可能没办法很及时地答复,有事不要用邮件,直接电话。

许灿没有多问,很乖巧地应了。

童明月这学期没有课,也没忙着拉项目,但许灿知道她这段时间肯定是非常非常忙的。

因为,记得梦中差不多这阶段,她在国际学术刊物的正刊发表了论文。没隔多久,带的课题组也在子刊发了论文。

然后周围但凡有考研打算的全都扑到童教授身边。

唯独许灿那时候正避着她。

天气越来越热,换上短袖的时候也就到考试月了。

许灿日常上课,偶尔兼职。

在公交车上听见老人家都在讨论牛市熊市时,突然想起来,自己还有一笔不少的钱放在股市里。她把钱放进股市后,就真当不存在了,任由其自生自灭了好几个月,一眼都没去看过。

想了想,趁着时间早,准备去把股票卖掉。

最近具体是怎么样的涨幅她没关注,未来什么原因跌下去的也不知道,但六月中旬左右,股价全面跌停的事她是记得清清楚楚的。

许灿有十万块钱的本金,原先放进股市是为了防止自己心软给爸爸还债。借牛市,她本来以为运气好能翻个倍,没想到,再关注的时候是满眼红色的涨停。

她自己精挑细选的几只化学公司医疗行业方面的股票,几乎都翻了两三倍。几只随便买的新兴行业,更加不得了,每只都翻了五六倍,竟然还有翻八倍的股票。

许灿心跳激烈好久,看那些数字都觉得只是数字,丝毫没有实质的钱的感觉。

本金十万元,卖掉股票证券转银行。扣掉各种手续费,到手四舍五入掉零头也有整整六十八万元。加上许灿兼职攒的小两万元,她现在手里总共有一笔七十万元的银行存款。

虽然对有钱人来说不算什么,但在普通学生这儿绝对是巨款了。

许灿回到学校,还没想好这笔钱要怎么处理。死期?活期?还是就放在身边别动了?

"身怀巨款"的她还是非常朴素地走到学校食堂。

时间不早不晚,食堂里空荡荡的。许灿买完饭随便找了个就近的位子坐下,正吃着,听见旁边有几个老师在闲聊,声音有点熟悉。

她余光瞥了一眼,发现墙柱后面坐着的女人是李薇。

"说到烧实验室,"李薇声音挺轻的,但人少,又离得不远,许灿听得清清楚楚,"我们童教授才叫好玩。"

许灿听见关键词,筷子顿了顿,吃饭速度慢下来,默默地听着。

"别人都说实验室里最危险,我们童教授,最近天天睡实验室里没回家,家里着火了,还是我看了新闻上的报道去告诉她的。"

别人感兴趣地追问说:"怎么回事,怎么会家里着火的?"

许灿筷子停下来,内心"啊啊啊怎么回事?",表面屏息听着李薇的回答。

"也不算是她家着火吧,就是隔壁的邻居,一对小两口,结婚还没过半年,男的搞外遇,女的火烧房。"

"哎哟哟,那没弄出什么事吧?"

李薇压低声音,下筷吃饭的速度完全没减,柔柔地说:"半夜浇油再点火的,看新闻上说那男的整个都烧焦了,火葬场直接省掉。"

许灿看着碗里深色的五花肉，突然没食欲。

那桌集体沉默了下。

半晌，有个老师弱弱地说："出了这种事情……童老师……她……没事吧？"

"她当然没事啊，当时人在实验室嘛怎么会有事？她又不是隔壁的房东。"

李薇嘴里发出咀嚼脆骨的声音，然后把骨头吐掉："不过，墙和门，还有门口的柜子都给熏黑了，那柜子还是我陪她去买的，装上墙的东西想换掉可能有点麻烦——"

"不……不是，"别的老师打断她，"不是这方面的有事没事。"

"啊？那也没事，女的被抓进去了，现在隔壁是空着的，很安全。"

"那不就更……"

"怎么了？"

"新闻采访上放，"李薇还继续往下说，"那女的平时挺内向的，杀只鸡都不敢，所以才会用火吧，油浇上去点火关门，男的在里面叫啊叫，叫破喉咙也没用啊。"

见没人说话了，李薇补了句："干吗那么严肃，我们童教授又没出事呀。"

许灿平时是真没发现，总面带笑容散发着妈妈般慈爱的李薇李老师，竟然还有这样的一面。

她戳了戳红烧肉："……"

考试月开始，郭晓雅这种常年放松的开始不淡定了，坐立不安。

见许灿出门回来，她立刻抱着零食跑过来，咳了下，掐着嗓子娇滴滴地谄媚笑说："那个，许灿灿宝宝——"

许灿："……"

她走回位子，打开书桌抽屉，把整理好的笔记本按她怀里："不谢。"

几本纯色活页笔记本，方格纸上记着教授讲课时的笔记，字迹娟秀，整齐漂亮。不但有考试的大体范围，还有许灿凭借多年训练出来的猜题直觉圈出来的重点。

郭晓雅基本就靠这个来活命了。她抱着本子，抛媚眼，语气肯定地说："下辈子我一定以身相许，等我啊。"

许灿："……你别恩将仇报。"

许灿坐下来，开始最后一轮的复习。

今天发生的事情有点多，她笔尖划着草稿纸，一时难以定心。然后很快有了个计划，浮上心头，渐渐成形。

复习了两小时不到。

郭晓雅伸懒腰，忽然说："其实我前阵子偷偷加了个考研的群，本来以为够早了，没想到竟然还有大一的学弟学妹在。"

许灿说："我大一也逛了不少的论坛。"

"你有啥可着急的，保研名额里肯定有你，不用去管那些乱七八糟的。"郭晓雅乐了，丢开课本说，"还是你想出国吗？"

许灿笑说："无所谓，我保不上也能自己考上。你快看书吧。"

郭晓雅明显是不想继续学习了，长叹气，转过来闲扯说："都怪我爸，前天喝多了跟别人吹牛，说我要读博士准备拿诺贝尔的。呵呵呵诺贝尔……求求他能不能带我去测个智商，或者他自己去测测？"

许灿扑哧笑了："诺贝尔也不是非得智商高到吓人的级别。"

"唉，反正我就小时候稍微比别人聪明点，走狗屎运考来这里，还不就是标准食物链最底层了。要不是外挂大学霸在我身边，早被建议退学了。"

"你就是贪玩，就没想好好学。"

郭晓雅问："你觉得我该不该考研？考去比本校差的学校没意思，可考本校又不是什么容易的事情，保研没资格，考还考不上。"

"出国呢？"许灿想着她梦中琢磨出来的路子，随口说，"不是想出国吗？凭你的条件，随便准备一年半载把研究计划书搞定，肯定能拿到教授内诺。"

郭晓雅闻言激动地站起来，椅子划过地面，发出"刺啦"一声。

"你也那么觉得吗天哪，其实我一直有这个想法的。"她跳到许灿这边，握着她的手，眨眨眼，"既然我的小福星你都那么说了！我——"

许灿笑着提醒她："所以先把期末考试搞定啊。"

"好的！"郭晓雅乖乖地跳回座位，重新学习。

期末考试前的几周，是最生死攸关的紧张时期，同学们开始加班加点吸收知识，连最偏最空的图书馆也坐满了人。

许灿就不去凑热闹了。她复习完毕，兼职也闲，有点没事干的状态，偶尔坐在郭晓雅身边给她补课。

收到一条消息。许灿边告诉郭晓雅算错的地方，边看了眼，然后就飞快地回到自己位子说："下课吧。"

郭晓雅刚把错的改好，抬头："嗯？"

是童明月发来的："考试准备得怎么样了。"

许灿见她连问号都没有用，不由就笑了。

她回："紧张备考中……"

童明月很快回复："大考大玩，小考小玩。别太累了。"

许灿扬着笑容，当即昧着良心告黑状回说："没人陪我玩。晓雅还嫌我成天待在宿舍里碍着她学习了。"

过了会儿。

"那我陪你玩。周末去游乐园好不好？"

08

童明月这学期事情实在多，等抽出空，意识到已经是期末了。

其实真要把人带出去玩，也该等她考试结束的，可她那时候又得准备去国外开学术研讨会，再接着就是两个月的暑假。

发消息问候，约出去玩，说是想让她考前放松些，别压力太大了。

其实……是童明月有点想见她。

童明月只去过国外的游乐园，当时也是休息日，最热门的项目排队也只需要二十几分钟。她知道在国内，人肯定会多点，大家都喜欢游乐园，但完全低估了人多是会多多少。

晚上出实验室，缪老师顺口招呼性地问了句她周末怎么安排的。

童明月含糊说要带小孩去游乐园玩。

缪教授顿时瞪大了眼睛，抓着手臂给她科普游乐园的人流量有多可怕："人家开园前俩小时候着，还嫌不够早，你悠哉哉中午去？

"旋转木马都得等两百分钟。

"我们做实验的耐心够好了吧，还是比不过人家的。

"算了没事的，反正小孩又不懂，你给她买俩糖啊冰激凌啊哄哄，多拍几张照片，糊弄下家长就行了。"

童明月："……"

翌日。

童明月从包里拿出相机，说准备给许灿拍照片。

许灿差点石化了："先……先进去再说吧。"只敢跟她对视两秒，目光就偏开。

她今天……没有戴眼镜！

童明月大概是怕出来玩会不方便，换了隐形的，漆黑的睫毛衬着一双亮亮的深色眼眸，黑白分明。凝望过来时，眼波柔和。

她轻轻"嗯"了声。

说实话，许灿根本不知道在游乐园里该看哪位公主，如果可以，她的目光连半秒都不愿从童明月身上挪开。

"抱歉啊，我都没有做好功课就带你来了。"童明月见入园不需要排几分钟队，还觉得缪老师夸张了，直到进去，正面感受到人流，看见最近项目排队时间，仿佛有点懊恼，又郑重其事地重复了句"对不起"。那么温柔。

"什么……"许灿抿着唇，强行若无其事地笑说，"我做攻略了，那你跟着我走呀。玩点休闲的好不好？我穿的是裙子。"

她是精心打扮过的。妆容清透，平常随意扎或披的长发，改成甜美俏皮的半鱼骨编成的双马尾，是被化妆师姐姐大力夸奖过的妆容和发型。

穿着黑色收腰连衣裙，白色的圆娃娃领在太阳里反着光。脚上白袜黑皮鞋，嫩生生地露出一双纤长笔直的细腿，阳光下白得跟纸一样。

"嗯，"童明月偏头看她，弯着眼眸上下打量片刻，"刚才就想说了,这里有那么多公主,都没有我身边这位可爱。"语气太正经了,说出的话就像是科学概念、理论公式。

许灿抿抿唇,忽然小声回敬了句:"彼此彼此。"

"扑哧。"童明月弯着唇。

她们迎面就遇到了卡通人物的花车巡游队伍,热热闹闹。两旁挤满了跟着的人。

许灿刻意盯着花车,唇角噙笑,假装非常感兴趣的模样看着,给自己缓缓心跳。

花车上的各种卡通人物都冲着两边游客招手,模样活泼,挥手的幅度也热情满满的。大家跟着卡通人物挥手,身处氛围之中,只有纯真没有傻气。

旁边还有几个小孩子穿着公主裙,打扮成公主的样子,靠在家长身边笑闹。很多小姑娘头上都戴着各种样子的卡通发箍。

等花车巡游的队伍过去,许灿转过脸,心思完全在琢磨着该不该,或者说该怎么样借人多制造点互动?

"我们……"她话停了下,只见童明月手里拿着不知哪儿来的一个卡通发箍。

"你看,"童明月见她今天打扮得那么小淑女,觉得应该是不肯戴的,还在想着哄她的说辞,"别的小朋友都有……"

许灿目光落到发箍上,顿时亮了亮,伸出手,一下子接过去。

童明月有点意外,期待地等着她戴好的时候,许灿往前半步微踮脚,把手里的发箍戴到童明月的头上。动作干脆利落,半点犹豫都没有。刚接过,就一气呵成给她戴好了。

童明月怔了怔,都没反应过来,一只手下意识碰了碰那发箍。

穿着白衬衫、水蓝色牛仔裤、黑色板鞋,休闲的打扮中依旧自带一股清冷气质的童教授,微侧分的黑发上戴着发箍,发箍中间还有鼓鼓的红色圆点蝴蝶结。

许灿已经笑得找不着眼睛了,乐不可支,又极力抿着唇,酒窝憋得深深陷着。

童明月忍不住拨弄了下那蝴蝶结,带圆点的大红色,衬着一张白玉般无瑕的脸庞。长相端正，美得有些清冷的脸庞，竟然透出柔美来。

长而柔柔卷着的黑发，亮在日光下，漾着几分华丽的意味。

其实很可爱，但实在是跟她平时的气质太不搭了。

童明月无奈地看着她笑，正要拿掉，许灿急了，握了握她的手腕，语气软软地卖萌求她："别拿下来呀。"

童明月幽幽地看她一眼，仿佛在说：你别欺负人。

许灿眨巴眨巴眼睛，双手抱拳，凑在下巴前方小小地作揖，故意卖萌："多戴一会儿好不好？"

童明月手顿一顿，她似是想摆出师长的威严来，严肃半秒，对上许灿嘟起嘴巴的小表情，唇角的笑意顿时又露了底，只能说："……那好吧。"

许灿目光停留，几乎挪不开眼，心怦怦地跳着，故意玩笑说："好可爱，华华小朋友。"

童明月顶着发箍，拉着她走到边上，避开旁边冲冲撞撞的孩子们，无奈地轻笑说："小坏蛋。"

"欸。"许灿小坏蛋笑得微露出点点白牙，顺口说，"超级期待晚上的烟花秀，听说在城堡前面看最好。"才刚中午，就说晚上的节目。

童明月没细想就应了。

太好了，可以跟她一直待到晚上最后的时间。许灿笑眯眯地想。

许灿带着童明月去拿快速通行证，大项目只玩了漂流，走走逛逛，玩得非常悠闲且高兴。

等走到城堡前适合拍照的地方，童明月一本正经地说带了相机想给她拍照的。

许灿没想到拒绝的理由，就顺理成章地站到她指定的位置，摆姿势的时候，下意识又难为情起来。

拿相机的人是她，就没法那么从容淡定了。

于是，被很多人夸过挺有天赋的，算半个专业平面模特的许灿，对着镜头摆了个标准的老土剪刀手姿势，笑得也有点傻兮兮。

当天最大的收获——

许灿经过百般撒娇、软磨硬泡后，成功拍到了童明月头上戴着发箍的照片。

她第二天立刻去把照片洗出来了。各种尺寸的都洗一份，把小尺寸的那张放进贴身的钱包里，最宝贝的护身符。

照片里，童明月扬着唇，是在许灿的要求下微笑的。眉目间的端庄清冷被冲得很淡。长卷发软软地搭在肩膀上，甚至有股柔美之意。

笑得宠溺又无奈。

期末考试间隙。

许灿刚走出考场，就坐两个小时的公交车，穿过半个市区，去了趟家具卖场。

——听李薇说童明月在这儿买过要配送的东西时，她就生出了想法。

午后的阳光炽烈，一进卖场立刻凉爽起来。

许灿上楼，随便逛了逛卖桌椅的地方。

在这里挑中的家具，得先找工作人员开张销售单，再拿着单子去付款。

许灿逛了半圈，心不在焉地看看这里看看那里，然后找到穿黄色工作服的小姑娘，笑着走过去。

"您好，有什么需要帮助的？"

"麻烦帮我开个单。"

"好的，您需要的东西自己有记货号吗？"

许灿点点头，把货号报给她，站在柜台前看着工作人员在电脑里输入她报的货号。

让她填顾客信息的时候，许灿说有信息，直接报了一串手机号码。电脑里已经存录过的信息立刻被调取出来，印在了单子上。

确认完东西没错，拿到单子，许灿道谢，转过身走掉，下楼经过付钱的地方，脚步停都没停，拿着这张销售单子直接走出去了。

她来这儿就是为了这张单子上的信息而已。

走出卖场，外面是一片毫无遮蔽的直直阳光，光投到人身上，背后立刻冒层汗。

天边云朵静止不动，两边矮小的树木蔫蔫的有股塑料感，地上斑斑点点洒落，微风带不来任何清凉的感觉。

许灿抬手挡着脸，也隐住眼底的笑意，又弯了弯唇。

光线映得单上的字亮亮的。

销售单上，是许灿报完手机号电脑里就自动跳出来的信息。姓名、手机、家庭地址。只要使用过家具卖场的配送服务，这些信息就会保存在他们的电脑里，方便随时调取。

许灿刚才给工作人员报的是童明月的手机号。所以，她的家庭地址到手了。

许灿离开时，忽然又驻足，转身照了照商场外反着光的玻璃。想到郭晓雅说她的话，许灿轻笑了笑，颇为开心地嘟哝句："不管了，反正我长得漂亮……"

Chapter 4 第四章

我的芳邻

01

寒假没回家,暑假也不打算回去。

许灿给奶奶打电话,往她存折里转账两千块钱,说是给学生当家教赚的钱。奶奶应了两声,挂断电话。

许灿开始忙搬出宿舍的事情。下学期大三,学业比大二轻松很多,她准备去找个企业长期实习。反正很自然地就要在校外租房子了。

刚遭过火灾的房子,房东焦头烂额重新搞装修,墙面刷漆,地板新铺。房间里的家具全部变成垃圾,客厅那些也半数到了报废的边缘。最麻烦的还是好好的房子,变成凶宅了。

本来做好了最少得空半年的准备,没想到才过两周,就有房客找上门了。

一番电话商量,带去看房。临签合同时,房东阿姨见她那乖巧学生的模样,还是于心不忍:"你真的要现在就租啊?要不明年年初再来吧,现在租给你,我老亏心了。"

许灿惊讶:"阿姨啊,你这价都比市面便宜一大半了。我都想再多签两年呢。"

"你这小姑娘也是胆子大的。"房东露出唏嘘不已的表情,推推合同,"那你签吧,电路电线之类的你都放心好了,没问题的,有事再找我吧。"

许灿点点头笑,很快把合约签好了。

一百多平方米的房子,地段也好,一整年才两万八千块钱的房租,要是过几个月等装修全部到位了,肯定一大堆人抢着要租。这年头,谁管是不是凶宅,再凶也没有房价吓人。

许灿签完合同，第二天就搬进来了。

其实房子远没有房东阿姨嘴里说的那么凄惨可怜，除了窗台缝隙之类难处理的地方黑黑的，其他都挺正常。

她自己弄了药剂，把房子里超标的甲醛降到了合理范围内，买张新床，整理整理东西。

阳台上，浅色木质梯形架子摆放着花花草草，绿萝从最高处垂下飘荡着，底下是个紫砂泥缸，叶片尖尖垂在紫砂泥大缸水面。壳只有硬币那么大的墨龟，好奇地拍打绿萝枝。

缸是花鸟市场的老伯伯见她长得标致，买植物附赠的。许灿就再买了只乌龟养里面。

她站在阳台上，看见天边堆叠的云朵缓慢飘动，无言而坚定地追随着风。借着金灿灿的晚霞余晖，夕阳微斜，这一角小小的景致也随之变幻。

室内还空荡荡，许灿先把阳台打扮得漂漂亮亮的。还不就是因为，对面的人能看见这方阳台。

为了避免不自然，许灿都没问童明月什么时候会回来。前两天特意在朋友圈说过搬家的事，连发几条，不知道她有没有看见。

童明月出国开学术研讨会前，对门的房子还在装修中。

她拖着行李箱回来，进电梯前，脑海里还在思考论文数据几处值得推敲的地方。电梯门开那刻，童明月眼光一抬，就看见等在外面要进来的小姑娘分外熟悉。

对视几秒。

童明月挑了下眉，她手里拿着行李箱，还记得先走出电梯间。

许灿手中拎着黑色垃圾袋，愣怔着，还蹙着眉，瞪大眼睛的意外模样，眨了眨眼。

"童……童老师？"惊讶的表情完全是发自内心的。她要是知道下楼扔个垃圾就能碰面，绝不会头发一绾，穿得随随便便的就走出门来按电梯。

不过，这种按个电梯就能见到童明月的惊喜，让她一秒弯了弯眼,旋即克制住。

许灿垂下眼,目光盯着她的行李箱,保持惊讶的语气说:"嗯?刚回来……就来看我的吗?"

童明月沉默几秒,不慌不忙地拿出钥匙,钥匙环轻轻在指尖转了半圈,笑了下:"是刚下飞机。"

她的语气是跟平时听不出任何不同的温和:"巧的是我家在这儿,许灿同学。"

许灿下意识心虚,她保持着纯洁无辜的愣怔、少许意外的笑容,过几秒,又用一种仿佛猜到什么似的语气,激动地问:"不会吧……老师你也在×氏化学的实验室里工作过吗?技术顾问吗?"

童明月说:"没有。"

许灿"啊"了下:"……好吧,我就说应该没那么巧吧。"暗示铺垫两人住隔壁还不够巧。

许灿解释说:"我准备去×氏化学实习的,找租房发现离这儿非常近,才两站路,所以就从学校里搬出来了,下学期不住宿。"

她指指童明月对面的那间房:"我就住那儿……"

然后弯着眼,眸光亮亮,许灿给她一个巨大的灿烂笑容:"搬来好几天都没见对面有过动静,听房东说是有住人的,本来担心会是奇怪的人……竟然是童老师,那简直就是世界上最好的邻居了!"

童明月唇角提了提,侧过身,把钥匙插进门锁里说:"那好吧,以后多多关照了。"

"小邻居。"话落,她提着拉杆箱进门了。

许灿重新去按电梯键。其实很少撒谎,所以也不确定精心修饰过的真情与实意,会不会被演技暴露了几分。

提着垃圾,下楼扔掉后再转身进楼。她照着电梯间里的镜子,安心虽然穿得随便但没有很邋遢,想着,得去更新条朋友圈,让郭晓雅在评论里陪她唱双簧,以提高真实度。

她心下稍松,谁知道电梯门一开,又见到了童明月。

她半倚着门,抱着臂,唇边似笑非笑地扬着一抹弧度,穿着白衬衫,笔直的黑色西装裤。听见电梯动静,抬眸看她。

许灿："……"

视线对上，她耳边响起郭晓雅之前在宿舍说的话："坐在派出所里，那副高冷的样子。"

不用靠想象了，这就是了。

虽然她没有用盯流氓的目光冷冷看她，但这要笑不笑的，也跟平时温柔似水的模样有些不同。十几天不见，怎么忽然冷了一大截？

也是心虚，觉得她端庄温和的外表下，还真带些凛然不可侵犯的气质。

童明月："那么晚还下楼？"

许灿："你干吗凶我……"

童明月："啊？"

许灿撇撇嘴。她下意识撒娇的话脱口而出了，有点后悔，赶紧转移话题地笑说："我就是去扔个垃圾嘛，在等我？是想邀请我进去坐坐吗？"

童明月看眼对门，似有些好奇："是想问，能不能去你家里坐坐？"

许灿自家的客厅还空荡荡的，摇摇头，拒绝的话到唇边又改成撒娇："……就去你家坐嘛，我的芳邻？"

童明月顿半秒，颇有些无奈地看着她，露出淡淡的笑容："好吧，请进。"侧过身打开门。

许灿没想到这么快就能登门拜访了，机会果然是靠自己争取来的。书上说得真对。

她弯了弯眼，跟在童明月身后进门。

两间房本应该是一模一样的结构，装修过后，风格就截然不同起来。玄关后，客厅里的深灰地毯和皮质沙发，开放式厨房和吧台，墙壁上的字画，都很静雅大气。

灯光昏暗，童明月又随手开了两个大灯。

"想喝什么？"想招待下她，童明月走到冰箱前又记起来，说，"我这儿只有矿泉水……"

"我不渴。"许灿笑，坐在吧台，看着她还放在客厅里的行李箱，"你要先整理下东西吗？"

"不急。"

许灿又指指角落显眼的巨大纸箱，好奇地问："那边的是什么东西？"

童明月想了想说："之前门口的柜子坏了，钉墙面的东西还得特意找人拆，觉得有点麻烦，新柜子就买了个塑料自组的。"

许灿点点头，想到李薇说的她柜子被熏黑的事，心中换算下时间，又问："还没有时间装吗？"

童明月微偏眼，露出个难得一见的扭捏表情，迟疑下说："之前装失败了。赶着办事，就先放那儿了。"

原来真是家务小白。许灿暗笑，边想着装柜子算哪类活，边跳下吧台说："我来装，安装说明书还在箱子里面吧？"

童明月想拦她，许灿义不容辞地直接上手了。

安装说明书确实复杂，但不算非常难。许灿坐在客厅的地毯上，认真地组装着，很快半个柜子就装完了。

童明月凑在她身旁，翻看着那份许灿早就不再看的组装说明，偶尔说，这里的步骤线图如何不准确。有点抱怨的意思。

许灿实在忍不住想笑，抿着唇，仔细干活的模样，说："一般人哪儿会想那么多，按最简单的办法，装不上再仔细研究哪里出问题……"

"哎呀，"童明月突然笑了，"会装柜子那么得意。"

"啊……没有。"许灿摇摇头。

童明月看着她，漆黑眼眸映着柔柔的灯光，但笑不语。童明月忽然伸出一根手指，轻点了点她脸颊边的小酒窝。

指腹触到她柔软细腻的皮肤，略凉。

许灿傻了半秒。

她装抽屉的时候嘴角早就扬得高高了，自己却没意识到。

许灿装着柜子，童明月忽然认真地温声问了句："租房子前，有没有找人帮你看过合同？"

"没有。"许灿想了想说，"但我自己做过很多功课，没发现有问题。"

童明月静几秒，明显在想该不该说，婉转地问："怎么会想到租这种着过火的房子？"

"房租便宜呀。"许灿目光闪了闪，笑容无辜，"着过火也没什么不好，房东说线路之类的都检查过，很安全。别的地方不还有火宅旺财的说法？"

"房东有没有跟你说过什么其他的？"

"什么其他……比如呢？"

童明月想着，房东出租凶宅前有没有告知义务？迟疑片刻，觉得她不知道发生过什么也好，便笑了笑说："没事，自己一个人住，晚上害不害怕？"

"我又不是小孩子……"许灿被她的话提醒到，心想，以后有机会"发现"是凶宅，还可以"害怕害怕"。

已经很晚了，怕她路途辛苦，许灿装好柜子就没多待，想着来日方长。但是，住在对门也不是天天都能见面的。

许灿收拾好东西，去挑选好的企业面试了。

投简历很顺利，面试也顺利，人事部经理问了她课业的空余时间后，安排给她每周四天的工作时间。

晚上回来，在楼下就抬头看看童明月家。亮着灯，她比她还早到家。

许灿洗澡的时候，心中琢磨着能找哪些理由跟她多见见面。闭着眼，热水从头顶顺着流过脸颊。她伸手，想去拿架子上的洗发水，手肘往后时完全没注意淋浴空间有多狭窄，直接撞到架子上。

"哐"的一声，她能感受到架子上洗发水、沐浴乳之类的瓶瓶罐罐都震了震，幸好没有掉下来。

手肘撞得很疼。许灿闭着眼，轻轻"哒"了下。

许灿小心地拿到洗发水，挤两下搓出泡泡抹在发上，手肘往热水里冲了冲，稍微好点了。

洗完头发，她半睁开眼看了下还在隐隐作痛的手肘，好像破了个口子。

旁边固定着的不锈钢三角架，明显很新，边缘泛着银色的光，许灿没太在意，涂沐浴乳时稍微避了避。

等她洗完澡，换好衣服，拿出吹风机站在镜子前吹头发时，透过镜子，看见左手手肘内侧好像有一道淡淡的红色液体。

许灿没反应过来。她身上穿着粉色T恤，一瞬间还以为T恤衫褪色了……

按开灯，冷调的光线亮起。许灿仔细抬起手肘，看见内侧那块划破一长条口子，缓缓渗出的血跟头发上滑落的水珠混在一起，蜿蜒成几道血流，沿着手臂流淌下来。

她有点惊讶，把吹风机关掉，想先去拿餐巾纸擦擦。

走到书房，又改变主意了。转过身，重新回去打开吹风机，对着伤口吹几下热风。很快把混着水珠的血吹干，干成几条红血痕，衬着白嫩的肌肤和红肿狰狞的伤口，有几分严重的样子。

许灿龇牙满意地笑了，照照镜子，又仔细地把发型整理了下，拿好钥匙，踩着拖鞋就出门了。

许灿来敲门时，童明月正在书房里赶论文。

打开门，听见问她有没有创可贴，以为是小事，直接告诉她楼下左转五十米左右，药店里有卖。

许灿"噢"了声，说："那算了吧，我这伤口可能也不适合贴创可贴。"似无意地抬手，看眼伤口。

手肘内侧的皮肤最白皙细嫩，她本来就白，那块白到几乎透明，红肿起来还在缓缓流血，衬着几道干涸且形状狰狞的血痕，非常显眼。一眼看上去甚至是吓人的。

童明月握住她的手腕，顿了顿，仿佛有点不可置信："这是在家里弄的？"

"嗯，"许灿看她一眼，"不当心……"

"不当心？"童明月微蹙下眉，见她才刚洗完澡的模样，发梢还未干透，"你先在我家坐会儿，我去买点碘伏纱布。"

"不用了啊。"许灿根本没觉得这伤严重到得裹纱布，"纱布多麻烦，而且我一只手也不好包扎。多贴两张创可贴就行。"

童明月瞪她一眼："让你先进去等我，就是为了等会儿看你用一只手包扎伤口吗？"

她从玄关的柜子上拿起钥匙，嘱咐说："乖乖坐着等我，马上回来。"

许灿迟疑着,被她让进门内,目送着她下楼去买碘伏和纱布。

本来只想要两张创可贴加撒个娇的……

许灿撇撇嘴,又翘了翘唇角,乖乖地坐在玄关口的小吧台前等她。

目光到处看看,忽然发现,桌子上的白色超市购物袋里,装着几瓶饮料。

童明月自己是不怎么喝饮料的,上次来,家里还只有矿泉水。

许灿盯着那熟悉的包装,心里不停告诉自己,别太自以为是,别太自作多情,应该只是凑巧的吧。

那是邱伟的婚宴上,她随口说的自己最喜欢喝的果汁饮料。

许灿盯着购物袋里的饮料出神。不知道过了多久,应该是很快,童明月就回来了。

她提着透明小袋子,里面装着碘伏和消毒棉签等物品,轻放到吧台上。

"伤口还疼不疼了?"童明月先拆棉棒,再拉过她的手臂细看。

"不疼。"

"等会儿消毒会疼的啊。"

许灿抿唇笑:"没事儿。"声音细细的。

垂下眼睫,目光落在童明月的手上,看着她拧开消毒药水的瓶盖。

她的手特别美,十指纤长莹白,指节分明,修剪得干干净净的圆润指甲,透着红玉血色。手腕皓白,凸起的弧度透着恰好的美感。

这双手,真是一辈子都不想让它碰家务。

童明月拿着棉签,先帮她把伤口周围的血迹擦干净了,再仔细在伤口处涂上碘伏,抬眼问:"疼不疼?"动作尽量轻轻的。

许灿默默摇摇头。

其实是疼的,但这点轻微的刺痛融在她的温声细语里,一点动静也无。

"怎么弄伤的?"

"浴室里有个不锈钢的架子,不小心撞上去了。"

很快涂完碘伏,童明月耐心地包好纱布,嘱咐说:"下次小心点。后面洗澡得找保鲜膜裹裹,尽量不要碰水,洗完澡再来找我换,知道吗？"

两人靠得极近，可惜许灿满鼻子都是淡淡的碘伏气味，闻不到她的发香。

"嗯。"

许灿回到家，路过浴室，她突然转过身，站在门口遥遥合掌，对着那不锈钢架子弯腰拜了拜："感谢您，谢谢谢谢。"

心情好极了。

伤口愈合前，每天都可以见一面。

第二天，去找童明月重新包扎伤口前，许灿准备做点吃的，带给她当夜宵。

她白天去超市，买回来两大袋的新鲜食材。思考了大半天，最后还是没有把饭菜弄得很丰盛。

虽然童明月平时并不忌口什么高热量，但在晚上，很多女性都会注意节食。许灿第一次给她做东西，得是绝对不会踩雷的那种。

她花了两个多小时，思考的时间占大半。算着时间，在进浴室前把东西准备得差不多，该加热的加热。

许灿小时候，人刚比灶台高一点，就站在小板凳上给家里炒菜做饭了。厨艺很好不是胡诌的。

她折腾完，成品非常拿得出手，是个比普通汉堡尺寸小，迷你款的，夹着鸡肉番茄片和特制酱料的卡通熊小汉堡，小熊的眼睛鼻子都生动可爱，中间还冒着热气。

小汉堡放在特意买来的漂亮盘子里。

敲开童明月家的门。"这个酱是低卡的，面包是全麦的，总体的热量不高，晚上吃也没有什么负担。"许灿解释说，"饿着肚子熬夜不好。"

"谢谢。"童明月惊讶地笑。

她接过来，见盘子里的小汉堡那么精巧，有点好玩地说："特意去儿童餐厅买的吗？"

"我自己做的，"许灿笑说，"所以盘子得还给我。"

童明月微微睁大眼："你做的？"

"嗯，我做的。"

"你？"

"我。"许灿忍不住眼角弯弯，从没见过童教授这么愣怔的模样。

童明月仔细打量着这个汉堡，边说："不会吧……做得那么好？肯定是外面买的……"

抬眼又见她笑盈盈的模样，童明月不敢确定："真是自己做的？"

许灿重重地点头，很稚气地皱着鼻子笑说："之前就跟你说，我厨艺很好的！你忘记啦？"

"噢……"童明月心里厨艺好的标准，是会做道平均水平的番茄炒鸡蛋就可以达到的。她这实在是超标。

半晌，她讷讷说了句："那这也太好了。"

许灿扬着唇："你都没尝呢！万一其实很难吃呢。"

"不会。"

"为什么不会？"

童明月非常认真严肃地说："就是不会。"

许灿被她这种没道理讲的执着眼神"萌"到内伤，继续幼稚地追问："你怎么知道？"

她忽地柔柔一笑，说了句："我就是知道的呀。"说完，托着盘子，款款走进厨房里找刀叉去了。

童明月是那种吃汉堡前，会洗干净手，然后再拿刀叉去吃的人。

吃相文雅，可速度丝毫不慢。

小汉堡只有普通汉堡的三分之二，布丁那么大。中间热腾腾的鸡肉融化着些许芝士碎，咬下去，肉质软嫩。光西红柿和特制酱混合着就比餐厅的沙拉还好吃。

许灿才刚坐一会儿，就发觉她已经快要吃完了。"好吃吗？"期待地看她。

"非常好吃。"

许灿弯了弯唇，就听她接了个转折词："就是……"

"嗯？就是？"

童明月吃掉最后一口，看着空盘子，感觉还没尝到几口就吃完了。

"怎么那么小……"童明月抬眼幽幽地说,"我都没吃饱。"

许灿意外地笑出来:"因为现在是晚上呀。"

"晚上?"她微蹙眉,一脸完全没有明白因果关系的模样。

"就算不减肥……"许灿想到自己朋友圈里,那些各种年龄段的女生,都流行称重算卡路里,失笑说,"女生不都会在晚上特别注意饮食吗?"

童明月:"我不管。"

许灿问:"那糖分之类的呢?"

童明月:"还是不管。"她手里握着刀叉,一副不太愿意结束的模样,还轻挪下盘子。

许灿被她这个小动作"萌"得内心无言海啸,窒息片刻,听见刀叉放到盘子里的声音,忽然回神:"是不是没吃晚饭?"

"嗯。"童明月端起刀叉和盘子,放进水池里说,"盘子明天洗好再还给你。"她走去客厅,把纱布和碘伏拿出来。

"怎么不吃晚饭呢?"许灿垂着眼,看她给自己包扎的耐心样子,心里软得不行,"等会儿,我再做个……你有很想吃什么吗?"

"不用那么麻烦。"童明月低头剪断纱布,笑笑说,"我想起来了,冰箱里还有袋小馒头,等等蒸两个吃就好。"

许灿知道她是不会故意饿着自己的,那么晚还没吃饭,肯定在忙什么事没顾得上吃。

"你去干活吧,"许灿站起来,没等她推辞,很自然地走到冰箱前说,"我来蒸,能吃几个?"她从最下一层的速冻抽屉里,拿出那包还未拆封的"奶香小馒头"。

童明月有点愣愣地笑了,想起身,又坐了回去,片刻,轻轻地说:"我要做的事情不着急。"

她坐在吧台,距离厨房里的许灿没有多远,目光落在她背上:"你来蒸的话,我就在旁边陪着吧。"语气又柔又软。

许灿被她的声音酥得麻麻的,心想,都帮你蒸馒头了就给我留点命吧……

提着唇角,拆了几下都没有拆开袋子,视线在厨房里找剪刀时,余光瞥过，忽地察觉她似是一直在默默看着自己。

许灿想要转过身来确认，又怕脸红得太明显，忙装作专心地拆开那袋"奶香小馒头"，找到蒸锅蒸架，倒水开火……馒头开始蒸起来。

"好啦，等十分钟就可以。"她扬扬唇，忙完，假装自然地转过身。

视线真的对上了。

童明月眼眸映着客厅亮亮的灯光，目光闪烁了下，好像有少许愣怔，旋即柔和得不可思议，弯了弯唇，用表扬口吻说："真能干。"

许灿说："就蒸馒头而已……"

翌日。

许灿带着一大袋子的食材，敲开她家门说："我准备做晚饭，可是做一人份太难啦，想起来正好有个饿肚子的邻居。"

童明月视线落在那袋食材上："拿那么多东西来啊？"

"我的冰箱太小。"许灿无辜地眨眼说，"昨天我看你的冰箱都空着，就借我放放东西吧，我给你做饭，双赢！"

"什么双赢，"童明月乐得不行，"你亏得一塌糊涂呀。"

许灿万分真诚地说："不会。"

童明月的冰箱里，除了那包昨天拆开的速冻小馒头，只有两袋茶叶、咖啡粉，和临近过期的一袋酸奶。空荡荡得像新买回家的。

许灿把今天不做的东西很有条理地放进去，其他都放到水池旁，该解冻的解冻。

童明月凑过来看了眼："噢，南瓜。"

许灿见她一堆菜里只说了这个，察觉地问："喜欢还是不喜欢南瓜啊？"

童明月说："还好。"

"还好是什么程度的？"许灿想了想，先把塑料袋里的蔬菜都倒进水槽里，打个比方问，"所有菜都做好放在你面前，每个最多吃十口，南瓜吃几口？"

童明月："一口都不吃。"

这不就是挑食不吃吗。

许灿忍着笑问:"那除了南瓜,还有什么不爱吃的东西吗?"

"丝瓜。"童明月一本正经,挽着袖子准备帮她洗菜的。手刚伸过来,就被许灿挡住。

许灿板着脸严肃地说:"厨房现在被我征用了,你得坐到外面去。"

童明月:"……"

童明月见她非常认真的样子,顿了顿,确实是对厨艺没有自信,但极力保证说:"我帮你打打下手而已,不会捣乱。"

许灿鼓着脸摇摇头,万分坚持:"绝对不行的,不让我自己洗,做出来的菜没有灵魂。你想看就站在旁边,绝对不许插手。"

童明月:"我就帮你——"

许灿打断:"不行。"

童明月:"就——"

许灿:"不行。"

童明月最后还是没争取到,被许灿赶去小吧台坐着等吃。

许灿没花时间做什么费力大菜,简单的三菜一汤,越家常越自然,越自然越好。

就是很普通的菜,童明月每道都异常认真地夸了好几句。

许灿笑说:"要不是吃过童教授做的饭,我还真信有那么好了。"

童明月反应了几秒,童教授不是在说她而是指她爸,无奈笑道:"就是有那么好……"

"不是不吃南瓜吗?"许灿忽然说,她怕童明月是吃她做的饭不好意思挑剔,"不想吃就别吃,谁都有不爱吃的东西。"

童明月闻言愣了下:"我都没看见南瓜,你混在汤里了吗?"

许灿迟疑好几秒说:"你觉得你现在在吃什么?"

"反正不是南瓜,"童明月脸颊鼓动,垂下眼,筷子夹起一块来拖出长长糖丝,特别淡定地说,"南瓜又不长这样。"

许灿深呼吸,才能憋住蔓延出来的笑。

长条南瓜切成小块,又下油锅炸过,确实形状变化很大。但这人原来还会分不出的吗?

许灿托着腮帮,扬着唇,见她吃得还挺开心的,就等了等。

直到童明月放下筷子，正撞见她视线，含着笑问："怎么这么看我，脸上有沾到东西吗？"

"没有，"许灿摇头，才慢悠悠地说，"这道菜叫拔丝南瓜。南瓜皮还在厨房的垃圾桶里，你要不找找，南瓜去哪儿了？"

童明月沉默几秒，唇角弯了弯，抬手无奈地揉着太阳穴道："我就说，怎么还真有股南瓜的味道。以为是糖比较特殊。"

许灿笑倒，脸埋在臂弯里笑得彻底直不起腰。

那道划伤，花了两天就结完了痂。

许灿等到第三天，用热水在结痂处仔仔细细冲了冲，没擦干。半天不到的工夫，伤口就重新发炎了。结痂处被红肿发炎衬得有点狰狞。

去童明月那儿换药的时间，又延长两天。

许灿没有敢故意再加深伤口，也怕太刻意不自然。

借着换纱布的几天时间，许灿去童明月家里，做两人份晚饭的事，已经变得顺理成章起来。她有次顺口说，食材都在童明月家冰箱里，她不回家自己就得饿肚子了，童明月笑着拿给她自己家的备用钥匙。

经过这段时间的朝夕相处，许灿终于在她的温柔稳重里看到了别的东西。她也会出乎意料地孩子气，故意跟她抢吃的，还从肉末炒茄子里挑肉末。她似乎讨厌所有软塌塌的食物，包括南瓜、丝瓜。

等老了一定是个麻烦的老太婆。

许灿每次做饭，她都在旁星星眼地看着，时不时就要夸句"好厉害呀""怎么做前随便看看就会了呢"，还拿她带来的菜谱翻开仔细研究好久，指指问："酱料少许，少许是多少？"

许灿解释："就是自己看着办的意思。"

"那么不严谨。"她一本正经地皱眉说，"写书的人不可以这样子的。"

许灿："扑哧。"

童明月："嗯？"

转眼，暑假都已经过去一半了。

早上，她刷牙的时候，对着镜子里的自己郑重其事地说："今晚回家，如果还尿，明天就剃光头。"

她出门前习惯先去阳台，把乌龟缸端到梯形架的第二层上，水缸一半阴面一半阳面，这样小乌龟无论是想晒壳还是想乘凉都没有问题。

往下望两眼，忽然发现停在楼下的黑色名牌车，下来个穿正装的男人，很急切地先去打开副驾驶，拿出大捧花束来。

非常多的红色玫瑰花，许灿只在摄影棚里看见过那么大捧的假花道具。

许灿出门时间不赶，随意地站着看看他是等哪位美女。

那捧玫瑰花大概是三到四捧的九十九朵的量，具体的数字，她闲闲地猜着……可能是三百六十五朵吧，好像是天天想你的意思？

没等多久，穿着裙装的女人就走出来了。男人把花递给她，又绅士地拉开副驾驶的门，两人很快上车。

黑色车消失在许灿的视野中。

许灿愣怔好久，阳台距离停车的地方不算很远，她视力又很好……那穿裙装的女人，就算只是背影和侧面，也足以让她认出，是童明月。

许灿还没反应过来，傻站好久，不知过了多久，下意识去查看手机，果然有条消息。

童明月："今天有事情要办，很晚回来。别等我。"

许灿盯着屏幕上那个"很晚回来"，想破头，也不知道她的那身打扮，他们那个情景，除了约会还有什么其他的可能。

她今天和明天有拍摄工作。工作量大，时间又赶，拍摄中却屡屡控制不住地走神，被刘姐说了几句。

笑不出来也得笑容自然。许灿跟所有人道歉，努力打起精神，也不想因为自己的状态不好，影响到别人的工作进度。

勉强按时拍完，到家时天完全黑下来了。许灿垂头丧气地走着，路灯把影子拖得又长又窄，背影单薄得可怜。

隔壁一片漆黑寂静。不用敲门，她就知道童明月还没有回来。

许灿坐在客厅里，没开灯，躲在暗处肆意发呆。楼道里的灯是声控的，只要有些微动静就会亮起来。

她在等，童明月说很晚回来，会是多晚。

不知道过了多久，许灿悄悄地擦眼泪。什么时候哭出来的自己也没感觉。

02

许灿坐在客厅，一直等到半夜十二点半，终于听见门外传来的动静。

她从猫眼里看到是童明月，只犹豫半秒，就开门，探出身问说："怎么回来得那么晚？"

脱口而出，根本没有仔细思考过。许灿讷讷补了句："我刚扔完垃圾，看你好像还没回来，有点……"

简单的句子却又说不完整了。有点担心？有点在意？有点奇怪？由她的身份对童明月说出口都不太合适。

童明月似没在意，答了句"是有点晚了"，又温和地问："怎么还没有睡？"

她笑盈盈地看着她，那么晚回来，神情没有丝毫疲倦。

许灿见她妆容精致，穿得也美，心里越发泛酸。嫉妒永远是最折磨人的情绪。

"你昨天明明都没说过今天要出门。"她知道话不够得体，说出口，也来不及补充更正什么。

可童明月居然应得自然——

"那要我以后出门都给你打报告吗，小邻居？"

许灿垂下眼，长睫覆盖住眼底情绪，淡淡地说了句："你又不会真这样，干吗逗我？"

童明月察觉到她情绪的不对劲，唇角的笑意收敛，目光望着她的脸庞，顿几秒，试探着问："出什么事了吗？"

"没事。"许灿自知没有道理。

她单身着，跟男人去约会合情合理合法，更加不关她的事，她的委屈才是不合理且不合情的。

心头涌出一股烦躁。"没什么事情。"许灿重复一遍，语气平和地道了声晚安。

身子缩到门后，正欲关门，童明月忽然走过来，伸手拉住门框，没有让她关上。

"怎么了……"她目光认真地凝视着许灿，身影背着光，五官暗着。许灿跟她对视上，镜片后，她眼底的情绪她探不分明。

半响，童明月抬手用指腹轻蹭过她的眼下到脸颊，动作自然，不知道是有意无意，但很快松开，目光还是轻轻落在她脸上，没有说话。

许灿心里一紧，视线晃动，先下意识地偏开，觉得应该是没有泪痕这种东西的。

童明月柔和地说："出什么事了？跟我说说看，好不好？"哄人的语气。

许灿睫毛一颤，险些又被她的温声细语说得掉眼泪。

到底还是在意她的。许灿忍不住压低声音，喃喃着："那你……你先说今天在干什么，我再告诉你我……"

"我去办事了。"童明月很快答完，眼神关切追问说，"今天怎么了？"

许灿心里堵得不行。她这避开的态度，仿佛是印证了她的猜测。许灿又不想说自己在阳台都看见了，垂着眼，说："算了，我还是不说了。"

又道了声晚安，许灿扬唇给她一个拍摄杂志的笑容，再次要关门。

童明月拉住门没松。也不算拉，她只是把手搭在门框，许灿自然不能把门关上了。

她说："虽然小姑娘有出尔反尔的权利，可这……也变得太快了吧。"有些无奈，但还是柔和的哄人语气。

许灿打量着她的脸，心中的坏情绪本想先平和着落幕，悄悄埋掉的，偏偏被她的温柔风刮得更大了些："本来就没事，是我没事找事了。你不用管。"

她有点口不择言的意思，但对着童明月的脸，最过分的话也只是这样。

童明月明显有些错愕，抿了抿唇，刚欲开口说什么，许灿把她的手拿开，门已经关上了。

许灿关上门，身子靠在门后，再次不争气地哭出来了，压着声音，默默地掉眼泪。

不知道过了多久，她的手机屏幕亮了亮。

童明月发来的消息："明天我在家，什么时候心情好点了，随时可以来找我。"

还带了一个摸摸头的表情包。她以前从来不用表情包的。她都只用微信自带的微笑脸。

许灿边哭着，竟然还边翘了翘唇……过几秒，哭得更凶了。

她不知道自己在闹什么别扭。都朝童明月发脾气了，童明月却还在哄她。

眨眨眼，眼泪不停地滑落，泪水擦过脸大颗大颗往下坠。童明月越温柔她就越难过，童明月什么错也没有，从头到尾都是她在无理取闹。

许灿哭得累了，想到明天一大早的拍摄工作，勉强洗澡上床睡觉。眼睛红了会耽误大家的事。

翌日的拍摄结束。

许灿回家，又是傍晚的点了。天边晚霞余晖亮了不到片刻，就彻底暗下来，橘色路灯照着她的脸，暖调光线都能映出她沉沉的倦意。

拿钥匙开门时，也有想过去找童明月直接问问清楚。

白天高强度的兼职工作，加上昨晚没休息好的困乏疲倦，压得她浑身恹恹的，提不起精神来，思绪也迟钝好多。

实在怕，躲避虽然不能解决实际问题，但可以晚点绝望。

洗澡的时候，她闭着眼出神，手一抬再次撞到上次的不锈钢架子，有点疼。这次撞上去的力度一般，后果没有很严重。

许灿手肘冲着热水，吸吸鼻子，又快要哭出来了。她迷迷糊糊地闭着眼，下定决心：去问，还是得去问问清楚。

丧也丧够了。

许灿哭着想完所有的事情，逼自己接受，然后抱着笔记本电脑，去敲童明月的门,说:"能陪我看部鬼片吗?我害怕。感觉房间里阴飕飕的。"

童明月打量着许灿的脸,看见她眼底疲倦的淡淡乌青,几个念头浮现,却没有问。

"那来书房吧,"最后,童明月温柔地笑了笑,让她先进来,"正好以前买过个投影仪,我拿出来,投在墙上看效果不错的。"

许灿点点头,抱着电脑跟着进来,又想起来说:"可我害怕呀,怎么还放大看……"

童明月顿了顿,似是刚才没把她在门口说的看鬼片害怕放在心上,含糊下,最后想了想说:"我陪着呢,不怕。"

许灿"噢"了声,扬着唇,走到她的书房里。

童明月的书房有普通的主卧那么大。挨着门的那面墙放着小书柜,另外一面墙,是两个大书柜摆放在一起的。

靠窗是办公桌那么大的实木书桌,摆放着各种文件夹,整理得很干净。

电脑边,有几页打印出来的英文论文。

许灿一眼看见论文纸旁边的牛皮本子,接近黑色的藏青色皮面,压印着今年年份的数字花纹,旁边还跟着"日记"两字,让人立刻知道本子是干什么的。很有老一辈人的风格。

她先在心里笑起来,才想,原来童明月还有写日记的习惯。

童明月从书桌最底下的抽屉,找出许久不用的投影仪,顺手把那几页打印好的论文纸拿起来放到日记本上面,盖住后随手挪到最旁边的角落。

投影仪摆到桌上,她们换个方向坐在小书柜前面,整块雪白的墙壁都是屏幕。

片子是许灿随便下载的,点开开头确认是恐怖片,就抱着电脑来敲门说害怕了。评价说万分惊悚,放出来,确实是挺像模像样的恐怖片套路。

许灿目光专注地看着投影墙壁,眼底映着反射的光,不停变幻着,注意力非常集中的样子,其实心里在想,该怎么问她昨天的约会才能比较自然。错过时机,再开口怎么都觉得是刻意。

想得太专注,拧着眉,唇角紧抿着的弧度稍稍往下。就像在专心致志看片子,并且有点被吓到了。

童明月突然小声说:"人体血液流出的状态根本不可能这样……特效妆不够好,光亮下就能看出来染色不均匀。坏死的组织也绝不会呈现这种颜色和形状。"

许灿:"……"童教授什么时候学医了?

"才从全是蜘蛛网的木屋里走出来……"童明月说,"怎么躺下来,鞋底还是那么干净的。"

刚才那人明明是喷着血挂掉了,她却用的"躺"字。可爱极了。

才开片十分钟,她就试图让许灿出戏。

有她陪着,不害怕。童教授原来是用这种方式让她不害怕。

许灿扬唇憋笑,想说自己现在还不怕呢,忽然听见书房外,传来热水壶烧开水后蒸汽发出的尖尖声音:"烧了水吗?"

"刚才是准备泡茶的,"童明月很快站起身,"我去下厨房,很快回来。"

许灿"嗯"了声。

走前,童明月还特意把声音调低了两格。

许灿翘着唇,目送她,偏头就跟大屏幕上突然冒出来的女鬼眼对眼,她无聊地转开视线。

先看几眼她书柜里的书,几个书柜,竟都差不多摆满了。

小书柜里是专业课本和学术类书籍,旁边一面墙的大书柜,好像什么类型的都有,文学书籍,唐诗宋词,散文小说,还有陈默的……

许灿皱了下酒窝。

视线转移,在书房望了圈,忽然想到那个被童明月压到论文纸下的日记本。

本子距离她只有半米远,起身,抬个手就能拿到的位置。

许灿心怦怦地跳起来,涌出一个强烈的,明知道是不应该,但还是难以控制的念头。

可不可以就看一页?

就看看昨天她是去了哪儿。会被她写进日记里吗?

这念头扎了她一下。顶着比高考还要紧张几倍的压力,脑海里快速思考着。

她望眼门缝,童明月应该还在厨房忙。很快就会回来,再晚就再也没有机会了。

许灿旋即抛掉其他有的没的……就看一页,她跟自己妥协。

站起身,飞快地拿掉上面的论文纸,把本子拿起来,翻开那本接近纯黑的藏青色牛皮日记本。

软软的皮质,本子是有点分量的。她翻的速度很快,前面的内容完全没有去看,只注意到写得密密麻麻,每张纸都有挺多字的。

翻到最后一页,右上角的日期确实是昨天。

许灿屏住呼吸,想几眼工夫尽量多看些内容,找到重点。童明月很快就要回来了。

一眼扫过去,她愣了下,没想到昨天记的竟然是这样的。

往后快速翻过时,明明感觉到她每张纸几乎都写得挺满的。大概每天会记两页半,可昨天这页,只有短短的三行字,写着——

> 她好像有点太依赖我了。
> 应该拉开一些距离。
> 可我……

字迹一如既往地秀美清逸,可笔画有些顿,仿佛写得很迟疑的模样。

许灿听见若有似无的动静,没敢再看,把日记本合上,几页论文纸匆匆盖回去又挪挪位置调整了下,保证看不出被翻动过,身子再坐回去。

过几秒,童明月就端着木质托盘,走进来,看眼投影问说:"没害怕吧?"

许灿下意识点头:"没……没怕。"话不当心磕巴了下,竟有种极害怕的感觉。

童明月忙坐下陪她看。

电影里出现两个拿着电锯的杀人狂魔情侣组合，笑声极尖，听得人心里慌慌的。

他们追着男主角的队伍跑。许灿愣了下，莫名其妙就感觉机会来了，指指投影，脱口而出："你是准备要找男朋友吗？"

童明月难得没听懂："什么意思？"

许灿："啊，没什么……我……我就是随口问问……"

童明月看着电影里的画面血腥，是特意让人不舒服的镜头，她抬手去遮挡住许灿的眼睛。

许灿眼前一暗，只有缝隙漏着几许光亮，听见头顶传来她淡淡的回答，说了句："还没这个打算。"

许灿"哦"了声，紧抿唇不想笑的，还是笑出两个深深的酒窝。

暴雨结束，风停，树静，天边还有一抹弯弯彩虹架着桥。

一个多小时的电影结束。

许灿没提昨天为什么不开心，童明月也没再追问，就这样默契地和好了。

不过，或许是许灿一厢情愿的和好，毕竟在童明月那儿什么事也没有发生过。

回到自己家里，许灿还是睡不着觉，翻来覆去地想童明月日记本里那个，太依赖她的"她"，会是谁？思来想去，连刚结婚的邱伟她都没放过……琢磨着有没有可能性。

再三掂量，百般思索，觉得日记本里的那个"她"，绝对是自己没错。

许灿锁着眉，其实并不是完全不开心的。只是还没来得及春风得意马蹄疾，立马听说要改朝换代了，怎能不人心惶惶？

是昨天，她的表现太明显，让她感觉出什么了吗？

应该拉开一些距离……

许灿想到浮现在眼前的那几个字，心就揪揪地疼，呼吸都变得困难了些。

她甚至还想，那本封面印着"日记"的本子里的内容，会不会只是她摘抄的书本对话、电影台词之类的。可一来童明月应该没这种爱好,二来许灿没有在网上找到句子的出处。

许灿更加不懂,她怎让她离不开……明明是反着来的。

这件事存在心底里,开学前,也没有任何解题思路。

许灿去理发店剪头发,想剪短些,说不定能理清楚头绪。

坐下来,理发师问她要剪什么头。

许灿心不在焉:"随便,剪短就行。"

"随便剪短?"理发师拿着修长的银色剪刀,咔嚓咔嚓,握在手里笑着说,"那我给你剪个光头怎么样?"

他只是随口开玩笑,逗开心的话,许灿却以为他在挖苦自己,冷静几秒,硬邦邦地说:"剪短 1.532 厘米,谢谢。"

理发师:"……"

许灿内心:哼。

从理发店出来,许灿下午还有暑假接的最后一个拍摄工作。

直接去摄影棚里。时间还早,今天的工作非常清闲,还没拍,老板竟然就招呼大家先开始吃东西了。

几个小姑娘纷纷表示不吃。她们都围在唯一一个男模特杨睿身边,听他讲故事:"喂,你怎么那么快就把陈柔甩掉了,新妹子是谁?你到底是有什么追妹必杀技啊?"

"你们别都围在这儿。"杨睿高中辍学,老早就出来混社会了。三十岁不到的年纪,可偏偏有一张人畜无害的清秀脸庞,还喜欢脸红。

他睫毛又黑又长,唇红齿白,却没有很小女生气,笑起来唇角翘翘的,眼下卧蚕鼓鼓,有种春风拂面、阳光和煦的感觉,很让人心生好感。

就算在场所有女生都知道他是"大渣男",站在旁观者的角度,也讨厌不起他来。

许灿默默听着他们讲话。她在这圈子里永远是旁观者,不违和,也不融入。

"好啦,"他似架不住女生们的软言软语撒娇,一五一十地解释说,"我就是找她喝酒,她刚来我就喝醉了。然后亲她的脸,她也没有反抗,第二天我们就在一起了。"

"什么呀,"女生们不依不饶,"肯定是骗人的。你都不怕她打你一巴掌吗?"

杨睿无辜地说:"这么做之前肯定不能让她讨厌我。我都喝醉了,亲她的脸而已。你们会因为这样,就扇自己喝晕的朋友巴掌吗?"

"好吧,那亲完脸,她要是把你推开了还骂你呢?"

"亲的时候要注意看着她的眼睛,如果不是抗拒,就继续亲嘴巴,有一点点不好的反应,就赶紧退后啊。然后视线往下看,做出比她更委屈的表情。嗯,那个词叫什么,爱得很深、情难自已?"

"你这还挺损的。反正你都喝醉了是吧,可进可退的……"

"那陈柔呢,她也是这招就被你拿下的吗?"

许灿以前听他们吹牛,都是左耳进右耳出的,这次还真有点启发。虽然不是多么高明的招,但也确实是打破僵局的办法。

她动了这个念头……

许灿结束工作,立刻去超市买了瓶白酒,不给自己犹豫的时间,待在家里独自喝。

白酒当雪碧一口闷下去,辣得她眼泪无意识地流下来。

许灿之前从来没喝过白酒,不知道这东西跟啤酒是完全不同的,几口就头晕起来。

许灿放下杯子,扶着桌子边沿慢慢站起来,又是一阵晕,胃里热热的,脚步不太受自己的控制。她绝望地想,总不能还没走到童明月家,就先躺地板上睡一宿了吧?

缓了不知道多久,身体勉强能控制自如了。酒壮怂人胆。

迈步,走去敲童明月的门。

喝上头,是理智上知道自己现在不太正常,大脑仍觉得状态挺好。

许灿满脸红通通的,上下打量童明月几眼,乐呵呵地笑说:"本来觉得你挺高的呀,其实跟我差不多。"

童明月:"嗯?"她愣怔了下,伸手覆盖住她的额头,发现体温正常,只是纯粹喝了酒。

微皱眉,把她拉进门内:"跟同学出去玩了吗?喝了多少?"

许灿眼眸盯着她,含着笑,反正看见她就总是忍不住要笑。

童明月在外面时常穿高跟鞋,比许灿高半个头。现在踩在平底拖鞋里,其实也就比她高一小截,一米六八的样子。

许灿喝晕了,眼神不好,感觉童明月像是变矮了。

"你怎么变矮了?"她还心直口快地说出来,且自我感觉很良好,"比我矮欸。"

童明月:"……"

她手搭在许灿肩膀上,推着她走到吧台处坐下来,无奈又好笑:"喝了多少这是……还撒酒疯了吗?"最后一句是极温柔的语气。

许灿耳朵发烫,忽然乖下来,沉默安静地看着她给自己倒水,小声说:"不撒酒疯的。"

"我明天再教育你。"童明月看她这副难得一见的傻样,眼里晃着笑意,忍不住捏了捏她脸颊的软肉,把水杯递给她,"先喝两口。"

许灿脸红得发烫,垂下眼,看着水杯也不去接,反而托着脸颊仰着脸望她,翘着唇,有种傻乐傻乐的娇憨。

童明月不由也弯了弯唇,走过去,把玻璃杯贴到她脸上。

凉凉温度传来,许灿扭过头哼唧着说:"你拿走嘛……"

"先喝点水。"童明月轻笑,哄说,"然后再告诉我头疼不疼。"

不知道要不要去买点解酒药,怕她第二天会头痛。

过半晌,许灿都没有动作,非得让童明月拿着杯子凑着喂到她唇边,她才慢慢地抿几口水。

她垂着长睫,目光落在她握着水杯的手上,皮肤莹白细腻,手指纤长秀美。

许灿喝得有点迟钝茫然,心里本来也就存着要借酒作怪的念头。她好像是要自己去拿杯子的动作,却轻轻覆住了童明月的手。

童明月顿了顿,抬眼看她,像是要把手抽出来。

许灿垂着眼尾无声地望着,并不说话,只是眼神委屈得像寂寞受欺的小动物。不知有意无意,还轻微鼓了鼓腮帮子,幽幽地看她。

童明月扬着唇,眉眼既无奈又带点纵容,仿佛在说,好吧,都可以,并不试图把手抽回来了。

许灿目光直直地凝视着她，酒精让身体迟钝，大脑却自觉转得挺快，努力思考半响。现在要怎么做？可思考明显不适合喝醉的人。

她握着童明月的手，掌心下的温度凉凉的，柔软得不可思议。

许灿望着她挺镇定的模样，后知后觉蔓延着股强烈怨念。那一瞬间，有点怨恨起她来，永远那么端正从容、眉目淡定，看着她演独角戏。

许灿不知道怎么想的，握着童明月的手，突然使劲摸了摸。

"小流氓……"童明月抽出手，轻轻打她一下手背，"吃豆腐，能醒酒吗？"说完，转身走掉了。

许灿小流氓见她走掉，不由呆了呆，还没有来得及委屈，就听见厨房传来哗哗的水声。

过了片刻，童明月端着装满水果的玻璃碗，走过来，里面全是草莓，放下来又推到她的面前："吃点草莓。"

许灿没动作，目光看一眼就收回来了，不感兴趣，抿着唇摇摇头。

"快吃一点，"童明月温声催促，"如果头还很晕，等会儿就要吃解酒药片了。"

水果里的果糖，可以使乙醇氧化加快分解代谢。

许灿懒洋洋地抬眼看她，涎皮涎脸："那你喂我吃。"

童明月真拈起一个小草莓，色泽鲜艳，要往她唇边凑的样子。

许灿刚张嘴，她就转个弯自己吃掉，轻笑着抬抬她的下巴："自己没手啦？"

许灿低头，作势要去咬她的手指。

"又不是小狗，"童明月往后一缩，低声轻笑，"还咬人呀你。"

许灿撇撇嘴，手指扯着衣服下摆玩："汪嗷！"

童明月就又是笑，投降似的往她嘴边递了个草莓，说："啊，张嘴巴。"

许灿张嘴，草莓挺大个的，凑着她的手咬了一口。脸颊鼓动，圆乎乎的眼睛还看着她。空空的脑海里，只觉恍惚又满足。

但愿时间就此停在今夜。

她再去咬剩下小半个。

童明月喂完一个，收回手，还是把玻璃碗往她那边推了推，温声说："自己吃吧，乖。"

许灿下意识听话了。自己拿草莓，吃起来。慢慢就没有那么头晕了。

许灿是普通人的酒量，其实本来也没有喝太多，只是她第一次喝白酒，又是着急一口闷的，才那么上头。晕劲来得快，去得也快。

童明月关切地望着她："会不会觉得头很疼？"

"不……"许灿稍微摇摇头。

许灿吃着草莓，眼光亮亮地看着她，忽然抿嘴一乐。白皙泛红的脸颊上陷入一个圆圆小酒窝。非常可爱，让人很想戳一下。

童明月跟着弯了弯唇："笑什么？"

"我在想……"许灿凑过去，仰着脸，笑得甜甜傻傻的，"你睫毛那么长，平时戴眼镜会不会压着呀？"

"不会。"童明月说着，边取下鼻梁上的眼镜，折起来放到边上。

她近视两百多度，不算多高，在家中是可戴可不戴的。

客厅里大灯没有开，小吧台这儿灯光昏暗，光线柔和融化在夜晚的边缘。两人只是静静地坐着。

许灿呼吸都放缓许多。她背着光，童明月坐在她身旁，脸庞迎着光亮，半明半暗。

刚摘下眼镜，视野顿时模糊许多，她蹙眉深深闭了下长睫，然后再睁开，发现许灿又更凑近些。

她似胆大包天，倾过身，鼻息间充满淡淡的酒气和草莓甜腻。

童明月身子顿时僵住。

03

醉酒后，睡眠并不会很踏实，觉浅。

天边的光芒刚亮起来，许灿就醒了。宿醉没有任何一点不舒服，她被照顾得很好。

许灿有点茫然地坐起来，手撑着床沿，望向四周。

房间是熟悉又陌生的。深色窗帘软软地垂下来，遮挡住光线，分不清现在是什么时候。室内有若有似无的好闻味道，床头的加湿器升腾着小簇水汽。床上的薄被、床单、枕头，都是素雅大气的纯色。

许灿反应过来自己在哪儿。

大早上的就这样……

但也不能怪她随随便便就激动。

这是童明月的房间，童明月的床！

许灿怀疑自己还没醒，扭头看，枕边当然是没人的。但她还是捏了下自己的脸，怀疑是做梦。

好像是……昨晚她撒泼耍赖地说不想走，所以，童明月就真让她睡这儿了？

许灿扬着唇，慢慢地回忆着昨晚的事情。

故意喝醉，敲她的门。然后……吃几颗草莓就半醉不醉地借着酒精……

许灿有点脸红了，拿手背贴脸颊降温，拼命回忆那时童明月说了什么话。

好像，什么话也没有说，只记得她后来又戴上了眼镜。

许灿说头疼。童明月顿了很久，才伸手，让她靠到肩上，抬手帮她轻轻揉着太阳穴，半响，很低地喃喃了句："说好不撒酒疯的呢？"

这句话听不真切，许灿捏着眉心，弯着腰低下头努力地沉思。

昨晚还做了什么……好像学狗叫了……其实所有的事情她都有印象，只是仿佛笼着层纱，模糊掉很多细节。

记不太清她当时的眼神，喊头疼钻进她怀里却是下意识的，可能是胆怯，想避开她的目光，或是别的。

所以，今天童明月会不会有什么变化？

许灿开始紧张。

拥着被子，想到这是童明月的被子，她干脆又躺回去，脸颊轻轻蹭着枕头被子。还能感受到一点点她的气息。

许灿睁着眼，躺在床上心理建设了半个多小时，才敢起床，轻轻推开门。先走到客厅里，发现没人，见窗外天色还早。

她本来以为童明月应该睡在小房间。童明月家里不招待人，本该空作客房的小房间，被改成一半空着，一半堆放杂物的地方。要睡觉还得先理会儿东西。

许灿眼尖，站在客厅就看见厨房里的冰箱上贴着张便笺。许灿走过去拿下来。

上面写着：饭在冰箱里，记得放进微波炉加热下。我去×市开会了。

许灿思考很久，给她发了条再正常不过的消息。

"那么早就去机场了吗？"

等很久，才收到回复。

"嗯，确认得晚，没买到其他时间的票。"

也是十分平常的回复。

许灿无从判断，抓心挠肺地想知道，她此刻是什么表情、什么心情。

要去外地开学术研讨会的事，童明月前几天跟她提过。但没有说过具体日期。为什么会那么凑巧？

许灿心中说不清是庆幸还是失落，把便笺对折一下，然后塞进衣服口袋里，听话地把便当拿去加热。

她坐在小吧台，有一搭没一搭地吃着，慢慢开始紧张起来……这算是拉开距离吗？

空空的胃里填进食物，可能是血糖升高带来的虚假安慰感，许灿拿筷子戳着那块鸡肉，心想，不会这样，不会。

她昨晚来的时候，外套口袋里装着家门的钥匙。

童明月就算是责任心再强，给喝两口水，又吃了水果解酒，把她送回自己家里，让她自生自灭才是正确又简便的做法。

这才不是远离呢。

原先宿舍的四个人，顾仪是最早在校外租房子住的，后来陈爱媛也搬出去跟男朋友同居，就变成许灿和郭晓雅两人住。四人宿舍变成两人宿舍。

开学后，本来是会重新分配宿舍的。许灿搬出去后，郭晓雅也快速在学校和教育机构的中间点，找了房子租住。

郭晓雅照常翘课，托许灿帮答到。

这堂课的老师是认识许灿的，下课前，开始点名。喊到郭晓雅，许灿还是面不改色地说："到。"就仗着这老师脾气好。

果然，老师笑眯眯地合上点名簿，什么话都没有说，只是下课时，悠悠地叫了句："郭晓雅过来一下。"

许灿硬着头皮走过去，卖乖地笑："老师，怎么了？"

"没事，课上忘记抓人干活了。"老师从口袋里掏出一个U盘，笑眯眯地说，"打印出来，下堂课给我。资料有点多，最好找个男生一起。"

许灿："好……"

许灿听她讲"最好"，就没有放在心上，吃完饭去最近的打印店。这家开在校外的打印店纸质好，价格又低，成批打印资料的学生都爱来。

许灿背个挎包，两手都空着来打印的。她力气不小，资料抱到怀里，却立刻后悔没有拖个男生一起来。

几十个文档打印出来，纸张高高叠起，有几十厘米厚。许灿刚走出打印店几米远，就觉得拿不住了。她沉着气，让资料靠在自己身上，提速猛地往前走，幸好这里离教学楼近，可以拿到教室，随便找个地方放起来，不再搬回去了。

许灿抱着沉重的资料努力地往前走，身前忽然挡了个人。她微蹙下眉，准备往右绕开，却依然被挡住。

"你一个女生拿那么多东西吗？"

许灿抬眼，愣怔了下，怀里的资料就被面前的男生分走大半。

"杨睿？"兼职见过的模特。

"你还记得我名字啊。"杨睿笑着挑下眉，"要送去哪儿的？你在这附近上学吗？学校不错啊。"

许灿停在原地不往前走："谢谢你，不过我一个人可以拿的。"示意他把资料还回来。

"客气什么呀，"杨睿没这打算，脸上带着人畜无害的笑容，"我就随手帮个忙。刚送女朋友回校出来，她法政的……你们不会是同校吧？"

许灿有点动容，旋即又不太相信："法政学什么的？几班呀？"他怎么能随便就有那么厉害的女朋友。

"怀疑我啊？"杨睿不傻，却好脾气地笑笑说，"可她那班级名都是又英文又数字的，我记不清楚。不然我这高中文凭的中老年人，跑到你们这大学生区域散步吗？"

他又说："小姑娘提防心还挺重，是好事，不过我没女朋友也不会打你主意的。看你的眼神，就知道是那种，亲你下会立刻挨好几耳光的。"

许灿弯了弯唇，脚步往前走，说："你不是高中辍学的吗？"意思是，他连高中文凭都没有。

"嘿，小姑娘你那么好听的声音，就是用来捅刀子的？"

杨睿抱着资料走在她身旁，往前有个卖红豆包的小摊子，冒着香气，他立刻说："我给你搬东西，你请我吃东西不过分吧？"

"挺好的，"许灿看眼那个围满学生的地方，把手里半摞资料也递给他，"你要吃多少？"

"你看看大不大，不大就三个。"

许灿应了声，排了一小会儿队，买好四个红豆包，把装三个的袋子递给他，还有一个是自己的："两清。"

"学校近不近啊？"杨睿笑了，接过包子，把小半资料又还给她，"你也拿点。"

"就在前面，转过弯就是北校区。"

"那不是松江大学？"杨睿瞥着路边牌子上的字，"名牌大学也有学电影的吗？"

许灿："谁说我是学电影的？"

杨睿语气自然："不可能，你长那么好看只能是学电影的。"

许灿："……"

杨睿见她摆出冷漠脸，忙赔笑说："那你学什么的？"

许灿："……"

"什么表情？"杨睿不再追问，继续往前走着，轻快地说，"告诉你，我不是对每个女生都那么热情的，我撩妹都是靠装纯情，不是甜言蜜语。我只是觉得你挺像我妹妹的。"

许灿面色微动,转过脸认真地打量他一眼。

杨睿:"……你怎么了?"

许灿继续笔直地往前走,过了会儿说:"你好土。"

杨睿想了想才明白:"我认真的呀,不是在撩你,我自己的妹妹就跟你一样可爱。"

道路不时有车开过,两个人都往内侧靠了靠,避让着车走。

许灿扬唇稍稍笑了:"没觉得你撩,但是真土……"

她抬眼,忽然发现前面停着的车,有点像是童明月的。

这里是北校区门口,边上就是行健楼和化学实验楼,确实是童明月常经过的地方,她已经回来了吗?

许灿跟杨睿换了个边,走过的时候停下来确认着车牌号。真的是童明月的车,她回来了。

许灿刚才懒洋洋的情绪一扫而空,表情都严肃了。

"怎么了?"杨睿凑近看她的脸,揶揄地笑,"说好的应该在外地的男朋友的车啊?"

许灿瞪他一眼。就是相信他的鬼话,现在自己一条命才被吊着半死不活的。

不知道童明月现在在做什么。

身旁,忽然传来一个熟悉的声音:"许灿。"

许灿浑身一僵,立马回头,对上她的脸庞,条件反射地后退了一小步。

童明月看见她不自然的表情和下意识的反应,脸色暗了暗。

许灿心里正想着她,刚还盯着她的车牌号看了半天,童明月就突然出现在她面前,能不被吓一跳吗?

"你……"许灿磕巴下,很快语气正常打招呼说,"已经回来了吗?"

童明月抱着电脑,像刚开完会走出来,只"嗯"了声,眼神打量着杨睿,唇边扬着礼貌而不带温度的笑,转眸又看眼许灿:"这位同学……"后半句是在等许灿接。

许灿却像没反应过来似的:"……"

杨睿有点奇怪地看着她们，旋即带着招牌的和煦微笑，说："我不是你们学校的，只是帮灿灿忙。"

许灿有点烦他自作主张，叫那么亲切："刘老师托我去印东西，资料有点多了。他路过顺便帮个忙。"

"哦，"童明月又看眼杨睿，拿走他手里的厚厚资料，道声谢说，"我们走吧。"

她动作自然，纸叠在笔记本电脑上，臂弯一沉。

许灿愣了几秒，目光追着童明月的背影，想再和杨睿说句话的，但都记不起来要跟他说什么："那你就……"

童明月分明没有转过头看，就说："傻愣着做什么？"语气淡淡的。

啊？

许灿忙小跑两步追上去。

童明月刚开完会，好像心情不太好的样子。

许灿这么认为，并准备说点俏皮话逗逗她开心的，没走两步，就听她语气又变得很温和："刚下课吗？"

许灿"嗯"了声，看见她抱着电脑还拿那么厚的资料。"资料给我一半吧，"杨睿拿着没啥，现在变成童明月来拿，许灿立刻感觉心疼，"我手里只有那么点……"她要伸手去分，被童明月让了让。

"不重。"语气又莫名有点冷淡。

去教学楼没有几步，两旁的香樟树枝丫交错，光斑斑点点洒落，随着风闪闪烁烁的。

她们踩着树影晃动间的碎光，很快进楼内。

许灿愣了愣："那你饿吗？"

话出口，想到自己都已经是走读生了，还住在童明月隔壁，不用总约去食堂里吃饭，改口说："你等下还有事情吗？"

"嗯，晚点还要忙。"

童明月帮她把资料送到教室里，学术会议、学术报告、蜂拥而至的项目，还有课题组的学生要操心。

许灿想了想："那晚上几点回家？"她说完，才觉得这话听着不太普通，有种……说不出的感觉。她心头一热，眼巴巴地看着她。

"大概，十点多吧，"童明月也弯了弯唇，"得自己吃饭。"语气软软的，后半句不知道在说谁。

许灿顿时撇撇嘴，目光望着她的脸庞，神色如常。她明显是打算把几天前的那件事当小插曲过掉。

有点小怨念。许灿故意挺高兴地说："那好吧，我跟同学玩去了。晓雅正好说晚上要带我去酒吧玩。"

童明月："……"

童明月："郭晓雅？"

许灿无辜地点点头说："我都没去过酒吧，一直听说是很好玩的，有人唱歌跳舞表演之类的。嗯，还有酒喝。"

几千米外，正在教育机构里上日语班的郭晓雅，打了个喷嚏。

童明月："……"

她似乎想了很久说什么，最后开口，简简单单三个字："不许去。"

许灿闻言憋笑，顿了顿，语调上扬带着质疑说："为什么呀？我都成年了。晓雅难得说要带我见见世面的。"

抄着片假名的郭晓雅再次打了个喷嚏。

童明月没说话，视线自镜片后扫过来，笔直望着她。

沉默几秒。

许灿低头，抿了抿酒窝轻笑："好的，我不去。"

好凶。怕怕呀。

晚上十点半不到。

窗外灯火辉煌，原本被阴霾遮挡住的月亮，一会儿工夫，也重新清晰柔和起来。

影影绰绰的阴霾飘走了。许灿看眼时间，估摸着童明月该回来了。

她在厨房里忙了半小时，准备着适合当夜宵的小吃便当。一半是低卡的蔬菜水果沙拉，另外一半是上次做过的迷你汉堡。这次，当然还是那么小。

她去敲门，童明月果然已经回来了。

许灿把漂亮的食盒双手呈上，露着酒窝，大大方方地说："看，有爱心便当。"

"请进。"童明月让她进来,没对这话发表什么意见,只是低头轻笑了笑。

"现在饿了吗?"许灿知道她肯定在忙,问,"晚饭是几点吃的?"

童明月想了想:"……忘了。"

便当盒放在吧台。

许灿注意到她穿着和白天不同的衣服,长发还是绾起来的。应该是刚洗完澡没多久。

"不会根本没吃吧?"许灿仔细看她的表情,有点不高兴,"下午谁跟我说,自己吃饭的?"

童明月笑了笑,没说话,打开便当盒。她今天特别捧场,语气万分真诚地说:"哇,我开车回来的路上,还在想下次要吃到邻居的招牌小汉堡,得许愿多久。"

"什么招牌小汉堡……"许灿明知道她故意夸张,还是被逗笑,嘟哝说,"你又什么时候说过想吃了?就会骗骗我。"

童明月没有反驳,她拿起刀叉切完汉堡,正忙着吃。

汉堡外形还和上次一样,带着耳朵的卡通熊,可爱的笑脸。只是里面夹着的鸡肉换成了牛肉,煎得香香的,嗞嗞冒油。

童明月吃着,许灿就默默地看着她。

她心里是很高兴的,同时极为小心地用嘴型骂她说:"过分……流氓……"也不去想到底是谁流氓了谁。

童明月明明也没抬眼,边吃着,忽然毫无征兆地说了句:"许灿,以后不许喝酒了。"

她语气还挺严肃的。

许灿顿时委屈:"凭什么呀!喝酒怎么了?"

"怎么了?"童明月吃着蔬菜沙拉,带着笑,慢条斯理地问,"酒很好喝吗?还是……喝醉了很好玩吗?"

许灿心念微动,咽了下口水,先保持沉默。所谓敌不动我不动。

半晌,童明月也不再继续说了。

许灿又觉得不太甘心,讷讷地问:"那天,我……我有怎么了吗?"

"要真那么喜欢喝酒,"童明月没答,只深深地看她一眼,"以后得找个人看着喝。"

许灿乐了:"那我去找谁?我没人找,你还不让晓雅带我去酒吧。"

她鼓了鼓脸,垂着眼睛很委屈的模样说:"不行,我要做自由的自己。"

童明月低头,闷闷地说:"找我吧。"

许灿扬唇,低头拼命抿住笑:"那行,找你看着我。"

吃过东西。

童明月还要回去忙事情,许灿随口问了句她忙什么,听完,皱了皱眉问:"这些不是可以直接打发给学生做吗?"

童明月笑了:"他们也有他们自己要做的事。"

许灿忽然想到学姐吐槽的,群发消息,把多人派去饱和式地给他拿同一份快递的导师A,和学生帮忙搬完家,怕被蹭饭立刻把人赶走的导师B。

许灿说:"那我帮你吧。我闲着,而且这些事情我也会弄。"

童明月倒不跟她客气,一沓文件直接递到她手里:"拜托了,许灿同学。"

许灿坐在书房里,童明月身边。肩和肩,不足五厘米的距离,帮她打下手干活。这活她愿意干一辈子。

她忙完自己的,就侧过脸,视线自然地看童明月。

灯光从偏侧面照着书桌,勾勒出她的脸庞,一半明一半暗,面容沉静,拿着笔偶尔圈着需要斟酌修改的地方。

童明月以前也绾过几次发,都是扎得不高不低,整齐清爽的。现在可能正忙着事,随手往上扎了些,些微碎发,零散落在耳旁,露出白皙修长的脖颈。端庄典雅稍淡,显得有朝气起来。

老一辈总说女孩子头发扎得高就是精神好看的,许灿本来没感受,见童明月这样,才猛地觉得这话很有道理。

她刚想夸一句,童明月迎上她久久的打量,目光柔和,忽然问了句:"你脸怎么了?"

许灿："嗯？"

童明月指指自己的脸颊："是什么东西划到了？"

许灿摸了摸脸，没感觉到有什么。童明月去找了面镜子递给她。

许灿拿过照了照，发现脸颊边真的有道小口子，应该是不当心被纸片刮到的，一点点破碎的划伤，细微到她都没感觉到。

"不知道什么时候弄到的，"许灿看见镜子里自己披散着头发，忽然念起，先故意撩了下头发，说，"长发好麻烦。"

"绾起来是不是好点？"

接着非常自然："你帮我绾一下好不好？"

童明月从项目里回神，听到最后一句，弯了弯唇："好啊。"一如既往温柔地答应了。

她拉开最底下的抽屉，拿出橡皮筋和小梳子，才想起问："要绾成什么样的？"她站到她身后。

许灿心怦怦跳，努力用平淡的口吻道："像你一样的。"

"好。"

头顶传来她带笑的应声，许灿抿了抿唇。

面前还竖着块巴掌大的镜子，右上角那小块，映着童明月。许灿轻轻敛下眼睑，挪动镜子角度，镜子里就全是她了。

童明月很专心地帮她绾发，没留意到这个小动作。像是怕扯疼她，童明月动作很轻，细长的手指拢着柔软的长发，扎了几次，都没有绑好。许灿能感觉到头发几次紧了又变松。

弄了会儿，童明月终于把牛皮筋箍上，绾好了。她却不太满意的模样，没有说话，细细地把碎发往里塞着调整样子。

许灿语气带笑，问："好了吗？"

她从镜子里，看见童明月的目光飘了下，语气有点弱："没帮别的小姑娘绑过头发。"

她明显有点不好意思："所以，好像扎得不太好看……"

许灿照着镜子。

她也从镜子里望着许灿，像在观察，正面看扎得好不好看，目光在镜子里对望。

沉默几秒，童明月弯弯唇无声地笑着："嗯，人还是漂亮的。"

许灿："……"

她还一本正经地说："我得自己再练练啊。"

许灿："……"

"怎么脸红了？"童明月手指碰了下她的脸颊，似乎无意地说。

"我没有。"许灿耳朵都快红了，故作镇定地用手扇扇风说，"……有点热。"

"噢，"她声音似乎含笑，"是有点热。"

04

不住宿舍后，许灿跟郭晓雅见面的频率变得有点低，特别郭晓雅还是很爱翘课的人。

天慢慢变凉，刚进阶梯教室，许灿发现空调居然还开着。童明月最近三天两头出差，许多时候还是去国外出差，想给她做夜宵都没机会。

初冬，中午刺眼的光从窗外照进来，斜斜地铺在地上蔓延到讲台。老教授一进教室，先板着脸把空调关掉，才开始讲课。

许灿好好地上着课，旁边的玻璃忽然被人从外面敲了敲。

她吓一跳，转过头，就看见郭晓雅站在灌木丛里，躲在窗帘后，尽量避着讲台上老师的目光，张大嘴，用口型小声说："出来，去吃饭呀——"

许灿犹豫几秒，站起身，一下把蓝色的窗帘拉起来了。

郭晓雅愣在软软的泥土里，简直不敢相信，忙掏出手机给她打电话，低着头按拨号，放到耳边，就听见对方已关机的提示音。

太阳底下，她怀疑自己是按错了，调高屏幕亮度，再打过去还是关机。

原地傻了好久，又敲敲玻璃，许灿还是没有把窗帘拉开。

正当她站在灌木丛里，思考着是要冲进教室把人拽出来，还是算了吧，苦思冥想地挣扎时，背后，肩膀突然被人拍了拍："吃饭？"

"啊！"郭晓雅吓得差点跳起来。

许灿笑得眼眸弯弯的，垂下眼，把手机的飞行模式关掉。

就知道她要打电话过来。拉掉窗帘，下一秒就开飞行模式，然后收拾好东西悄悄地走出教室。

"哇——你故意的！"郭晓雅终于反应过来，"你这人，脸白心黑啊。"

许灿不置可否："吃什么？"

时间还早，食堂里空荡荡的。

郭晓雅坐下就抱怨说："日语好难学，光动词就这样变化那样变化的全得记住，我又不是孙悟空，学不会七十二变啊！"

许灿放下餐盘，还没来得及说话。

"你忙实习忙兼职还忙家教，三份工作，加上高到变态的绩点，游刃有余的。"郭晓雅皱着脸，筷子把鱼肉戳烂继续抱怨，"我感觉我就是个废物。"

"日语动词变化多，很难学？"许灿看她一眼，"再多能有我们化学变化多？你不听课，分析化学都能靠考前两天狂背笔记不挂科的小天才，敢自谦成这样？"

郭晓雅顿时乐了："欸，你是在哄我吗？许灿灿现在不得了了啊。"

她心情好了，眉毛一扬，说辞立刻变了："那倒也是。日语可简单了。"

许灿笑了笑："那你好好学。"

"对了，"郭晓雅想到一件挺严肃的事，认真地说，"你在那课题组打杂干得不错的吧？我学姐跟我讲，今年毕业论文时间貌似要提前。"

"提到什么时候？"

"具体还没定，其实也不会非常早，但是听说顾仪她们都开始联系导师了。我就是想提醒你，你家童教授最近是大热门，没有之一的那种热门。先下手为强！"

"再说吧。"

郭晓雅看她完全没在意的样子，想想又笑了："对，这种毕业论文导师，还不是童教授看心情要不要当的……他们怎么配跟许灿灿抢，是不急。"

奶奶提前一个多月就打电话来，问她什么时候回家。

这次寒假，再不回家就有点说不过去了。

许灿算了下，大概几号全部考试结束，买几号的票比较方便和划算，跟奶奶说好了日子。

回家这天，刚出火车站还是好好的大晴天，转眼间就灰暗下来。风一刮起来，大片的乌云缓缓地朝这儿来，往头顶压，天色很快变得阴暗沉黑。

许灿拖着行李箱，在大雨倾盆之前的一两步，赶到家里，几乎是前脚刚进门，窗外就开始下起雨。

"正好没淋到雨。"老太太打量着许灿，满脸笑容，要拿她的行李箱，"妹妹越来越漂亮了，读书辛苦了……"拉着许灿的手，絮絮地说着话。

早就准备好了饭菜，她坐下来就开吃。爷爷身体不好，吃完饭，得很快躺到床上去。奶奶推着他先回房间。许灿吃完饭，站起身收拾碗筷。

"放着，放着。"老太太从房间出来一看见，就小跑过来，抢掉她手里的碗筷说，"这不是大学生要干的事情。"

"大学生要干的事情我都干完了，"许灿无奈，"现在回家了，奶奶。"

"回家了就不是大学生了？许家好不容易能出个大学生，就算把碗砸了都轮不到让你来洗的，奶奶还没死，胳膊也还在呢。"老太太瘦矮，但力气很大，一把抢过那些碗筷。

许灿又不能真跟她抢起来，只好看着她洗，在水流的哗哗声里，想到从前的很多事情。

她以前是帮着做家务的。个子刚比灶台高时，就踩着小板凳烧饭做菜，扫地拖地全都会帮忙。

后来到六年级，她的书包越背越沉，放学时间也越来越晚。

有次天彻底黑下来才到家，进门前遇上刚下班回来的邻居，笑着夸她是个大学生的样子。奶奶听见笑了，说，女孩也就小时候读书厉害，到时候还是你们家儿子成绩好的。男孩子嘛，贪玩，等初中晓得要读书，成绩一下就蹿上来了。跟邻居阿姨说说笑笑了两句。

可到初中，邻居阿姨的儿子成绩继续"吊车尾"，花几千块钱送进补习班也没用。

而许灿跳级去念高中了。每次都是第一名，无数个第一名。

奶奶终于意识到，周围邻居们的话不是随口说着奉承玩的，孙女是真的读书好，是能考大学的。于是她再也不让她做家务，看见她碰扫把还骂她。

给她盛饭，一碗白米饭都要压一压实，怕她肚子饿，还会来接她放学，带着东西给她在路上吃。

公交车七站路，再走十几分钟。许灿本来三年级就是自己回家了。

许灿很小就知道，奶奶喜欢她疼她是真的，但也是有条件的。

吃过饭，打开电视机调到新闻台，广告里在讲新年送礼不送礼的。

奶奶眉毛立刻皱起来，脸拉下来，很不开心地说："小的是回来了，老的还在外头躲着呢。可怜哦，你爸爸，有家不能回的。"

许灿没说话，但已经猜到奶奶接下来要说什么了。

果然，老太太扭过头，看着她的脸叹气："你爸小时候那么疼你，现在你长大了，就不能帮帮他啊？我跟你爷爷老就老了，不拖你后腿，你就那么一个爸爸，你不能费点心帮帮他？"

许灿说："我今年赚的那几千块钱，交掉学费，其他全转到奶奶你的存折里了。"

老太太继续叹气。"奶奶知道你也不是没良心的。"转而说，"谈男朋友了吗？谈了可以带回家里吃饭的呀，学校里有没有我们这边的本地人？挑对象，眼睛要睁开的，不三不四的穷人家不行。"

许灿淡淡地说："奶奶，我们家就是不三不四的穷人家啊。"

老太太被她噎住，拧着眉又说："你那小学同学，以前就住公园那边的芳芳记得吧？前不久刚办的酒席，男方聘礼给了小一百万元嘞。那么多钱。"

许灿有加小学同学的群，群里有的同学甚至都当爸爸妈妈了。

她念的民工子弟小学，大多数同学都中途辍学，除了她，好像没有人考进高中。但也有些家里做生意做起来，变得有钱的。

许灿和蔼地给奶奶补充信息说："然后芳芳妈妈又往里添了五十万

元，全部当嫁妆，她家里还另外陪嫁了一台车，光车就几十万元呢。"

老太太瞪着许灿，摆手说："芳芳那丫头长得难看，嫁妆不多怎么嫁出去啊！你不一样。"

许灿轻巧地说："对，只要别人不嫌我是不三不四穷人家的姑娘就好。"

"什么不三不四穷……"老太太一张脸拉得马脸一样长，"你别乱说，你爸也就这些年浑了些，以前他当木匠，哪个不是客客气气叫声许师傅的。"

广告结束。许灿看着新闻，不跟她继续说了。

她爸以前当木匠确实干得不错，早些年家里不愁钱，只是他爱赌钱爱喝酒，带徒弟还坑徒弟。名声本来就不好，家具厂发展起来后，代替了绝大多数的木匠工作。

接活儿变难了。许庆国也还能接到活儿，却懒得继续干这种要求变高钱变少的工作。

他跟狐朋狗友去工厂去工地，也跑过长途货车，什么都干不长，做小生意也赔本。慢慢就变成一个游手好闲的老赖了。

远香近臭。

许灿在家里待了几天后，越来越常听到奶奶抱怨，怨她这个大学生不给家里想办法。

催她谈朋友，话里话外都想让她找个有钱人结婚，让老许家飞黄腾达起来。

许灿在家里待得心情抑郁，但只要开口，露出些想要提前走的意思，奶奶就会立刻露出可怜巴巴的神情，又是埋怨自己，又是责骂爷爷咳嗽烦人。走也走不掉。

许灿后悔被问几号开学时，说了实话。

她吃完饭，怕又被奶奶拉着说话，借口说出门散步消食，躲到以前玩的小公园里。

公园里健身器材还是记忆里的模样，稍微旧了些。其他好像没有任何变化，连玩耍的小孩，都跟当年和她一起玩耍的那些挺像的。

许灿坐在旁边,发呆,听着周围人用方言热切地聊天。

"带囡囡散步?"

"刚刚下楼怎么没看见你?"

许灿家里晚饭吃得早,这时候,天还没完全黑。很多大人才接完小孩回来,上学的直接带上楼写作业,读幼儿园的还能在公园玩会儿。

她的视野前方,有个穿粉棉袄的小女孩,脸圆嘟嘟的,白白的皮肤,脸颊还有块红红的圆晕。可爱极了。

许灿看着她,她也好奇地跟许灿对望了几秒,但很快转移目光,不再感兴趣,拉了拉跟邻居攀谈的爸爸,仰头说:"抱!"

"哎呀,"老阿姨笑起来,逗她说,"都快七岁了还要大人抱啊?囡囡还没长大啊?"

小女孩噘着嘴巴,不太开心地别过脸,不去看她。

她爸弯下腰来,胳膊托着她的腿弯处,另一只胳膊搂着腰,将她一把抱起。小女孩熟练地勾着他脖子,肉肉的小下巴磕在肩膀上。

两人没聊一会儿,小女孩又不太高兴了,踢了踢她爸:"走……"

"囡囡要走了啊?"男人很顺从地对她笑了笑,跟邻居说:"那我们先上去了,明天见。"

"明天见。"

男人抱着女儿走几步远,笑说:"怎么急着回家啊,是不是困啦?爸爸抱着,先睡。"

"不……"

"那是不是饿啦?饭没有吃饱啊?外面摊子上的烘山芋要不要吃啊?"

"不。"

走出公园,声音渐渐变淡……

"囡囡喜不喜欢爸爸?"

"不……"娇娇的。

许灿被小女孩的连续三个"不"字,逗得唇角弯了弯,旋即眼眶一烫。

等到天黑,许灿沿着小时候的记忆,从小公园穿小路走到河边,再走到后花园。一半心思花在留意景物的变化,一半听着那些散步邻居闲聊。

就算对家的归属感很低,听着家乡的方言,还是会有种特殊的舒心感在。

绕了一圈路才回去,进家门,发现有亲戚来了。

两位老太太和一个阿姨坐在客厅里聊着天,东拉西扯的,旁边的小女孩无聊地打着哈欠。爷爷已经睡下了。

"三奶奶好,"许灿进门,见人就乖巧地笑着打招呼,"李阿姨好。"

他们家就住在对面一栋居民楼里,虽然是关系挺远的亲戚,但时常走动。

"哎哟,好久没见着了,"被她喊到的老太太和阿姨顿时站起来,笑容满面,拉着她的手热情地说,"登样,真的登样,越长大越登样!"

许灿腼腆地笑笑。她看着边上坐着无聊到抖腿的小胖妹妹,顺着也夸人家孩子:"心怡个子高了,长得越来越可爱了。"

"我不可爱的。"张心怡闻言立刻笑了,十岁了还是肉嘟嘟的圆脸,皮肤黄黑黄黑的,但笑起来整个人就很活泼。她丝毫不认生地跑过来拉她的手说:"姐姐你真漂亮!"

"这小孩真是……"

她们是吃过饭,才来串门的。李阿姨明显有点拜托许灿的意思,从包里拿出作业本和铅笔盒,塞给张心怡:"你姐姐回来了,你让姐姐带你去写作业好不好啊?"

"我不想写作业……"

"难得!让姐姐教教你功课,你的功课,哎哟,差得嘞,你都不知道要脸红的。"

许灿接过作业本,保证说会认真教教她的。把小女孩带回房间,看着她写作业。

几本练习册打开,想翻到今天该写的地方,却一翻翻到底。寒假没几天了,作业却一字未动,崭新崭新的。

许灿还特别傻地问了句:"你们是不是字都不直接写在书上的?本子带来了吗?"

张心怡乐得捂着肚皮笑,说了句:"姐姐,你没有看错,我确实一个字都没写。"

许灿忽然记起来了,这小妹妹是一年级英语就能考二十分出来的混世魔王。上树掏鸟,据说还把象征着学校历史的百年枇杷树上结的果子全摘了吃了。

"先写你最喜欢的。"许灿把三本练习册放她面前,板着脸说,"你挑吧。"

"我都……"

"都喜欢?还是都不喜欢?"

"都不会。"

差事果然不能随便应,许灿翻开数学练习册,无奈地说:"你想想,开学怎么跟老师交代吧。要罚你站讲台了。"

她把笔塞进张心怡手里,说:"写吧,我看着。"

薄薄的练习册,其实作业量没有很多。许灿以前上小学时,被各科任课老师塞辅导书,放学还留她开小灶,没几天就得做一册这种。

"没关系的,"张心怡捏着笔,转而认真地告诉她说,"等开学,我早晨去学校里抄同学的,只要把头和尾补齐就行,中间字多的页数,我都撕掉。"

许灿:"……"

"姐姐你是不是傻了?你是不是从来没干过这种事情啊?老师其实都不看寒暑假作业的呀,你是不是从来都认真写的?"

许灿:"闭嘴,写作业。"

张心怡:"哦……"

小女孩说话特别逗,心思又不在学习上。许灿教她一会儿,就被她带偏一会儿,又反应过来,再教她一会儿。

"姐姐姐姐,跟你说,我同桌老拿笔戳前面的男生,还打他头,那男生一点都不生气,越打他越笑。然后下课我也打了下他,你猜怎么着?"

"怎么着了?"

张心怡摆摆肉乎乎的小胖手,竖着眉:"他也打我!我打一下他打两下!等同桌一回来我就哭了,然后我同桌就帮我拿尺子抽他,嘿嘿……"

许灿："……"

教了她半天功课，许灿发现人和人差距是真的巨大。她给任教授家的任欣怡补习，人家小姑娘学着学着也走神，可脑子聪明，很快又能带回来，跟得上。自家这个小妹妹，不但无心学习，还擅长把许灿一起带偏，满嘴跑火车，讲话还逗。

许灿偶尔没盯她，看眼手机的消息，转过眼，就见她在旁边玩手指，还嘟着唇把笔杆夹在嘴巴上，做斗鸡眼的表情。

许灿放弃了。

她拿铅笔，唰唰几下帮她把开头的几页数学作业写满，叹气说："你回去认真看看，把答案擦掉，自己再写一遍，听见了吗？"

"好好好。"头点得似小鸡啄米，她想起来，从红棉袄的口袋里掏出个什么，攥着塞给许灿说，"这个是奶奶给我的，她让我等等给你，还说要你不要告诉别人。"

许灿愣怔了下，看着下意识接在手里的，沾着金粉写着新年快乐的红包，打开看了一眼，里面装着两张百元纸钞，很新。

她盯着这钱，心里说不出来地复杂，顿几秒，又把红包塞回小妹妹手里，语气柔和地说："给你吧。你奶奶给姐姐红包，那姐姐也应该给你准备红包的。"

"不应该是你奶奶给我，我奶奶再给你吗？"小女孩天真无邪，说出来的却是最真实的话，"他们大人这样给来给去。我的全得给爸妈……这次直接给你，不就是姐姐你的了吗？"

许灿眨眨眼，学着她的语气说："那姐姐直接给你不就是你的了吗？拿着买糖，别告诉爸爸妈妈。"

"可奶奶让我给你的……"张心怡又塞给她，语气轻快，"我家里有糖，姐姐你就拿着吧，哎呀！"

许灿："哎呀！"

两个人大眼对小眼，越凑越近，最后都扑哧笑了。

许灿伸手摸了摸她的脑袋："行吧，那过两天姐姐带你买玩具去。"

"好啊！"

"喜欢玩什么？"

"枪！我要拿学校里去。"

许灿："好，给你买个呼啦圈玩。"

张心怡："……"

许灿家家里人不齐，爷爷又身体不好，奶奶懒得折腾，说是过年，也就是大年夜时多做了两道菜，完全没提别的。许灿也怕她念叨爸爸的事，不多事反倒松口气。都忘了逢年过节小孩子是有压岁钱的。

不过她也不是小孩了。三奶奶来串门看看，年后还给她补塞红包，多半也是觉得她怪可怜的。

十点半，阿姨来敲门把张心怡带回家了。吵吵闹闹的小孩走掉，房间里顿时安静下来。

许灿站起身，窗外黑漆漆的也望不见月亮的踪迹。

许灿透过蓝色纱窗眺望着，窗外一棵郁郁葱葱的桂花树，在寒风里像塑料一样，摇摇晃晃。

她想着过年回去还要不要继续给任欣怡补习。虽然给那个小乖乖补课很开心，但每周的固定时间，她下学期可能给不太出来了。

考研的事情也该开始准备起来了。以她专业第一的成绩，保研应该是很稳的，但在正式名额定下来前，还是要做万全准备的。

手机屏幕亮了亮。许灿随手拿起点开来，脑子里还在想以后选导师的事情。

童明月："定好几号回去了吗？"

许灿"哇"了下，唇角立刻扬得高高的，万分高兴。

完全不记得自己前两分钟，脑子里还满是乡愁啦落寞啦茫然啦前途啦之类的。

"童教授，终于有点要闲下来了吗？"

她想了想回复说："大概……开学前一周吧。"

童明月顿几秒："票已经买好了吗？"

许灿秒回："还没有呢。"

许灿见她问票的事，心里就隐约有感觉了，但不太确定。眉眼晃着笑意。

等啊等，捧着手机却迟迟还没有回复。

童明月过了会儿才回消息。

"提早两天回去好吗？"

"我来接你回家。"

许灿看着那句话，心像被重重地撞了下。接你回家……

她是故意的吗？

许灿脸上绽开笑容来，酒窝深深的，咬下唇，手指飞快地打字："你是有什么事会路过我这边吗？"

童明月有几个可去可不去的出差事项，其中的项目评定会在这边，日期挺合适。她就来问问许灿，再决定要不要应下来。

当然没有必要一五一十地讲，只回了"是的"。

许灿打字应下来："当然好呀。"

童明月回复："好。"

这样就算是敲定了。许灿坐在床边，躺下来，笑眼看着她们对话的消息框。

不太愿意结束话题，就问她是因为什么项目来这儿的，又什么时候来，具体哪天走。

童明月："明天就来。"

许灿有点惊讶，她要办的事情挺简单的，听着就明白是短期出差，一天绝对可能结束的那种。明天就来，无论如何也太早了。

想到她说回去的时间，怕童明月是要迁就自己，许灿忙直起身子认真问问。

许灿："除了项目，是还有别的事情要忙吗？"

童明月："嗯，我们说好的。"

许灿愣了愣，她们说好什么了吗？她竟然想不起来有什么了。

打了几个字，还没有来得及发出去，童明月发过来两条消息。

"去年说好的。

"以后都会记得你的生日。"

05

　　童明月跟许灿说定的日期,是她忙完工作的第二天,也正好是许灿跟徐倩雯约好要出去看电影的日子。

　　许灿半秒的犹豫也没有,打电话,把两人看电影的时间提前了。

　　回到家,她就把行李箱整理好,跟奶奶说,因为兼职的事情要提前回学校。

　　童明月本来听她说准备开学一周前走,以为她不想那么早就离开家,还特意把项目后的几天预留出来,准备待在这里转转。

　　许灿表示,这里真没什么好玩的地方,最多玩一天就足够了,别浪费时间。

　　第二天,童明月忙完工作,开车来接许灿出门。

　　许灿提前挑了好一会儿的衣服,最后穿了件奶茶棕的牛角扣外套,里面是白毛衣,一条无袖连衣裙。黑色连袜裤包裹着纤细的腿,小皮鞋亮亮的。

　　特意化了好看的妆。照着镜子,最后拨弄拨弄长发,修齐的发尾软软地垂到胸前。扬起唇,她对镜子里的自己笑了笑,心情雀跃地下楼了。

　　今天……还正好是她的生日。

　　再次被许灿忘记掉的生日,因为童明月,突然就变得郑重其事起来。

　　许灿提前一刻钟就走出小区,在路边等着。童明月的车,提前五分钟开到,在她没留神的时候,缓缓地停在她面前。

　　车窗降下来。童明月眼里带笑,一手搭着方向盘漫不经心地说:"小姑娘,在等人呢?要送吗?"

　　许灿一边扬着唇笑:"黑车不敢坐呀。"一边快速地折到副驾驶,拉开车门坐进去。

　　车开起来,童明月看她一眼,唇边衔着笑意,说:"今天……非常非常非常漂亮。"

许灿心跳快两拍,旋即扭过头盯着车窗看,使劲忍笑。这是上次童明月帮她化妆后夸过的话,嘟哝说了句:"那么没有新意的。"

童明月轻轻笑了声,目光平视前面的路,语气一如既往地正经而温柔:"灿如春华……"

后半句轻轻的:"皎如秋月。"

许灿抿了抿唇,露着酒窝,觉得自己真的应该备两小瓶速效救心丸。心跳好快。每次在她身边都这样。

白天约好去茶馆的。

童明月很久之前就想过来听听评弹了。

许灿知道有家茶馆在本地人中间也很有人气,不是专门骗游客的那种。她跟徐倩雯确认过,还去踩了踩点,保证那么多年过去了没有关门。

茶馆开在古巷深处,旅游黄金周时游客能将整条巷子都塞满。现在淡季,茶馆地方又偏,大厅里没有多少人。

许灿跟着童明月进去,刚进门,就听见柔情似水的评弹声。

"我有一段情呀,唱畀拉诸公听,诸公各位静呀静静心……"

男声比女声还柔,穿藏青色长褂的男生看着非常年轻,眉清目秀,笑起来脸庞还有小梨窝。圆圆的脸,白白的牙。

许灿匆匆地扫过去,还以为是杨睿换了个发型坐在上头唱着,吓了一大跳,忙定神细细看,果然看错了……

顺着她的目光,童明月多看了一眼。

两人往前边走,坐进包间里。说是包间,更类似于酒吧的卡座,只是周围有雕刻精致的木质隔断,方便看清台上。

包厢里就她们两个人坐。许灿看见一道光,从窗外斜斜地落在童明月的脸上,将她的五官轮廓勾勒得更为分明。

她微偏偏头,却没避开那光,不得不微眯了眯眼。眼眸亮在光里,像琉璃般折射着澄清透亮。

童明月身子往后靠了靠,才躲过那道光,一手拿过杯盏,给她倒茶,大衣袖口露出素白的手腕。

包厢外:"让我来唱一支秦淮景……"

童明月把倒好的茶盏递给许灿,也没有说话。

她手里拿着一杯茶,要喝不喝的,目光透过人群望着台上唱着的两位。

许灿本以为童明月是好奇,或者是想感受下而已,没想到她还真挺喜欢听的样子。

她们也是来得挺巧的,原本上台的今天来不了,茶馆临时请了更有名的坐场子。这两位平时几乎不来唱,要看他们打开电视频道最方便。

许灿座位的角度好,不必偷偷,可光明正大地看着童明月的侧脸。

她要穿得再古代一些,就很像是旧时喜欢听说书的闺阁大小姐,就算身子往后,靠着椅背,还是有种端庄的气质。

"盘古到如今,江南锦绣……"

童明月听得很认真,都没怎么跟许灿说话。一曲唱完,小姑娘把怀中琵琶换个姿势抱了抱,旗袍下,细白的长腿优雅地跷起来。

童明月挪开目光,喝了口茶,轻笑着问许灿:"你是本地人,也会唱吗?"

许灿先喝着茶,放下杯子才说:"他们唱法跟平常讲话不全是一样的,能听懂,但是唱不了。"

童明月"噢"了声,给她把茶倒满,又笑:"我刚才想,你如果会,唱得肯定比那女生还好。毕竟声音那么好听。"

许灿拿起杯盏的手,稍微抖了下,强作镇定:"怎么可能,我有点五音不全。"

心里却想,这年纪学还晚不晚?

学一曲,能不能就在这儿拜个师父……她说我声音好听……

琵琶声慢慢停下,下一曲又开始唱起来了。

"一个儿……"

许灿视线偏了偏,忽然注意到大堂里,有个鬼鬼祟祟往各个包厢里瞟两眼的人,正探头探脑,到处张望着往这儿走过来。

许灿:"……"

等那人张望的目光刚探过来,就笔直地对上许灿的视线,吓得条件反射地往后倒退几步，差点撞到端茶水的服务员，她忙转身跟人家道歉。

许灿无奈叹气："徐倩雯……你怎么也在这儿？"

徐倩雯见状，默默地往这儿走两小步，看清许灿对面的人，又愣住了。

"你……你……"徐倩雯发觉不对，改口，"您是童老师吗？"

这个称呼。

童明月望着她，花几秒想了想，轻点点头："徐倩雯吗？"

竟然叫出了她的名字！徐倩雯震惊了，她下意识地挨着许灿坐了下来，讷讷地说："老师……你还记得我啊……"

童明月笑而不语。

徐倩雯其实坐下来就后悔了。她完全可以假装路过，打个招呼就走人的，偏偏还坐，坐了也不好一下就站起来走掉，只好笑着先叙叙旧，问许灿怎么会来这儿啦，后来怎么样啦。

直到童明月起身，去洗手间，徐倩雯终于可以开始吐槽："你怎么回事啊许灿？我知道你有活动，可没想到是那么商务的啊。"

许灿懒得跟她多说，翻白眼："干吗跟来？"

"谁让你问这种地方，你问个游乐园游戏城的，我肯定不会跟过来。偏偏是评弹啊！除了老人家还有谁会感兴趣这种，我这不是怕你被中年老男人骗嘛！"

许灿白她一眼："这可是国家级非物质文化遗产，就你没文化。"

"没文化！"又说一遍。

"好好好……"徐倩雯继续坐立不安，"要死了，你明知道我是差生本性，看见老师就紧张。课堂上就算了，出来玩还碰见也太慌了吧。"

许灿："那你先走。快点走。"

"那我先走了？"

"嗯。"

"帮我说个——"徐倩雯没来得及说完，刚站起身，童明月就回来了。

明明不是自己的老师，也只代课过一阵子而已，徐倩雯对老师就是有种天然畏惧:"那个童老师,我想起来有点事儿,先走了。"

童明月点点头。

本来话到这儿就可以了,又没人要留她,偏偏徐倩雯还有点狗腿性质地笑着补了句说:"隔壁新开了游戏城,我要去那儿逛逛。评弹只适合你们这些有文化的人,哈哈。"

童明月看眼许灿,问:"那我们也去逛逛?"

许灿当即说:"徐倩雯,你不是要回家赶作业的吗?别去游戏城了。"她转头对童明月说:"走呀。"

徐倩雯:"……"

童明月笑了下:"好。"

游戏城就在隔壁不远。游戏城新开的优惠活动,一块钱能兑换三个游戏币。游戏币装在空的一次性奶茶杯里,沉甸甸的。

她们刚进去,就路过几排抓娃娃机。

迎面那台机器,摆着白白软软的大耳朵狗,鼻梁上还架着黑色眼镜,斯斯文文的。

许灿莫名其妙地觉得长得有点像童明月。

她挪不动脚步了,指指那台机器笑说:"我要给你夹一个!"

童明月目光望着那些玩偶,笑了下:"好啊。"

本来以为是很简单的事情,许灿往里投着币,说:"这种头大身体小的玩偶,只要夹子落在中间的重心位置……"

失败了:"刚刚没夹准,其实重心位置挺好找的……"

再次失败:"……"

各种上一秒觉得能成,下一秒就立刻滑下来的花式失败。

许灿闭着嘴,已经说不出下次绝对可以的大话了。她物理明明总考满分的!

过了一会儿,许灿觉得不能拿命耗在这儿了,想走人,却从玻璃的反光面里,看见童明月饶有兴趣的模样。

她那么想要这娃娃?

许灿小心翼翼地咽了下口水,又塞了俩游戏币进去,横杆拉过来，对准，落爪时明明挺稳，抬起来又掉。

机器仿佛是看她不顺眼，许灿服了，把游戏币捧给童明月，弱弱地问一句："你要自己试试吗？"

童明月没去接那杯游戏币，挑了挑眉，故意诧异地问："嗯？不是说好的有人要抓给我吗？"眼睛亮亮的，脸上带着欺负人的笑。

"我可能不太适合……这个爪子一定有问题！"许灿维护着最后的尊严，"我们走吧，我买一个给你好不好？"

童明月接过游戏币，往里塞两个，她只是想试试的意思。

大概是刚才许灿往里面扔了足够多的币，机器觉得再不吐个出来不好意思。这次抓手夹着玩偶的一条腿稳稳地掉到出口。

童明月："……"

许灿："嗯？"

童明月笑了下，弯腰去把玩偶拿出来，拿在手里。

许灿明显气鼓鼓的。视线对上，旋即飞快地转移目光，假装不在意地说了句："果然是深藏不露。"

童明月低头谦虚地笑："有人衬得好。"

许灿："嗯？"眼睛瞪得圆圆地看她，仿佛在说：你怎么欺负人啊？像个气鼓鼓的小河豚。

童明月很想要伸手戳一戳她的脸，心中念起，却又按捺住动作。

盯着她，但没几秒，许灿忽然就弯唇笑了。

许灿往前，轻握住她的手臂，唇角扬着笑，语气轻软地说："反正，我也抓到了一个。"

童明月："……"

小姑娘歪了歪头："怎么了，不可以给我带走吗？"

下巴微扬，黑色大衣衬着白嫩嫩的手，明亮的眼眸一瞬不瞬地望着她。近在咫尺的她。

童明月神色微动，愣怔片刻。

半晌，她弯了弯唇说："我觉得……可以啊。"

06

　　回去的路上,许灿坐在副驾驶,双手往上,虚虚握着绑好的安全带,忽然说:"你要不要跟我学句方言呀?"
　　"嗯,"童明月语气带笑,"你说。"
　　许灿顿半晌,用软糯的方言低低说了句——
　　"登样。"
　　童明月立刻弯了弯唇,静片刻,才轻轻地跟着说:"登样。"
　　许灿翘着唇笑:"你真登样。"
　　童明月:"你真登样。"
　　"你真好看,"许灿转脸看着她的表情,转而用普通话,"……的意思。"
　　童明月轻"嗯"了声,唇角提了提,但没有再继续接话。
　　许灿看着她半晌,没在脸上找到任何特殊的情绪。
　　目视前方,一时也不知道要说什么了。

　　很快开学。
　　童明月的日常依旧很忙,学术会议、项目、出差……
　　许灿慢慢地走去上课,太阳照在脸庞有点刺目,她半眯了眯眼。收到消息,童明月今天没什么事,等她上完课,正好可以带她回家。
　　她扬着唇回消息,身后有人猛地拍了她一下。
　　"别走,来来来!过来帮我个忙。"郭晓雅手里拎着两大袋子,既然正好碰见她,那就不使唤白不使唤,"这边有个问卷调查需要你,纯公益做做好事。"
　　"你怎么中午还在学校里?"许灿惊讶地被她拖到转弯处树底下,"又翘课,补习班还翘课。"
　　郭晓雅把笔塞她手里,苦着脸说:"学弟学妹都不会做事情的,我能怎么办,自己上呗。"
　　面前是两张课桌拼起来的桌子,摆着块板子,树底下拉着横幅:

艾滋病离大学生有多远？了解艾滋，从你我做起。

学弟乖乖坐着看东西，由郭晓雅四处拉人过来填。

许灿拿着笔，看着手里的调查问卷，全是各种知识性的问题，简单的选择题。

她一边圈着答案，一边瞥了一眼桌上那块签满名字的板子，笑着说："我不签名啊，要签签你的名字。"

"没问题呀。"郭晓雅笑着伸手戳戳桌上的宣传板，"这块板子上，全是我左右手互换写出来的，没发现吗？等你走了，上面就会出现你的名字的。"

许灿抽抽唇："名字写在板子上有什么意思吗？"

"没意思，但是老师要这样干。"郭晓雅从提着的纸袋里，随手抓出两本科普手册，塞在许灿的背包里，"喏，我偷偷地多给你一本，别告诉别人。"

许灿嫌弃地拍开她的手："你给不出去，就往我这儿塞？自己看去！"

"所谓有备无患，你可以随手掏出来送人的。"郭晓雅笑嘻嘻，转而说，"哎呀，新包好漂亮啊。"

许灿哼笑了下，眼眸弯弯。

她穿着米白色大衣、灰毛衣和淡蓝色牛仔裤，背着水蓝色双肩包。精致的小牛皮双肩包，正面有只憨态可掬的小飞象。这是童明月送她的生日礼物。

看见纸袋里的那一角外文字母，她立刻认出了这个牌子，小众奢侈品牌。

因为兼职的关系，那些时尚品牌新出什么特别好看的包，她朋友圈里一定有人发。

童教授显然没想到她会认识这个小众牌子，当时还非常一本正经地说，不贵，给她当书包挺可爱的。

她是想让许灿没有压力地收下。许灿就没有点破。

这还是许灿第一次背出来。

许灿填完问卷，把纸和笔都还给她，笑眯眯地说："没事了？我先走了。"

郭晓雅一把拦住她:"等等呗,我马上就可以收工了,一起去吃饭。下午的课反正挺水的,咱们翘了吧?"

许灿笑:"不行,我一定要去上课。"

"又不是童教授的课,你稀罕什么呀?"

"可她让我去上课。"

"啊?童教授出差回来了?"

许灿"嗯"了声,说:"她让我给她带两盒订书钉。"

还是从她家里的书房拿的。许灿翻抽屉时,费了好大的力气才克制住自己,当个正人君子,没有去找出她的日记本来细细研读。

郭晓雅无奈地放开她说:"行,去吧。我知道童教授对你来说重于泰山而我轻于鸿毛!"

许灿"嗯嗯"了两声。

郭晓雅气笑了,推她一把:"赶紧走!赶紧消失。"

下午的课结束,许灿踩在自己的影子里快快地往前走。

很久没来办公室了。敲门,进去发现邱伟不在,办公室就她们两人。

童明月的目光从电脑里抬起,看见是许灿,微微笑了下,打开抽屉,取出那只空的订书机问:"订书钉带了吗?"

"带来啦。"许灿拉开双肩包的拉链,很快把东西拿出来,递给她,"我拿了两盒来……"

这包她是第一次背着出门,本来除了两本教科书,和那两盒大号的订书钉外,什么东西都没有装。所以她伸手随便往里摸了一下,看都没看,抓到就直接把东西放到她桌上了。

两本科普手册……

许灿保持着正要把包拉链拉上的姿势,愣怔半秒,反应过来,顿时又呆了呆。

她内心有无数的弹幕飞驰而过:怎么办?竟然忘了这东西还在包里!郭晓雅我要杀了你!

表面无比安静,内心尴尬到说不出话来。

童明月盯着这两本科普手册,伸手的动作停住,明显也愣了愣,旋即抬眼："这是谁给你的吗？"

"是郭晓雅送的。"许灿顿时反应过来，急中生智，面不改色地借此扯谎说，"她说我也到年纪了，该谈恋爱了，得注意安全。"

童明月沉默了几秒说："你还小，不急。"

"我都已经二十岁，不小了。"其实是十九岁，虚岁二十。

"那也还是小孩，"童明月难得语速稍稍加快，重复了一遍说，"不急。"

许灿见她表情是带些严肃的沉静，低着头，悄悄忍住唇角，"噢"了一声。

旋即，听见椅子划过地板的声音，她抬眼，见童明月弯腰，从办公桌底下把垃圾桶拿了出来，轻轻放到许灿的跟前。

什么意思啊？

两个人默默地对视了好几秒。

童明月看看她，下巴微扬，目光示意她面前的这个垃圾桶，温声说："可以就扔这里的，没关系。"

什么叫，"可以就扔这里的，没关系"？

许灿愣怔，还没反应过来，动作配合着气氛似的，拿起桌上的那两本科普手册顺手扔进去了。

童明月微点头，很自然地把垃圾桶放回去了。

"订书钉带了吗？"

"嗯……带了。"

许灿回到家里，还琢磨着科普手册的事情。心里痒痒的，总感觉没有抓住那一闪而过的机会。

为什么要让她把科普手册扔掉，还不让谈恋爱……她明明早就不小了！

许灿在客厅里踱步，心情难以平静下来，旋即跑到厨房去，踮着脚打开顶柜，拿出上次喝剩下存放着的半瓶白酒，握在手里，玻璃的质感沉甸甸冰凉凉的。

童明月说过的，以后得看着她喝酒。

许灿回忆起上次，翘翘唇，打开酒瓶倒进杯子里，先抿了两小口。熟悉的辣辣的味道，顺着喉咙滚过，口感是很柔的烈。

许灿慢慢喝着，觉得差不多了，略做准备。

童明月一打开门，就看见又喝得醉醺醺的小姑娘。

这次有长进了。不但脸红通通的，还一只手握着酒瓶，另外一只手拿着玻璃杯，笑嘻嘻地说："我……我还……找你看着我喝酒了……"说话大舌头了一下。

童明月盯着她手里那瓶白酒："白酒？许灿，你口味还挺特别的。"语调没什么起伏。

许灿见她表情淡淡的，喉咙滚动下，嘟着嘴巴喃喃地说："怎么了，我不乖吗？"

"好，你乖。"童明月拉开门说，"先进来吧。"

她进门，自觉走到上次的位置坐下来，可童明月站在对面，并没有跟那次一样坐到她的身边来。

许灿看着她："你怎么不坐过来？"

童明月沉默半晌，顿了顿，温和地说："怎么了？"

许灿执拗地说："我们说好的。"

她仰着脸，语调软软又带几分柔："你不是得看着我喝的吗……"

灯光沉静地映在童明月眼眸里，不动声色。

许灿蹙着眉，无言又倔强地巴巴看着她，眼睛湿漉漉的。

她终是绕过来了，走到小吧台前坐下。

"好吧，那你慢慢喝。"叹口气，童明月忍不住捏了下她的脸颊，"什么烦人的小酒鬼呀……"

许灿扬扬唇，没有说话，伸手另拿了个玻璃杯给她也倒了点酒说："你要喝吗？"

是先倒完再问的，她手里还握着那杯子没松开，满脸客套，纯粹是自己想拿两个杯子一起喝的小表情，没等童明月开口，就说："你不喝吗，那我——"

童明月从她手里接过来，说："将进酒，杯莫停。"还跟她轻碰了碰杯，抬手一口干完。喝完，又拿过酒瓶，自斟了半杯。喝法很豪爽,但脸上表情还是淡淡的。

可她在说"杯莫停"的时候,语调是柔和的。一副纵容的模样。

许灿怔怔地看着近在咫尺的她,身子悄悄靠了过去,心不在焉地问:"你酒量好不好呀?"

"不知道,"童明月笑了下,"但我想……陪你喝应该足够的。"又是这种哄人的语气。

许灿喉咙微动,再次挪动身子。

童明月慢条斯理地喝着酒,却坐过去了一些。

正当许灿满心失落时,童明月忽然侧过身来,面朝着她,说:"许灿,第二次了。"

许灿吸取教训,这次其实根本没喝几口,身上浓浓的酒味,一半都靠喷在衣服上挥发出来的,脸上的红晕也使腮红加深,大脑是十分清醒的。她只是装醉。

看着童明月转过身来,眸色深深,许灿下意识闭了闭眼,不太敢直视她的目光,却又不往后拉开距离。有点怕被她看穿自己的小心思,又有点期待她看破什么……

童明月一手拉着她的手腕,她低头,却被童明月另外一只手捏着下巴。

许灿唇动了动,长睫轻颤,她顺从地抬起脸来,眼眸直直地看着童明月。

下一秒,她额头被弹了下。

许灿:"你干吗?"她委屈又无辜,抬眸,眼里都快闪泪花了。

童明月冷下脸来,半晌,才缓和语气,在她耳旁很近的距离轻声说了句:"许灿,宁动千江水,不动道人心。"

07

许灿一下没有听懂,表情顿时呆住。

童明月却像只是随口说了句。

她拿起酒瓶,把最后的一点酒倒光,低领毛衣露出白皙修长的脖颈,肌肤细腻如玉,抬手腕,小口小口喝着,喝酒的姿势却比别人小口品茶还要文雅。

明明说不知道自己酒量的,可喝那么快,就跟白开水喝着玩似的。

"你说的话,"许灿望出神,盯着她握着杯子的手,低垂的眼睫投下一线影子,怔怔地说,"我听不懂。"

她口气有点轻轻的,带着示弱的意味。

童明月很快就把她的酒全喝光了,放下杯子,唇边衔着浅浅笑意,语气也一如既往地温柔:"随口说说而已的,没什么意思。"

酒瓶空了,被童明月拿起随手放到旁边去:"我也有点头晕,这次你自己乖乖地回家睡觉,好吗?"

许灿:"好。"她眸光闪动,见童明月脸庞真的浮现淡淡一层粉意,毕竟白酒度数不低,童明月酒量再好,喝得太急也不行。

镜片后的眼眸分明还是清醒的,柔和地望着她,许灿与童明月静静对视几秒。

既然她那么说了,她也应了,就只好慢慢地站起身来。许灿手扶着冷冰冰的吧台边沿,哑了哑,又问:"下次想喝酒,还可以来找你吗?"

她站着,童明月还坐着,她微仰着下巴看她。

童明月笑容带着沉稳的弧度,偏过脸:"随时欢迎。"

许灿轻"嗯"了声。不甘心走,但也只能这样了。

许灿回到家,先洗把冷水脸清醒了下。

哗哗水流声冲洗掉她脸颊边涂抹的腮红,抬脸看眼镜子,卫生间冷调的日光灯把她脸照得有点惨白。水顺着脸颊滑下来,滴落,睫毛上也带着水珠。

许灿抿着唇,拿出手机,打开网页搜索引擎。

"宁动千江水,不动道人心。"

她以为"道人"是道士。怎么着?童明月是想归隐山林吗……

许灿查之前,觉得自己肯定是想错了。她高中学庄子时,记得老师提过被庄子讥讽的同为道家的杨朱,"宁动千江水"和"损一毫利天下,不与也",感觉还挺像的。她乱七八糟地想着,还以为童明月是给她讲了什么非常生涩隐晦的比喻。

结果查到说"道人"好像指和尚。

在论坛上看见一个解释说:"世间最重的罪业就是破坏人的道心……这是极大的罪过。"

她猛地有种被泼冷水的感觉。

她深呼吸,定神又去细查了很多资料。最后确定这句"毁人道心"是那网友的个人理解后,略松口气。

古人说过的一句俗语而已。

许灿查来查去,也找不到具体的定义和解释,没有标准答案。

而她……最不擅长没有答案的东西。

心神不安。

童明月被李薇叫去吃饭。

李薇家的小儿子都上幼儿园了,她自己还跟小孩子一个口味,最喜欢吃高热量的垃圾快餐。学校里新开一家餐厅,汉堡做得很好吃。

童明月点了一份意面,对面的李薇抓着餐单纠结,不知道选哪个口味,最后学儿子,拿手指"点兵点将"起来。

童明月见她终于纠结完,就没说什么。

把菜单收起来,递给旁边站了半天的服务员小姑娘。"又要去出差了吧?"李薇选完吃的,眉毛一松,笑着说,"理工科的教授忙起来真的要命,你偏偏还往难度大的东西上面凑,不能挑点来钱快,又轻松的活儿干干吗?"

童明月:"弄那些没意思。"

李薇笑:"你这人,忒骄傲。虽然有科研成果职称是不愁了,但现在学生挑导师,也要看能不能帮忙介绍别的资源的。"

"你来之前我偷听到的。"她指指旁边。

左边转弯处,四个学生在讨论事情,声音传到这里一清二楚。她们这桌是在最里面的位置,有隔断挡着,非常隐蔽。

李薇声音轻轻的,藏着笑意说:"那几个,都是我们学生会的学生,小孩子,讲那些乱七八糟的事情竟然一套一套。跟平时在我们面前完全两个样。"

童明月抽出餐巾纸,擦下餐具,无奈地说:"你不是故意挑这种位置,方便偷听学生们讲话吧?"

"可他们议论的东西就是很有意思嘛……"

西式快餐上得快。童明月开始吃的时候,忽然瞥见,门口处走进来两个眼熟的小姑娘。

郭晓雅路过四人的那桌,发现是学生会里的学长学姐们,忙停住脚步,打了个招呼。

"晓雅,"学姐叫住她,"正好想跟你讲点事情呢,就坐我们旁边吧?"

郭晓雅看眼身边的许灿,许灿没什么不可。

两个男生闻言站起来,把边上的桌子拉过来点,拼出一张八个人的桌子。郭晓雅跟许灿坐了下来。

童明月握着叉子的手顿了顿,旋即不动声色,卷了卷,吃着面条。

郭晓雅刚点完餐,学姐就把要交代的事情讲掉了,接下来随意聊着说:"你升了部长,也别去提拔跟自己同年级的人,你觉得他肯干活儿,很好用,他说不定就让老师也那么觉得。往后再往上升,主要是老师的意见,其他都是虚的,你懂吗?

"就让他们干点看不见的活儿就行。还有那些新人的新想法,你随便听听,别真照着他们说的去做了,如果……"

李薇抿着笑看眼童明月,眼神像是在说:看吧,都一套一套的。

她的汉堡也端上来了。

"好看吗?"大圆盘子里,燕麦汉堡上放了芝士和朱古力做的卡通的眼睛、鼻子和耳朵。

童明月瞥一眼,压低声音点评两个字:"粗糙。"

"嘿,你明明什么菜都不会做的人,眼光还挺高的。"

许灿垂着眼,吃着自己的东西,完全没注意到角落里的那桌坐着童明月。

学长学姐们聊着聊着,讲到毕业的事情,给很多建议。

郭晓雅早就决定要出国,连研究计划书都开始写了,当然没兴趣了解国内的各种企业,但抓住机会,帮许灿问说:"今年我们童教授,是不是都不怎么收研究生了？"

学姐想了想说："好像是不怎么收……但也没说不收。"

"估计是有好的苗子就要一两个，不然也不缺人，这样子的吧。"

郭晓雅闻言拿手肘捅了捅许灿："你看我们许灿，这个专业成绩第一的人算不算好苗子？"

话题转到许灿身上，不是本系的学长也感兴趣，各种出主意给建议说："你们也很快就要准备毕业论文了，论文导师还是要认真选选的，你以后肯定本校保研对吧？正好借毕业论文选导师的机会，跟老师提前熟悉起来。"

"到时候进项目也容易。"

"你有很多教授都愿意收的吧。"

"黄教授怎么样？方向上跟童教授也差得不多，你可以试试黄教授的……"

许灿笑笑，没有发表自己的看法。

学姐打断他们，客观地说："为什么非要去选黄教授呢？我不是说黄教授不好，但他早就不搞科研了。"

"你懂什么？黄教授背靠院士的，不搞一线科研又没关系，他不会对学生指手画脚，发的工资还是最多的。对想要自由点的人来说，肯定黄教授好。"

"童教授就指手画脚，扣学生工资了？"

"虽然童教授现在还是副的，但要是明年这时候她的'副'字还没去掉，我头给你当球踢。"

议论起教授们来，两个学长的语气都有点激动："而且她就算现在带着'副'字，手里的项目会比别的正教授差吗？"

"黄教授的课题组好像和童教授的课题组方向相差不大。黄教授根本就是老板，虽然是个好老板，但童教授才是老师。"

"黄教授工作资源多一点，童教授偏重科研。当然找童教授做横向课题的企业也不少……"

李薇凝神听着他们的讨论，吃汉堡的动作都慢了好几拍子。

压着声音，偷笑地看着童明月："不错啊童教授，学生都拿老黄跟你比较了，我消息没错的话，老黄很快都要升院士了吧？"

童明月没答话，垂下眼，像很专心地吃着食物。

"你猜猜，你跟老黄最后谁会胜出？"

童明月："……"

李薇见她眼眸微抬，拿着叉子要笑不笑地扫来一眼，忙投降说："好啦，我知道肯定是我们童教授胜。你在学生里的人气，我比你还清楚的。"

"我们许灿崇拜童教授，肯定选她的。"郭晓雅笑着，打断学长学姐越来越火热的讨论，"是吧？"

许灿出声："不是。"

"不是？"

"不是。"

郭晓雅错愕极了，又问一遍："你真的要选黄教授，不选童明月吗？"

许灿"嗯"了一声。

人在外面，郭晓雅不方便把话敞开说，只好隐晦地问："许灿，你怎么想的？别的不说，童教授可是有真才实学还肯帮你耐心改论文初稿的教授，你还上哪儿找？为什么不选她啊？"

许灿看她一眼，没说话。

郭晓雅手指叩着桌面，有点急躁："真不打算选童教授啊？不后悔吗？"

"不后悔。"

"你还是再想想吧。"

"想什么，"许灿笑了笑，缓缓地说，"谁要当她的学生啊？"

坐在转角处的童明月："……"

Chapter 5 第五章

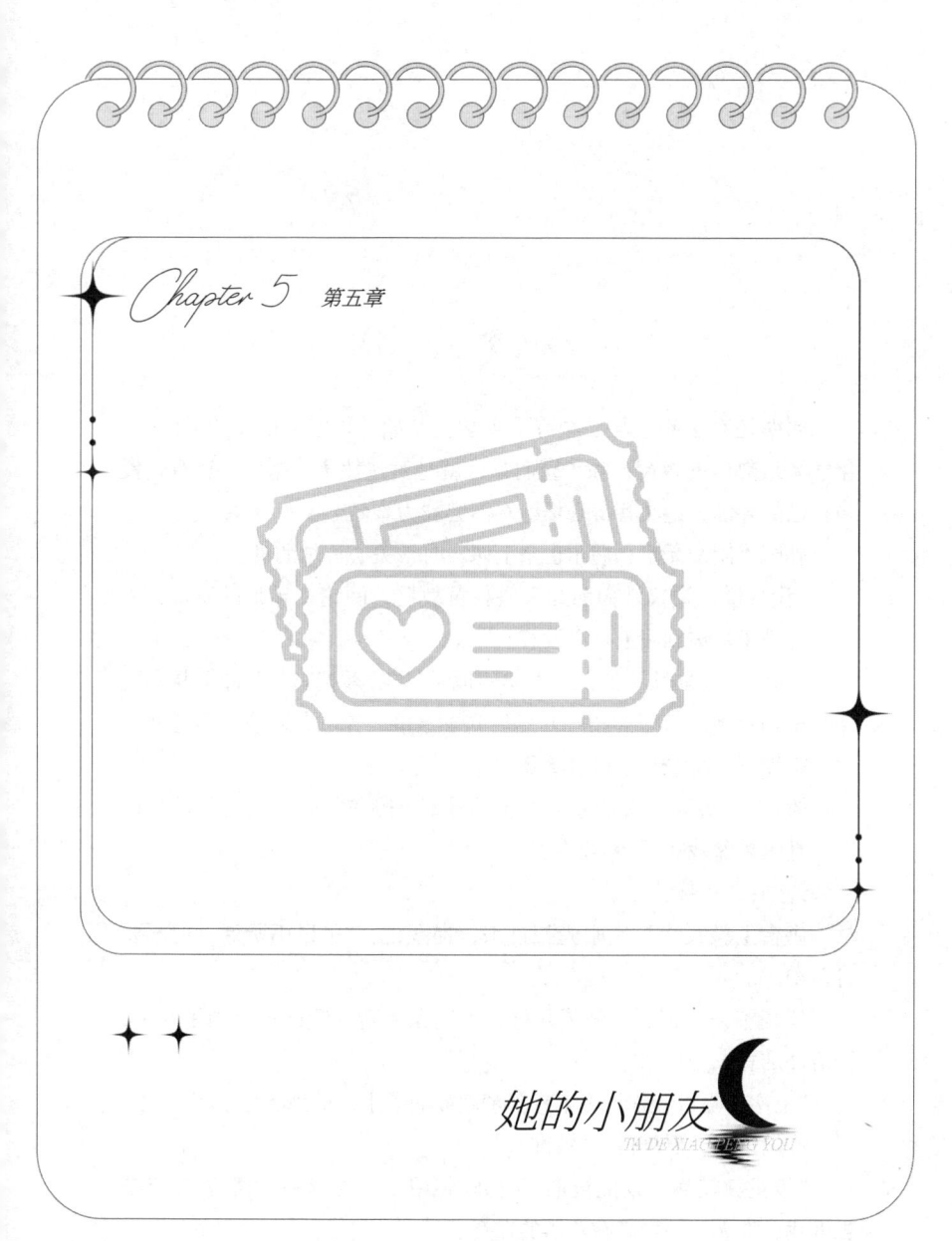

她的小朋友

01

明明还有半年,却已经有不少学生开始"预定"论文的导师了。化学系最热门的教授,除了童明月,就是黄建伟了。据说,让黄教授当自己的导师,论文答辩现场绝对不会被为难。

郭晓雅闲来无事,偶尔也来上课,时常关心许灿的进度。

"我听说,顾仪她们前几天去找黄教授,问论文导师的事情,人居然都满了!你到底上点心没有?"

"啊?"许灿怔了怔,老老实实地说,"黄教授吗?我昨天从实验楼出来遇见他,打了声招呼,然后问了这事,他顺口就应了,还回去拿一张纸写了邮箱和手机号给我。"

"教授的嘴啊骗人的鬼。果然是看不上顾仪她们,一有优等生苗苗,赶紧拿盆栽啊。"郭晓雅咂舌。

许灿:"扑哧。"

讲台上教授第二次眼光扫过来,提醒说:"可以不听课,但不要讲话哟。"

郭晓雅抿了抿唇,静了几秒,水笔在崭新的笔记本上画了几下,推给许灿看。

"上次去吃饭,你说才不想当童教授的学生,被她听见了。"

许灿愣住,低声说:"被谁?"

"被童教授啊,还能被谁。"郭晓雅用一副见鬼的表情说,"李薇告诉我,那天,她们就在角落的那桌。"

许灿:"……"

"听见就听见呗,"她想了想,撇了下唇角轻轻地说,"反正我说的也不是什么假话。"

"真的假的？"

"真的。"

"你别到时候童教授勾勾手指，随便问句，你就屁颠屁颠地去了。"

"不会。"

教授的视线再次扫过来，郭晓雅缩了缩脖子，乖如鹌鹑，继续拿纸笔交谈："为什么？"

许灿拿起笔，很快写几个字，还是那句："我不想当她的学生了。"

"那你考研的事情怎么说？"

"书记找我谈过，问有没有保研本校的想法，我说有的。"

"行，学霸的优越性。"郭晓雅闻言笑了下，竖起大拇指，又说，"陈爱媛也想保研，我看她是没戏的。那次给我搞事情，搞到后面自己被学生会踢掉。"

许灿被约谈之后，心里也清楚自己的保研名额是很稳的，一时又没有什么着急的事了。

平面模特的兼职，随着工作的时间越做越长，认识的人多了，适合的工作就多，收入也慢慢变高起来。她微信里都加了几百个好友了。偶尔也接接去外地拍片的活儿。

一直在挣钱，平时又没有什么需要特别花钱的地方。许灿去查存款，发现手头已攒了小一百万元的积蓄了。她看着那串数字，心中还是没有太实质的钱的概念，但又想起，梦中那笔把她逼到跳楼的债务。

看着是大到要吃人的数字。其实，只是太累了吧，不然也不至于真的活不下去。

从银行走出来，许灿看着大马路上，一辆接着一辆开过去的出租车，她习以为常地转身去往公交车站。

下午的拍摄工作在湖边，借民宿的景。

许灿刚到现场，就发现有个挺烦人的家伙在。杨睿看见她，跟没看见似的，并没凑过来搭话。

可还没让她松口气，王佳彤突然转过脸，笑问："你知不知道今年S家新出的小裙子？我们女生肯定都知道，对吧对吧？"

S家是著名的洛丽塔服饰品牌。这个许灿知道，她毕竟是拍过这种衣服的，也加过几个喜欢这种服饰的小姑娘。

许灿："呃……还挺好看的。"敷衍过去了。

王佳彤顿时拊掌，笑吟吟地看着杨睿，拍了拍他的肩膀说："你还说丑呢，什么审美。我们女孩子都觉得漂亮的。"

杨睿低头，拿出手机翻了会儿，把图片拿到许灿面前："你真觉得这条裙子好看？"

许灿瞥眼，很正常的裙子，随口说："好看。"

"那这条呢，"杨睿似不可置信，又顺手往右边滑一下，追问说，"这条你觉得怎么样？我觉得挺好看的。"

明明是厚毛呢料，偏偏在胸口开一个镂空爱心，许灿恶寒了下，觉得他审美怎么那么差："丑死了。"

杨睿忽然表情变了，笑得灿烂极了，拿给王佳彤看那两张图片："她说S家新款丑死了，网店那一百块钱的都比这强。我就知道你根本不知道那裙子是什么样的。"后半句是对许灿说的。

许灿坐下来玩手机，不想搭理他们。

王佳彤沉默几秒后，看看周围没别人，只能继续跟许灿搭话："上次拍完，没怎么再碰见过呀？"

"嗯。"

"你是喜欢A家那种风格的裙子吗？"

"嗯。"她完全不热情，几次也不搭话，聊天根本进行不下去。王佳彤是想在杨睿面前表现得活泼可爱点的，结果有种热脸贴冷屁股的费力感觉。

"你是心情不太好吗？"王佳彤呵呵笑了下，有点不高兴，装作无意地说，"你们职校女生平常都喜欢聊什么呀？"

许灿反应了好几秒，才记起来她上次随口说，自己是什么职业技术学校，还是电子职业技术学院？

忘记了，她随便点点头说："就很普通的。"

"那你怎么连S家的新裙子都不知道？"王佳彤见她软硬不吃，

也是服了,拿出手机刷着朋友圈,淡淡地说,"又不用学习的,忙什么呢?"

许灿想着自己凌晨把试管放进保温箱,电脑调好参数,还得拜一拜天地,求求实验数据是自己想要的结果,难得闲下来没事,就是读文献,看感兴趣方向的最新研究进展。

她对时尚方面的信息的获知全来自朋友圈,实在没心思跑去官网追新款,每天关注同专业领域大牛的最新动态倒是很勤快。

许灿一本正经地委屈了:"干吗,学习不好有什么错吗?"

杨睿:"噗。"

他听了半天,算是终于听明白了:"你跟她说你是职校生?你怎么那么喜欢骗人呢你,松江大学化学系,嗯?"

王佳彤:"什么?"

"她松江大学的,"杨睿轻笑,"我这高中辍学的人都知道的名牌大学。还成天到处装差生。"

许灿:"……"

王佳彤被噎了好半天,讪讪:"不可能吧?你不是那……那个女子什么职业技术学校的吗?"

许灿:"我也不知道啊。"

杨睿哈哈大笑。

王佳彤:"……"

工作完,天已经黑了下来。

拍摄地点离学校很近,时间不早,许灿懒得回家做饭,就坐车回学校,准备还是吃食堂。

路过那家新开的快餐店,许灿走过去,脑子里想到郭晓雅说的,那天李薇和童明月也在这家餐厅里。她明明不太想吃,却下意识地走进去了。

想着,上次她是坐哪儿的?目光在店内转半圈,确实有个隐蔽的座位。许灿心不在焉地走过去。

既然来都来了,随便吃个汉堡吧,也不花费什么时间。

抬眼，迎面却猛地对上熟悉的身影。童明月端端坐着。

许灿心里一惊，差点原地倒步走出这家餐厅。

怎……怎么还在的啊……天天吃这家？

她心里腹诽着，可是走都走到这儿了，再转身去找别的位置会显得很不自然。

许灿偷偷瞥了童明月一眼。视线对上。

童明月手里虚虚拿着银色叉子，半握不握的，旋即轻放下来。面前那盘意面分明只动了几口。

童明月目光笔直地望着她，长睫微掀，眼里有几分幽怨的神色。也不知是不是许灿的错觉。

许灿心头莫名一慌，喉咙微动，想到郭晓雅说她听见了自己的话，旋即偏开视线，走过去，面不改色，一直走到角落最里面的位置。

角落里的空间不大，总共只放着两张单人桌。童明月和李薇坐在靠墙那边，隔着半米的小走廊，靠着自助饮料机的一桌还空着。

为了避免和童明月面对面，许灿特意背对着她坐。

一顿饭，吃完都不记得自己点的什么，总感觉童明月的目光，若有似无地落在她背后。

回到家里，许灿忘记开灯，满脑子都是童明月在餐厅里的那个表情，忍不住，闷闷地小声骂说："你有话要讲，你为什么不来找我，就等着我去找你是吗？"

"哼，我这次偏偏不来找你……有话也不好好说……"

她走到阳台，把瓶盖里泡开的虾干倒进缸里，看着小乌龟慢慢爬过来，撕碎虾肉，张口吞食着。

视线看着乌龟，许灿伸手指戳翻无辜的小乌龟，望着乌龟努力翻身的模样，喃喃地说了一句："你以为你谁啊你……小王八。"

突然，电话铃声响起来。许灿掏出手机，都不用看来电显示就知道是谁。她给童明月设的是特殊铃声。

手忙脚乱了一下。她抬头，天边静静挂着一轮皎皎的明月，夜幕里清冷地亮着光。刚刚夸着胆子，那么指桑骂槐了下……就……

许灿缓了好几秒，才接起来："喂？"

电话里，童明月的声音柔和极了。

"灿灿，你开下门。我在门口。"

02

许灿视线往下望去，漆黑的夜里，看见车灯一闪，是她熟悉的黑色名牌车，应该是刚送完某个人，掉转车头才离开。

她顿了顿，不知道出于什么心态问："你是才回来吗？"

童明月："嗯。"

许灿心像被针扎了下，继续问："那你是想跟我讲学校里的事情吗……"

童明月又"嗯"了声。

许灿想起来，上次根本没有问清楚的，那个给她送花、跟她约会的男人是谁。

"我不在家，"许灿语气怏怏地说，"黄教授已经答应当我的论文导师了。"

她也不等童明月说什么，又说："我现在还在实验室里等数据呢，想当黄教授的研究生得好好表现。"撒了谎，含糊着应付完，挂断电话。

不能和童明月见面。知道自己在她面前是没原则的，就跟郭晓雅说的一样，她说什么就是什么。

如果，童明月对许灿说，想让她当自己的学生。

许灿没办法，也不知道会怎么回答。她……真的只想让自己当她的学生吗？

童明月回到家里。

她也没开灯，走到书房，坐在电脑前愣怔几秒。

拉开抽屉，两个透明文件夹里，分别装着工作邀请信原件、保证书、详细工作日程表等。

童明月是在 E 国念的研究生。当年出国读书，纯粹是为了节省时间，E 国硕士一年制。没想到遇上了很好的导师，后来如果不是导师觉得自己年纪大，不再带博士生了，她也不会回国读博。

导师有着 E 国旧贵族式的一派讲究。邮寄来的必要文件里，还夹着一个手写的，郑重其事加盖着火漆印的信封，打开来——

Dear Mingyue（亲爱的明月），
　　We are pleased to invite you to take part in our research program（我们很高兴邀请你参加我们的研究计划）。

翌日，许灿出门前，很小心地确认童明月没在等电梯，然后走楼梯下去。

太阳躲在厚厚云层里露了脸，光芒一点点地浮出来，鸟啼声里，花叶清香。树木叶片折射着光，天越来越热了。

许灿很早就去实验楼。待到中午，发现童明月给她发消息，问什么时候有空。

冷静了整晚，许灿还是没有想好怎么面对她。

走去食堂的路上，她都在思索回什么，却在转弯处的香樟树底下，看见童明月站在那儿。

她面前的男同学，许灿瞥了一眼就认出来是程逸云，任欣怡的另外一个家教。电影鉴赏活动那次还说童明月是他的理想型。他是唯一一个，许灿见过一面，就牢牢记着他的长相和名字的路人同学。

许灿快步走过去，想打断他们的讲话，然后就看见童明月笑着说了什么，程逸云笑得更夸张。

童明月的笑容本身没有什么，带几分客气，老师的笑容。但他们聊得很开心的样子。

阳光太耀眼。许灿闭了闭眼，觉得有点刺目，索性走到另外一边的树荫里，趁着童明月没看见自己，从右边绕过去了。

停在原地，不是裹足不前，而是不知道要怎么往前走了。

她想要转移心思似的，越来越多地接去外地的拍摄工作，很早去很晚结束，纯粹是为了忙而忙。赚钱？反正这也算正事吧。

浑浑噩噩，自己都不知道在忙什么。童明月只会比她更忙。联系慢慢变得越来越少。

直到大四。

郭晓雅来交论文初稿，遇见许灿，拉着她去食堂吃饭，担心地问："你还行吗？"

许灿笑笑说："我挺好啊。"

"你确定？"郭晓雅皱着眉毛，上下打量着她的笑容，"保研名单快下来了吧，你到底在忙什么，成天见不到人？这时候不应该是最闲的时候吗？还怕复试被刷吗？"

"忙兼职的事情。"

"哇，"郭晓雅看她沉下来，完全没有笑意的表情，感叹说，"有没有发现最近都没人跟你搭讪了？因为你气场越来越凶了，感觉像杀人犯。"

许灿吃着食堂里装作是肉的土豆，要笑不笑："何以见得？"

"说真的，"郭晓雅顿了顿，长叹口气，"我马上就要出国了，很多事情，不该瞎出主意掺和进来了。但你这样，我真的……"

许灿没说话了，她知道郭晓雅在说什么，很无力地道："我们最近的一次联系都是上个月的事情了。"

郭晓雅看着她的眼睛，断言说："你到底图什么呢？你是在自虐。"

许灿不置可否，看着盘子里的南瓜片，想到这是她不喜欢吃的东西。可做得脆，她就也能吃好多。

郭晓雅犹豫再犹豫，问了句："你自己想想看，万一你们从此不再联系了，你会不会从此一蹶不振，甚至有轻生的念头啊？"

许灿淡淡地说："不会。"

许灿笑了下："我得活着看她过得好不好。"

"她如果过得不好呢？"郭晓雅问到好奇的地方了，知道许灿不是表面上那种非常正直的人。

"大家都是学化学的，"许灿想到这个问题，才发现自己真没什么良好道德，"随便配制出什么药剂，也容易。"

郭晓雅扑哧笑了一下，叹气说："那你心态也没我想的那么差嘛，我跟你说实话吧，我昨天去找邱伟拿证明，听她说，童明月要去E国工作了。"

许灿之前竟然完全不知道这件事。

"我听邱伟说的，她消息最灵通了嘛……童教授在E国读硕的导师，就是给她权威科学杂志背书的那大牛，快要退休了，有个非常好的国际课题找到他，他觉得自己胜任不了，转而推荐了童明月。"

许灿抿着唇一言不发。

郭晓雅小心翼翼咽了下口水，继续说："童教授其实早就接受这个工作邀请了，毕竟条件非常棒，她去当二老板，自己昔日的导师是挂名大老板，研究的是人工智能与化学结合……"

许灿回家的路上，突然非常想喝酒。电视剧里总演失意落魄的人去酗酒麻痹自己。

她以前不懂这种情绪，遇到困难去解决掉不就好了？始知伶俐不如痴。还是不懂最好。

她记得郭晓雅说过，有家酒吧离学校不远。心里念起，她转了一辆公交车。

许灿从没去过酒吧这种地方。郭晓雅偶尔会去玩玩，说过好几次，要带她去开开眼界。

酒吧门口，站着两个男人到处招呼着路过的女孩子："要进来坐坐吗？"甚至有种，会过来把人拉进去的感觉。

许灿心里不安，下意识避得远远的，走掉了。觉得这家不是什么正经地方。

旁边还有一家，安安静静闪着霓虹灯牌子，门口什么人都没有，隐约能听见里面的音乐声。

许灿误以为这里是正常清吧，平淡地走进去。进门，立刻就发现里面气氛不对。

有个穿背心的男人在打电话，抓着一个女孩子的手腕不让走，那女孩也不甘示弱地怒骂着脏话。

许灿一进去，所有人目光都望过来。旁边几个人顿时把许灿围起来了。

许灿明显慌了下，余光见离门口还很近，转身就想跑，却被旁边几个男人按倒。

穿背心的男人踢了一脚女孩，转过身，又被女孩从后面用高跟鞋砸了脑袋。

许灿被几个人死死地按着，有种恍惚的感觉，一时都忘记害怕了。

她竟然认识那个男人。李文杰，他是她爸爸欠债惹到的最凶的人。还掉这笔债后，许庆国因为这件事有很长一段时间没有再赌博。

"这又是哪个……"李文杰走过来，拍拍许灿的脸，"长得面嫩，倒像是个学生，你们没有抓错吧？！"毕竟在这一行混得久，眼力是最不可缺的东西。

许灿忙点点头："我约了朋友去隔壁玩，我只是走错了，对不起我马上走。"

她低了低脸，尽量不跟他对视上。

所有人都静了几秒。

许灿被放开来了。但也不能直接让她走掉，几个男人面面相觑。

"你是许庆国的女儿吧？"李文杰仔细打量着她的漂亮脸蛋，忽然想起来，脸上带着恶意的笑，"你那老爹在我这儿的烂账，我忙得要命，还没空去要。正好碰到你。两万块钱，你拿一下吧。"

许灿愣怔住，不知道他怎么能认出自己。"我不……不知道你在说什么。"这数额对不上，明明是五万多，原来全是利息吗？

"呵呵，你叔我别的本事没有，就是记人的本事强，"李文杰指指脑袋，油油地笑了下，"正好来都来了，拿不出钱，拍两张照片给你爸寄去？听说你爸挺宝贝你的。"

许灿心里一窒。她目光一闪，飞快地想有没有能脱身的办法。

突然，门被从外面撞开来。

"都给我抱着头，蹲在墙边——"穿着制服的警察进来，直接把门口那些长得强壮且看着不太听话的全铐起来了。

03

　　这段时间市局对治安抓得很严，安排了暗访组到处暗访。
　　警察进来先把违反治安管理秩序的相关人员全部带回去了，李文杰情节严重，被拘留了。
　　许灿也跟着坐进警车，一路红蓝灯闪烁，到派出所里。
　　她倒不紧张，首先她是受害者，其次，知道没有原则上的大问题警察是不拘留学生的。
　　警察带那些人做笔录花了很长的时间。
　　许灿蹲在审讯室里，开始担心坐不到公交车，怕半夜打车回家危险。窗外漆黑的夜，隐约能看见一抹月光，淡淡清辉。
　　本来只是想去清吧喝个酒的，趁着天还不算晚，也没觉得不安全。谁想到竟然还能撞上这种事情，许灿悔得肠子都青了。
　　好不容易，终于轮到自己做笔录了。她口齿伶俐，赶紧一五一十地把事情交代得清清楚楚，掏出身份证和学生证来，弱弱地说："我就是那个，无辜的受害群众……"
　　警察叔叔哼了声，核对完她的身份，坐下来，说："无辜受害群众？小小年纪，半夜三更去那种地方——"俨然一副要认真批评教育她的模样。
　　许灿背脊直挺地坐着，老实巴交，打断他的话："哪里就半夜三更了，我去的时候才七点多呢。是笔录做到这么晚的，而且我都二十岁了。"
　　警察眉头竖起来："还跟我杠？！叫你老师过来领人。"
　　许灿忙堆笑脸说："叔叔！我错了！我错了！都是我不好！"
　　警察被她表情的变化速度逗得乐了下，但还是板着脸说："打电话，叫你老师过来领人啊……"然后被年轻的小警察叫出去了。
　　派出所里，闲着没事的除了许灿，还有刚从审讯室被移出来的醉酒大叔，打鼾声跟电钻似的。他身上的酒味离五米远她都能闻见。
　　许灿当然是不愿意联系老师的。

她坐在椅子上，面前还有小警察给她泡的茶，准备等警察叔叔回来好好求求情。不然就一直坐到明天天亮，等那醉酒大叔睡醒了一起走。

"喂……"醉酒大叔突然醒过来，无力地喊，"你们怎么给我铐起来了……"手上的手铐晃得哐哐响。

他反应过来，顿时气得不行，破口大骂："老子喝点酒，犯什么事了你就给我铐起来？！老子喝点酒怎么了！凭什么给我铐起来啊……"他骂得中气十足，甚至还有点回音。

许灿听得皱眉，都不愿意等天亮跟他一起走了。

好不容易等他骂累了，停下来，喘了口气却又继续骂，从天上骂到地下。明明这里现在只有他和许灿两个人，还叽里呱啦说不停。

许灿忍了又忍，最后实在受够了，打断他说："醉酒人员违反治安管理的……应当对其采取保护性措施约束至酒醒。抓你有什么错啊！"

她一口气大声地背完了长长一大段的法律条例，咬字清晰，声音隐约回响在空荡荡的室内。

刚走进来的警察叔叔闻言立刻转身拍了拍身边的小警察，扬眉笑："你都背不出来吧？看看人家名牌大学的小姑娘！"

"小姑娘不错啊，刚看你也不是法学专业的啊？"

许灿谦虚地笑笑说："那也学过法律嘛。"

她小时候，去派出所接喝得烂醉如泥的许庆国。警察早都认识许庆国，实在不耐烦总见他，就教许灿把这条法律条例背出来，嘱咐她有事没事就在爸爸面前背背，让他下次少喝得烂醉。

回忆起这个，许灿的情绪一下低落起来，有股说不出来的晦暗。

警察乐归乐，笑完还是坚持问说："电话打了吗？让老师来领你回去，你没打，我们帮你打。"

许灿闻言抿着唇，拿出手机来。

本来想打给邱伟的，不知道怎么想的，突然拨给了童明月，就是很想跟童明月打电话，也没什么目的。只是，好想听听她的声音……

电话放到耳边，许灿脑子开始活络，想象着她听见自己在派出所里，会是什么反应，她会担心吗？

嘟嘟嘟……打不通，手机关机状态。

许灿蒙了一下才反应过来，郭晓雅说她出国了。

她心里忽然松懈了下，紧张感消失干净，转而铺天盖地的绝望和疲倦涌过来。眨眨眼，眼泪就掉下来了。

哭得旁边两位警察愣住了。刚刚还很凶的老警察，面色柔和下来，想要尝试着安慰说："你有什么好哭的？现在知道哭了？幸好是没遇到什么事情，一个女孩子去那种地方有没有脑子啊？"

"师父……"小警察看他一眼。

许灿手捂着脸。

童明月，童明月……

脑海里一片空白，心中像有根弦轻轻地断掉了，瞬间号啕大哭起来。童明月不管她了吗？

是她的错，她总是把事情搞砸……

"不许哭！"

"哎哟……"

"好了好了，不要哭了，叫你老师来领是怕大晚上的你个小姑娘自己回去不安全。"

"好好好别哭了……"

童明月下飞机，拖着行李箱走出机场，手机刚开机，就进了个电话。她接起来："喂？"

邱伟愣了下说："……童教授？"

童明月"嗯"了一声。

"我还以为你还在……"邱伟去派出所接许灿，还是第一次见她哭得那么伤心，语气不免带点责怪，"好歹是你教过的学生，怎么出了事情连人家的电话都不接啊？"

"哪个学生？出什么事情了？"

"许灿啊，她出事了。"

童明月的脚步顿时停住，表情严肃，轻轻地问："她怎么了？"

许灿回到家，先洗了个澡，出来，看见邱伟的短信，告诉她说，童明月会来找她谈谈的。

许灿捧着手机发呆。果然,很快门铃就被按响了。

童明月望着她,许久不见,小姑娘又瘦了,脸颊本来有些柔和的线条消失了,小下巴尖尖的。她从接到那个电话开始,心就一直提着。

沉默半晌。她声音很轻地说:"没事吧?"

"我没事啊,"许灿扬着若无其事的笑,手扶着门,没有让她进来的意思,"又让邱伟老师担心了,总让她操心。"

稍稍垂下眼,就听见,童明月语气挺平静地说:"你看着我说。"

许灿不想抬头。她语气低低,又很倔强地说:"我真的没事,我能有什么事情,反正……"

本来以为能把情绪控制得很好的,目光看见她脚边的行李箱,心头一慌,话语顿时多了丝颤音。

她忙眨眼,深呼吸。眼眶好烫,心里拼命地在说:能不能、能不能不要走……

她在门外,许灿站在玄关处。身高的差距抹平。

童明月低着脸,表情没什么变化,只是带着几分淡淡的咬牙切齿:"你想让我多不安心?"

她的语气太暖,万分包容。

许灿忍不住掉眼泪,心头胀胀的,自暴自弃地说:"你是不是马上要走了,来最后告别下……"

"不是。"

"你是不是生气了?"

"没有……"童明月拿出餐巾纸来,替她擦着眼泪,语气极认真地说,"我怎么会生你的气。"

"那你……"许灿的眼泪收得太快,还小小打嗝了下,红着眼睛,抱着死就死的信念小声问,"那天,我在阳台上看见送你玫瑰花的男人,他是在追你吗?"

话题变得太快,童明月稍怔了下,抿唇摇头,耐心地想了想说:"有很多朵玫瑰花的那次吗?他是我一个喜欢到处做慈善的弟弟,花是他支教结束,准备去送给山区的小女孩们的。每人一小束。"

许灿呆了:"……那他还特意,从副驾驶座拿出来先递给你?"

多久之前的事情了,童明月不知道她竟然对这个耿耿于怀:"他那时候说,那么多花怕路上掉下来压败几朵,让我好好拿着。"

许灿:"……"

她哭过,鼻子和脸都红红的。只有眼眸如水洗过般亮亮的。

"还有最后一个问题。"

童明月弯了弯唇,仿佛无声地鼓励说:请讲。

04

许灿望着她,轻声问:"你会在 O 大学工作多久?"

"暂定两年。"童明月没有问她从哪儿打听来的,只是诚实、温柔地回答。

许灿顿了顿,沉默几秒后,露出一抹很浅的笑容说:"恭喜你。"

童明月没有说话。

许灿:"那你……明天有空吗?"

翌日。

许灿久违地拿着食材,来给童明月做午饭。不许她做事,但规定她这次必须在边上好好地看着。

"番茄不用切得多好看,随便切两下,分开,到锅里炒软的时候拿铲子碾烂很方便,还入味。蛋液最好弄几滴黄酒去腥,不过没有也没关系。"

童明月就像个小学生似的乖乖站着,看着许灿做菜。

光从外照进来,映得她眼睛很亮,那样亮,就像漂亮的玻璃珠子般。

她唇角微微扬着,会时不时"嗯"一声,表示在听,目光却走神,落到她侧脸,眼底是深藏不露的柔情。片刻,轻轻敛下眼睫。

只过了十几分钟而已,两素一荤,加上最耗时间的蛋炒饭都做好了。端上餐桌。

许灿这次只是做了几道最家常的菜,甚至水平也没有平时好。因为她刻意把麻烦的步骤全部跳过去了。简化再简化，几道菜的难度只比煮泡面高那么一些些而已。

"学会了吗？"许灿认真地问。

童明月点点头，语气柔和地说："嗯，记住了。"

许灿抿唇，眼里带着清澄的笑意，望着她静静地笑，点了下头："那就好。吃腻食堂和餐厅的话，偶尔也做做饭吧……"

她认真嘱咐说："麻烦你，一定要照顾好自己。"

童明月抿着唇，一时没有答话。

行健楼里。

站在敞亮的落地窗前，能清晰地望见办公楼底下，路过三三两两的学生。光线照过来，几棵香樟树被照得亮油油的，透过树梢间隙，在地上投下碎碎的光斑。

"童教授，真的不带一两个研究生一起去吗？"侯书记吹着茶杯里的茶叶子，有点奇怪，"这届都没有好苗子吗？"

童明月垂下眼，手里拿着刚印出来的文件，有点心不在焉地说："我想带的学生，不肯跟我。"

"还有这种学生呢？"侯书记喝了口茶，把茶叶轻轻呸回茶杯里，叹口气说，"都是不省心啊，我这儿保研名单马上就放出来了，跑出来个丫头说不保研了，要出国。"

童明月站起身，准备先走了，顺口问句："是哪个学生不要保研了？"

"许灿，"书记今天没什么事情干，抖抖报纸，优哉游哉地说，"我还在等她过来，把承诺书给我。"

童明月又坐了回来，一时不着急走似的，扯着些有的没的。

侯书记聊着聊着，都觉得奇怪了，暗示地问她："没别的事情了吗？"

童明月笑了笑："今天没有别的事。"

又过了不到半刻钟，敞开的办公室门被很有礼貌地敲了三下。

书记："请进——"

许灿手里拿着承诺自愿放弃保研资格的单子，刚踏进来，目光还没聚焦，就先对上端端坐着的童明月。

视线迎上,她目光直直地望过来,像是等她许久了,又像只是凑巧而已。

许灿唇角轻松的笑意顿时僵住:"对不起,走错了。"条件反射般退了出去。

许灿确认了下,办公室确实没有来错啊。

她站在门外张了张嘴,目瞪口呆,不明白为什么会那么巧就撞见了。纠结着,要在外面等到她走了再来,还是直接进去交?

"你不是来交承诺书的吗?"侯书记急急地吼了声,"什么走错了,就是来拿给我的啊,许灿!人走了吗?"

许灿:"……"

她深呼吸了下,目不斜视,慢慢地走进来,抿着唇,余光都没有看童明月,双手把那份承诺书递给侯书记:"都填好了。"

"欸,不急着走,"侯书记拦住她,目光确认了下单子上面的内容,说,"想清楚了?最后给你一次反悔的机会。"

许灿轻快地说:"想清楚了。"

"你这种不拿保研名额保底的行为还是值得表扬的。嗯,准备去M国吗?想去的学校是哪几所?"

许灿跟他又不熟悉,尴尬地笑,侧过脸余光察觉到童明月正望着她,含糊地说:"……反正也就那几所。"

侯书记还是不太满意的样子,拉着她聊了小半天,终于话锋一转,提到了她大二参加的科研项目。加分只记一作,可累积,许灿本来是能加到五分的。

"你那一作,就让给同学吧。顾仪用得上。"

许灿愣怔了下。想到同宿舍的第一年,顾仪隐晦地炫耀自己爸爸跟书记吃过饭。没想到,都快毕业了她爸还在跟书记吃饭。

童明月从她进来开始,就没说过话,安静地坐在对着门口的角落位置,闻言忽然开口:"一作?"

许灿想了想,那时候进的课题组项目,顾仪好像确实也在其中,但大家都是各自做各自的方向。

她还没来得及说话,童明月又问:"要拿她的一作?"她视线偏了偏，朝着放下报纸，端起茶杯正准备喝水的侯书记。

"哎哟，"侯书记语气非常自然，随意地说，"那她不保研了，加分用不上了。既然用不上，放弃也是浪费。"

他没想到童明月会插手这件事，思索了下说："这样吧，到时候我去托几个老教授，给她多写两份推荐信，这对她出国也是很有好处的。对两个学生都好。"

"推荐信？"童明月挑眉轻笑了下，"不劳费心，许灿不缺推荐信。"

许灿抿出微笑弧度，眼睛弯弯。

极力保持着乖巧的沉默，不能笑，她怎么……怎么那么……

短暂的对话空白，空气凝固几秒。

"那她这加分确实也用不上了。与其浪费掉，那还不如让出来，给同学也算是一种助人为乐的行为。"他语气有点急。

他撇开童明月，想直接从默不作声的许灿下手："你也愿意帮助一下同学的，是吗？"

许灿愣了愣，在想，是该回答"不愿意"还是"很不愿意"。

这些内容放在材料里有没有用，有什么用，童明月根本懒得去跟他说。

童明月移眸，慢条斯理地说："窃取他人成果，不给他人贡献以足够的说明，最恶劣不过如此了。侯书记，你这是科研不端。"

语气是许灿从未在她那儿听到过的，冷冰冰的警告。

05

童明月连"科研不端"这种词都拿出来说了，真的是一点点的面子都没有给他留。

侯书记脸色微变，手往前拿起茶杯，握了握紧，过半秒又放了下来。

半响，他笑着缓和语气说："说着玩玩的……提个建议而已。不过推荐信还是要重视的。"

他目光望着许灿："去哪个学校？虽然我们学校的教授都是很不错的，但还是找跟你想去的学校熟的教授写最好。"说了几句很正确，却没什么用的废话。

童明月随口搭了句话,给他台阶,起身带着许灿走了。

离开办公楼,外边日光融融。童明月轻声问许灿:"是想去 O 大学吗?"又是一点疑惑语气都没有的问句。

许灿其实根本不想让童明月那么早就知道的,还幻想过,到时候在桥边相遇,装模作样地说"嘿,好巧",她会是什么表情。

也是冥冥之中……

许灿当年念高中时,只是想考本省的那所重点大学而已,然后遇到童明月,硬是考到了顶尖的学校来。

本来只想本校保研的,又硬是准备去申请世界排名更高的名校了。

许灿偏了偏视线,没有回答,而是反问她:"你应该很快就要走了吧?机票是几号的呀?"

见她避而不答,童明月目光微垂,顿几秒,用闲聊的口吻温和地说:"你的条件到哪儿都很有优势,但申 O 大学也需要运气,别拘于这一所。"

许灿明白她话里的意思。这次不是高考,只要一心盯着一所学校的一个专业,专心提高自己的分数就没问题。

她嘟了嘟嘴,小声说:"你说我录不上,你打击人。"

童明月扯扯唇角,眼里顿时满是笑意,笑许久,认真地说:"推荐信,还是找任教授要吧,他会帮你认真写。他本科到博士都是在 O 大学念的。

"黄教授也可以,他在那儿……"

树梢间投下来的是碎碎金光。许灿低头,看着地上两团挨到一起的影子。走在路上,听着她轻柔缓和的嘱咐,长久压抑着的烦恼,被轻柔拂过的风荡涤一空。

她笑眯眯地听着,心里想:好,再让你当一会儿我的老师。

许灿递交论文的初稿给导师。

黄建伟是真的很忙,过了三天半,终于给了简短的回复:"直接答辩吧,没问题。"

许灿把雅思考完,开始准备书面材料。

郭晓雅笑她说:"学霸能从学习里得到一切。"

许灿不置可否地笑笑。她顺利拿到漂亮的雅思成绩,庆幸自己大一过四级大二过六级,平时在看外文文献上也从来没有偷过懒。

查好需要去银行冻存款的数额和学费生活费。就算完全不拿奖学金,她负担自己留学的开销也绰绰有余了。

所有错误都被修正。平时的努力,在慢慢发挥着作用。

丝绵般的云朵堆在天边,云卷云舒。

许灿从实验楼里出来,看任教授给她写的亲笔推荐信,把她夸得简直是绝无仅有。

许灿边看,边忍不住笑。

很快,提交过去的书面材料没有任何悬念地合格了,许灿收到邮件,是面试的邀请通知。

这是最令人紧张的。

她的课业成绩、语言成绩都没有问题,虽然还没有很突出的学术成就,但也远超一般的同龄人。可申请大学这种事,确实就是有一部分由运气来决定。

许灿放弃保研名额,准备出国的事,很多人知道后都跑过来说她傻,明明可以默不作声,先拿到录取通知书,再说要放弃保研名额的。

许灿笑笑,她首先考虑到的不是诚信不诚信、浪费不浪费的问题,只是不喜欢给自己留后路。

说是太过自信也好,不够成熟也罢。就像她当年高考就填了一所学校一个专业,谁都不可能保证,她会不会就考差那么几分,导致没书念。

许灿待在家里,书桌上摆着一个水杯。她对着这个水杯,用能达到的最标准的英语发音,给这水杯讲各种复杂的化学专业知识,还自己模拟了很多的问题,一一对话。

讲了半小时,有点渴了。打开杯盖喝口水,再盖上,放回桌子中间,继续对着这透明水杯讲话。

窗外的光照得她脸庞亮亮的。长睫微垂,眼里满是专注与凝神。

手机放在边上正在录音，等会儿好重新检查有没有容易说错的地方。

过了半刻，许灿忽然接到一个视频通话。

她吓一跳，还以为面试的环节提前来了，定神再看一眼，不是面试，但还是很紧张。

——竟然是童明月的视频电话。

许灿拿起手机，发愣了好几秒，但还是没怎么想，就尽快地接了起来："喂？"

画面里可以看得出，童明月是用电脑发出视频通话的。

她坐在书房，长发绾着，甚至还穿着一丝不苟的白衬衫黑西装。她凑近些，调整下摄像，温声说："电脑在身边吗？换电脑来接。"

"哦。"许灿点点头。还不太明白她打过来是为什么，下意识地就听话了，开心又乖巧地去把电脑打开。

刚转接好，许灿才"喂"了一声，童明月的表情顿时变了下，笑容弧度收敛，用标准英腔开始问她研究报告里的内容。

许灿整个上午都在用英文自我训练，立刻就答上了。

童明月微点一下头，依然没什么笑，继续提问下一个内容。

书房里，窗户稍稍开着一段距离，有呼啸而过的汽车声音。微小的灰尘在光线里上下起伏着，楼底不知名的花朵飘来甜腻香气。

许灿答完第二题，就立刻明白她是在给自己做面试的模拟。

一问一答，题目越来越难，甚至还有犄角旮旯里冒出来的冷僻基础知识点，许灿差点没答上，但竟然还是记起来了。

答完，她悄悄地松口气，自觉这问题全国也没几个人能答对吧？

童明月却用一种她答对是理所当然的语气，继续提问，越问越深越刁难人。

许灿："……"

终于有个根本答不出来的问题。她知道有这么个知识概念，还是在最前沿的研究项目中瞥见的小众新概念，实在是太超纲了。

答不上来了，很诚实地说不知道。童明月没什么意外，简单告诉她一些关于这个概念的内容，接着以这个概念继续出题。

O大学不但要考学生的专业知识扎实与否，关键还要考这人聪不聪明。

许灿很快理解，并且一步一步地分析，给出了她自己心底有几分把握的答案。

接下来的几个问题，都需要童明月先给一定的提示和指导，许灿快速接受，再灵活运用回答。

直到学术问答似的环节结束，童明月开始问她一些别的"休闲"类的问题。

许灿稍稍开了个小差，想到，童明月现在就在O大学的实验室里工作。也就是说，许灿选择的导师，或者是来面试她的导师，很可能刚刚才跟她坐在一起吃过午饭。

他们聊天的内容，谈论的项目，过几天说不定就会拿到面试里来，变成问许灿的问题。

许灿心想，她这算不算有点擦边的泄题呀？

童明月见她明显走神的表情，顿了顿，笑着问："在想什么？"

许灿张口没过脑子："……在想你考前泄题。"

童明月低头轻笑了下，顿几秒，笑着稍稍抬眸说："许灿同学，这顶多算一个考前的辅导。"

许灿抿唇乐呵呵地笑说："好，我的考前辅导。"

"模拟面试非常完美，"童明月弯着唇说，"我想，没有哪位教授会不愿意收你当自己的学生。"

许灿继续笑："嗯。"

童明月："不用紧张。"

许灿点点头："嗯。"

"这次，我给你开小灶，"童明月眼眸稍稍偏了下说，"你不用再故意考差了。"

许灿："……"

"像小时候那样。"

许灿愣了几秒，反应过来，唇角边的笑顿时僵了下。

06

天渐渐转冷，浅浅的晨光从窗外照进来，投在人身上没有任何暖意。放在桌上的试管影子被光扭曲，风飒飒，室内安静。

夏晓雯尖叫起来："啊啊——是谁开的窗？我的宝贝是不是被风吹走了！"

"噗哈哈。"实验室里，有人事不关己地笑了下，然后继续自己的事情。

许灿去帮她把实验产物拿过来："你自己放那儿等干燥的，竟然还能忘了？"

对学姐，她也直言不讳："等我走了，你可千万别再忘了。多放一晚上倒没什么，不当心跟别的产物混一起漂亮脸蛋就炸没了。"

夏晓雯呵呵笑了笑，挠挠头，腼腆地说："你夸我漂亮啊！"

许灿："……"

许灿面试结束的这段时间，没事就待在黄建伟的课题组里打打杂，帮学长学姐干活儿，学点东西。

过了片刻，原本好好的天，影影绰绰飘过来一块乌云，随着刮风声越来越大，窗外的天色沉下来。

夏晓雯怕打雷声，干脆停下实验，问："你饿了吗？"

"不饿。"

"那我们——"

许灿无奈地打断她："别怕，看样子不会打雷。"

夏晓雯露出可怜兮兮的小表情，努着唇问："真的？"

"嗯，"许灿表情不耐烦，但语气还是哄着她的，"真的，不怕啊。"

雨一会儿就下起来，细细密密，在安静的室内有种特别的氛围。众人继续着手里的实验。

果然没有打雷和闪电。

走进来两个隔壁实验室的师兄，觍着脸来借点耗材，再装模作样关心下："实验怎么样？"

聊了起来。外面雨下得大,他们一时也不着急走了,站旁边分享八卦,说有个本科生犯了什么什么事,导师如何如何。

几个人聊得开心了,有些不太该说的话都往外冒:"隔壁陈伟军手底下的学生闹情绪,不知道怎么了,后来好像陈伟军保证今年让她顺利毕业,就没下文了。"

"怎么回事,压力大闹情绪还能这样给毕业了吗?"

"你不知道啊,"夏晓雯插话,先骂了句脏话,才说,"陈伟军喜欢把自己的想法丢给我们这些学生搞,搞不出来就骂学生,搞出点东西来,全是他的功劳啊。"

"抢一作吗?"

"我们学校的老师还会跟学生抢一作?"

"别的老师不会,但陈伟军不一样,他没本事又想要评上职称啊。"

"只有外校考进来的不知道他人品差,才会去当他手底下的学生。他挑中好欺负的,还会故意卡毕业呢。"

"那闹情绪的女生好像是博士生。"

"真的吗……"

最角落里,跟许灿一样只听不说的学长忽然说:"你们是不是说俞伊蓉?"

"是俞伊蓉吗?那她以前还是童教授的研究生呢。"

许灿闻言眨眨眼,听八卦多用了几分心思。

童教授?

"那她为什么去跟着陈伟军?我们系谁不知道他事情多人品差,就是不知道,选导师前也该自己打听打听吧。"

"她是缺心眼吗?"

角落里的学长本来不打算说话的,但忍不住反驳他们随口说的不负责任的话:"她知道陈伟军不太好,但没想到真能那么过分,当时要出国没出成,耽误了,还缺人的就只有陈伟军那儿。"

"噢噢,那你怎么那么了解她?"

来借耗材的学长瞥他一眼,话中带刺,语气轻飘飘地说:"我听说陈伟军这次保证她毕业,是因为他们联手坑了一次在国外的童教授,真的假的?"

许灿:"嗯?"

"我是她前男友,行吧,黄柏昱你也不用故意装不知道的样子,都是一路读到这儿的,谁还不认识谁了。阴阳怪气的干吗?"

夏晓雯睁了睁眼睛:"那你说说,怎么回事啊?"

"俞伊蓉以前不是童教授的研究生吗,知道她有篇未完成的论文,内容对自己的课题很有帮助,所以就去求着借过来了,还在童教授那儿学了新的实验方法。

"但这篇没完成的论文放在实验室,陈伟军看见以为这是她的,觉得不错,就直接拿到自己的文章里提前发表了。还跟俞伊蓉说,要用可以引他的文章。

"然后她碰到这种导师,碰到这种事情,又蒙又觉得实在对不起童教授,一时想不开就在实验室闹情绪了。就那么简单。"

许灿:"……"

就那么简单?

他短短的几句话,让许灿呼吸一滞,旋即一股无名火烧上来。

夏晓雯瞥了眼自己这实验室里的瓶瓶罐罐,有好多能致死的东西,没什么同情心地说:"在实验室闹情绪多危险啊……"

"欸,许灿你现在就要走了吗?"

夏晓雯还想说什么,转眼看见站起身的许灿,想拦她下:"你等雨小点再走不好吗?"

许灿淡淡地说:"我突然有急事。明天再来。"

许灿回到家里,拿出电脑,去找陈伟军发表的论文,她把最近这段时间的全都下载了,一篇篇读过去。

她找到眼熟的了。还真的是那个课题。

以前闲聊的时候,童明月跟她说过,自己读博到第二年发现实验没办法继续了,中途改过课题。没想到才过两年,物理上的新突破就把这个技术瓶颈一起消灭了。她这篇论文完成度本来就已经挺高了。

许灿心想,跟自己那些小项目发的文章比,童明月这一篇能抵自己几十篇。这可是她原本的博士毕业论文!

坐在电脑前,眼睛映着屏幕里的内容,心情越来越差。

窗外淅淅沥沥的雨声,听得人胸闷气短的。

她想了想,打了个长途电话:"喂,你现在还那么喜欢自己的专业吗?"

徐倩雯:"啊?"

徐倩雯:"……所以,你是来给我做职业规划的吗?"

许灿下了一番功夫来搜集证据,举报陈伟军学术不端,长期抢学生一作以及科研成果,妄想靠下作手段爬上中国学术职称最高层的种种行为。

证据交给徐倩雯,她写了一篇非常优秀的文章发到网上,由许灿厚着脸皮,拜托认识的几个网红转发。

他本来就是很不得人心的教授,本校的学生也纷纷支持,不嫌事大。最后事情成功闹得很大。

一段时间后,公告放出来,陈伟军因学术不端行为,被降职处罚。

虽然不是黄梅季,但接连几天都下着雨,淅淅沥沥,天潮潮的湿湿的。

许灿照常走去实验楼,忽然被迎面路过的顾仪叫住说:"你有没有听说陈教授的事?"

许灿点点头。顾仪忽然露出古怪的笑意:"我刚从侯书记的办公室出来啊。偷偷听见他们说,把这件事情爆出来的那个学新闻传媒的女生,跟你是好朋友对吧?"

许灿愣怔了下,不是不知道这是能查出来的,而是惊讶竟还有人去查。

"侯书记没有找你去谈谈话吗?"顾仪歪歪脑袋,笑着说,"那他可能去找你导师了吧。友情提示,以陈伟军的水平能混到这个位置,你猜猜他是什么背景?"

许灿:"……"

"拜拜,我走啦。"她挥挥手,撑着把透明的伞继续往前走。

许灿垂着眼走到实验室里,琢磨了会儿,轻松的情绪消失了。

夏晓雯打量着她,眼神有点奇怪,半晌,告诉她说:"今天教授来找你,让你过来的话就去他的办公室。出什么事了吗?"

许灿没想到,还真让顾仪说中了。

黄建伟平常真的很忙,两周才会来一次实验室,看下进度。他很少让学生去办公室找他,邮件里能说清楚最好,不行就电话。去办公室得空出他的一段时间来。

许灿心里有点紧张。她跟黄建伟交流不算很多,还摸不透他的性格脾气。他对学生很客气,但这种客气是……有点端架子的意味。但又不是倚老卖老的那种。

走到门口伸手敲三下。

"请进。"

许灿推开门,发现办公室里除了黄建伟,还有别人。那中年男人是刚谈完话的样子。他走前,笑着跟黄建伟客套寒暄了下,转过身时笑就收敛下来,冷冷地瞪她一眼。

绝对不是许灿的错觉。是学校某个行政大领导吗?还挺面熟的。

擦肩而过。许灿走到黄建伟的面前,乖乖地问找她是什么事情。

黄建伟抬眼看她,先没有说话,故意制造短暂的对话空白。

许灿抿抿唇,也没有再开口问,垂着眼,保持着乖巧听训的姿态。反正事情都过去了,就算挨骂……那就挨骂呗。

任教授是和蔼的客气,童明月是温和的客气,而黄建伟是非常标准的疏离客气。

许灿觉得他不太像老师,也不像学姐说的是老板。

沉默片刻,黄建伟顺手帮她拉开面前的椅子说:"坐。"他自己绕回办公位,坐下来,打开电脑。

许灿没说什么不用坐啊之类的话,听话地坐下来。

"为什么叫你来,你心里有数。"黄建伟平平淡淡一句。

许灿想了想,明显不知道该怎么接,于是保持沉默。她没有回答,黄建伟也不继续问她为什么要去多管闲事。

他转而说:"你时间是很多吗?是不是以为保研名额定下来就不

能更换的？"

许灿抿抿唇。保研吗？小心翼翼地看他一眼，心想，这种关于自己的小事情还是别提醒大忙人导师了。

许灿抿唇不语，垂着视线一言不发地望着深色的木质地板，默默挨骂呗。

"哦，我记起来了，你是不要保研名额的。"

"想去O大学读研？现在早就已经申好了吧？"

"录取通知书拿到了？"

"听说很少给人写推荐信的任教授，把你夸到天上去了？人家那边学校的人联系到我，问我，许灿这个学生是不是真有那么优秀。"

一长串话，把正准备走神的许灿惊得忙抬眼。

黄建伟轻笑："给你面试的，当年还是给我打杂的呢，来问我对你是什么印象。"

许灿确实还没拿到录取通知书，这会儿是真的开始紧张了。

顿半晌，她小心翼翼地问了句："那您是怎么回复的？"

"怎么回复？"

"我能怎么说？"

"我只能说，许灿这个学生胆子大得敢捅破天，但成绩是真的好，绩点专业第一，能搞科研，还挺会写文章啊……她确实是学术界最需要的年轻人才。"

"你的录取通知书这两天就该下来了，滚，赶紧滚吧。"

07

陈伟军剽窃自己的论文成果提前发表的事情，童明月在心里记了一笔。

但她没有责怪学生，过几天，通过李薇侧面了解之后，在给那个学生的正式回复里，她说："我博士时未完成的课题，能给你的博士毕业带来一些帮助的话，也算是冥冥之中的价值了。"她把没发表的论文这样借出去，就考虑过这种事，不是什么无法接受的结局。

凌晨四点，童明月从实验室里出来，匆匆看眼邮件，李薇找她。

李薇是很少会给她发邮件的。

她打开车门，坐进去，查看邮件。没想到是几条整理成合集的新闻和消息。目光大致浏览过去，看见出事情的人是陈伟军，童明月挑了下眉，很快地看完。

知道发给她，是李薇想要分享下开心的意思，但她比李薇想得要深。

正好跟自己论文的事情直接搭上关系。童明月琢磨着，为什么会这时候被爆出来。看见公布到网上的女生，主页信息是新闻传媒的。

这所学校的位置，童明月记得是在许灿的家乡。

她也有个关系要好的同学……

童明月垂着眼，思考半响。

因为许灿吗？

许灿房子退租，连机票都买好了。

但她对家里人半句实话也没有，只说，毕业后要留在这里工作，最近都在忙租房子和找工作的事。

"找好工作"的许灿背着双肩包抽空回了趟家里。

她爸爸也在家，躲债躲了那么久，账早就变成了烂账坏账。他这个数目也不值得讨债人跟他拼命计较。

许灿从火车站转公交车，一到公交车站，就发现许庆国背着手站在风口里，张望着等她。

"爸爸。"许灿提着唇角，走过去。

"那么早就到了啊，"许庆国把她的双肩包接过来，殷勤地笑，"累不累？难得回家的，能不能晚点再走啊？欸，怎么才那么点东西？没有箱子吗……"

许灿打断他的絮絮叨叨说："我就住两天，不能多待，还要去单位上班呢。"

"哦哦……"他也知道不能跟女儿的上班对抗，点下头，脸色有点落寞，旋即露出笑脸问，"囡囡，新的单位适应吗？有没有人欺负你啊？有人欺负你要跟爸爸说的啊！"

许灿眼都不眨地撒谎说："适应啊，大家都很照顾我，跟小时候上学一样。很开心的，就是实习期还没什么工资。"

"工资不都得慢慢来的吗，咱们不着急啊，吃穿还够用吗？"

许灿跟爸爸说自己的"工作单位"是家M国的企业，上班都是讲英文的。

她特意办了张卡，告诉爸爸是她的工资卡，计划着等出国后，每个月定期从卡里划八百块钱到他的账上。其余的事情，都等过两年再说吧。

吃过晚饭。

许灿又转去楼下的小公园里散步。她目光四处望望，看着几乎没有变化的环境，心情还是时过境迁了。

亭子里，独自坐着个六七岁的小女孩。她捧着画册似的东西，却在玩黄色牛皮筋，偶尔才又画两笔，敷衍作业的样子。

许灿走过去，也没有搭话，就隔着点距离坐在她旁边。

"姐姐，"大概是太无聊，小女孩来跟她搭话说，"你会玩翻花绳吗？"

"你就拿这个玩吗？"许灿指指她手里的一大团黄色牛皮筋。

"连起来就行啊。"她说着，拿起两条短短的牛皮筋，来回穿了下，绑在一起扎紧就变长了很多，抬头眼巴巴地看她，"玩吗？"

许灿点头应了。看着她动作飞快地把长长的牛皮筋造出来，两人玩起翻花绳来。

玩了会儿，许灿见她玩腻了，便放下来："画画完了吗？"

"好啦。"拿给她看。

许灿望一眼，纸上充满着花花绿绿的线条，房子不像房子，太阳不像太阳的，一看就是随手勾出来的。直接把"敷衍"两个字写在白纸上，都没有她这幅画敷衍。

许灿昧着良心："嗯，挺好的。"

她看见边上的小牛皮筋，忽然拿起来一个。小拇指钩着一端，拉长绕过手背，拇指竖着固定住位置，手做成手枪的姿势，皮筋的另一端扣在食指指尖,然后钩着皮筋末端的小拇指一松,皮筋就直直地飞到健身器材的紫色柱子上。

许灿扬下巴,转头看着小女孩。

"哇,姐姐你好厉害啊!"小女孩顿时站起身,把牛皮筋捡回来,也学她的模样钩在手上想射出去,可动作不对,试了几次都没成功。

许灿握着她的小胖手,耐心地教她要怎么把牛皮筋绷紧,好射出去,还要很准。

小女孩试了次,成功了!"哇!"她顿时大大地赞赏说,"真的超级厉害啊!"

"是吧,"许灿扬唇,另拿个橡皮筋钩在食指上转圈圈,"小时候我爸教我对付男生的——"

许灿喉头一哽,顿了顿,她伸手摸了摸小女孩的发顶,笑说:"现在姐姐教给你了,有小男孩欺负你你就教训他!"

小女孩歪头,似乎束手无策半晌,还是诚实地说:"我觉得,用这个教训人,不如我的拳头快呀。"她说着,攥起肉乎乎的小拳头,还晃了晃。

许灿:"扑哧。"

许灿刚回到家,就接到童明月的电话。她看眼时间,快速换算着,那边应该是傍晚时分:"喂?"

"嗯,"童明月声音温和地问说,"怎么想到要去搜集证据,揭发陈伟军的学术不端的?徐倩雯匿名,能拿来当实习材料吗?"

许灿心里咯噔了下,措手不及,讷讷地问说:"你怎么……是谁告诉你的吗?"

"上一秒,"童明月轻笑了声,"你告诉我的。"

许灿满脸问号,张张嘴,不可置信地说:"真是诈我的吗?"

童明月又"嗯"了下:"口风不严啊,小姑娘。"

许灿捏了捏脸颊,打起精神,装无辜:"怎么了?我还以为你是要来恭喜我拿到录取通知书的呢。"

"这当然是要恭喜。"她顿了顿。

许灿忙笑着说:"还有我见义勇为,要一起表扬吗?"

童明月:"……"

许灿在她这几秒的沉默里,心里悄悄地沉下,想了想,试探着问:"你是不高兴我做这种事情吗?"

"当然不是……"童明月语气带着无奈,又温柔地说,"谁都喜欢孩子正直又无畏,但又害怕他可能会受到波及和伤害……会很担心的啊。"

许灿"噢"了声,翘着唇说:"可我早就不是小孩子了。"

"你是我的小朋友。"

许灿:"我不想当你的小朋友。"

过了片刻,她听见,童明月声音极轻地说:"那……我有点伤心了。"

许灿忍不住翘起唇,咬下唇,抿着笑意说:"因为我不是小朋友呀!"所以才不是她的小朋友。

"噢,原来是大前提的问题……"童明月似乎思考了下,轻笑了声,却没有把后半句话补完。

许灿:"嗯哼?"

童明月:"那你是,正直又无畏的小……小可人?"语气又温柔又宠溺。

她话落,明显自己不好意思了,轻咳下,语速微微加快地转移话题问:"几号的机票呀?"

许灿半晌都没有回答,被她的语气撩到沉默。幸好她没有当着自己的面说这句话,否则……心脏是真的吃不消。

她许久不答,童明月疑惑地轻"喂"了下。许灿闭了闭眼,一口气快速地把自己的航班信息交代得清清楚楚。

童明月顿时笑了笑:"好,我会记得来接机的。"

对噢,她本来只是问下几号的机票……

许灿捂着脸,有点害臊地说:"那你……别记错啦。"

"保证不会。"童明月语气带笑,但应得特别认真。

许灿忍不住地笑着:"噢。"

挂电话前,童明月忽然极自然地说了句:"对了,还有……正直又无畏的许灿同学,谢谢你。"

许灿愣在原地好久，挂断电话，心中又无奈又傻乐又抓狂。

然后长叹口气，她怎么总是什么都知道啊！

斜阳坠下来，天边的晚霞有几层颜色，都笼在一层淡淡的粉色薄纱里。云层堆积着绚丽的色泽，跟着风慢慢地移。

童明月站在厨房里，水池前，表情宁静，心态像是在实验般既谨慎又大胆。动手去做"实验"前，材料准备妥当，细致的步骤当然已经记在脑子里。

半小时过去，两道简单的家常菜完成，还有两道稍难的菜还在锅里煮着。香味飘散出来，像模像样的。

靠学习就能会的事，童教授从来没有真正不擅长的，只要她愿意去学。

菜盛在盘子里，表面上看起来，已经不太有新手的样子了。只是还不熟练，那么几道菜做完，笼罩着淡淡粉纱的天色就彻底暗了下来。

她转身，去把客厅里的灯开了。

一室淡淡黄色灯光，落在同色系的家具上。平时都是大气舒服的颜色，入夜时，八十几平方米的公寓，却莫名有些过于肃静。

童明月把所有的菜都端上桌，坐着，拿起筷子，无端怔几秒，垂下眼时极轻地喃喃了句："……我学会做菜了。

"下次可以做给你吃了。"

08

许灿在出发前一周，突然收到航班取消的消息。她蒙了半秒，查了其他最近的行程，旋即重新订了张两天后的机票。

许灿订完机票，又想，到那边的时候是工作日的下午。突然改时间，如果还要接机的话，会不会影响到童明月自己的事情？该不该说接机的事呢？

许灿纠结两天，决定还是不说了。本来去O大学就是想先偷偷瞒着她的，没能瞒住，那干脆趁着航班临时取消来搞惊喜吧。

其实，她就是想从童明月脸上，看见那种意料之外的愣怔表情。

十几个小时的飞行过后，许灿拉着两个登机箱，跟着人群慢慢地走出来，过海关。她手里握着放所有重要证件的包，有点紧张，就没分心去看手机，默默地排着队。

她明明是第一次踏出国门，甚至还没有一个亲人知道她独自来到了海外，但并不觉得害怕。就是周围切换成了英语的世界让人有点不习惯和紧张。

半个多小时后，出机场，许灿先去旁边的快餐店买了午饭，坐下来，连上店里的网络才开始查看手机的消息。

十多个小时的飞行模式，收到了几条好朋友的消息，还有一些学长学姐的关心问候。许灿还没往下滑，就瞥见了童明月发来的四条消息，赶紧点进去看。

童明月：“刚刚查你的航班信息，发现取消了。你收到提醒了吗？”

童明月：“改订了几号的票？”

过了八个小时。

童明月：“已经在飞机上了吗？”

童明月：“告诉我哪个机场，好来接你。”

许灿捧着手机，甜甜地笑几秒，眼睛弯成一条缝，给她打字说："你今天不用忙工作吗？我可以打车的。"

反应过来，这是又有什么事情被她知道了吗？

她不甘心地咬了一大口汉堡，鼓着脸咀嚼，还是忍不住笑，顺便给朋友们报平安。还没有全部回完，童明月就问她在哪个机场。

许灿坐在快餐店里，把最后一口咖啡喝完，端起餐盘，倒掉东西放回指定位置。

站起身，准备提前去路口等她，正好眼尖看见好几辆出租车来回开过，挪动位置时，后面跟着走出来一抹熟悉的倩影。

那么快就到了吗？许灿立刻拉着行李箱，小跑出去。心里是紧张的欢喜。

几步之遥，童明月也正好看见她了。

她手撩了下被风吹乱的发，目光对上时，眼眸弯弯，立刻笑了一下。

许灿的腼腆，全在她这一笑里融化掉。

她松开两个行李箱，冲过去，直接张开手臂抱住了童明月。

童明月身体微僵了下，很快，抬手轻轻环住她，又嗔怪说："改航班怎么不提前告诉我呢？自己一个人怕不怕？"

"我怕什……"许灿满足地抱着她，有种难以言喻的安心感，闻到她衬衣上熟悉的淡淡清冽香气，话到嘴边却忽然改成了嘟哝，"可我想要懂事点嘛。"

"懂事吗？"童明月语气带笑，分开来，去把她身边两个箱子都拿在手里，"车就停在那边。"

"干吗帮我拿……"

许灿伸手想拿回来，被她瞥了眼问："不是说要听话的吗？"

"是懂事。"许灿肯定地说。她倔倔地要把自己的箱子拿回来，不当心，手握了下童明月的手背。许灿又不太会说话了。

童明月问说："住的地方决定好了吗？"

"就住宿舍。"

"现在是不是还不能搬进去？"

许灿说："还没有到申请宿舍的时间呢。"不过不着急，她申到的学院是保证每个学生都有宿舍住的。

打开车门，坐进去，许灿鼻子闻到股若有似无的，像是一种药品冲剂的气味。味道极淡，但她特别熟悉，所以才能闻见，下意识看眼置物盒，透明的空水杯浮着层浅浅的咖啡色。

童明月平常不喝咖啡，更不会用这种随身的杯子来泡。

"你怎么了，是不是生病了？"

童明月刚扣好安全带，闻言微怔，笑着说："没有。"

许灿没有漏掉她迟疑的表情，抿了抿唇，忽地倾身，伸手去摸她的额头，果然是烫的。

许灿唇抿成一条缝，没说话，心里顿时又气又急，气自己莫名其妙搞事情，害得她生病还得开车来接她。一时说不出话来。

童明月打量着她的神情，侧过身去，帮她把安全带扣上，无奈地笑："好吧，是撒了个小谎……也不用那么生气吧？"专门哄她的语气。

许灿沉默着,心里酸酸的说不出话来,顿了半晌:"烧到了几度?严重吗?需要去医院吗?"

"最近的气温有点难捉摸,没穿对衣服,一点点低烧而已。"童明月目视前方,唇边衔着笑说,"现在把你送去哪儿呢?"

"你家。"

许灿脱口而出,说完,皱着鼻子,非常自然地说:"监督你吃药,睡觉。然后我再回酒店里。"

傍晚时分,淡黄色的光从云层里透出来,堆积在天边的云朵被晚霞的光芒模糊,染成不同色泽。

车内安静,外面车水马龙。

半晌,童明月轻轻应了句:"那好吧。"

童明月把她带到自己家,是她在校外不远处租的一所公寓。

许灿进门,发现入眼的陈设和布局跟之前她的家里完全不同,但风格还是非常相近的。开放式厨房,小吧台,家具都是很大气的颜色。

"有温度计吗?"

"没有。"

"没关系,我有带。"许灿放下行李箱,打开来,翻出一个小箱子,里面全是各种常用的药和创可贴、温度计。出国前,特意去药店备好的东西。

"不是说低烧吗?"许灿把温度计递给她,气气的,"你都没有量就知道了吗?"

童明月低笑,默不作声地接过来。量完体温,确实只是点低烧而已。

许灿松口气,但还是有点不高兴地说:"你在车上喝的那种冲剂只能应付感冒。"

童明月闻言笑了:"你还知道我喝的什么吗?"

许灿从那药箱里掏出一盒冲剂,无言地晃了晃,用眼神说:请问你在瞧不起谁?

童明月:"……"好吧,她还真是知道的。

见她只有两个行李箱,里面却像什么都有似的,童明月好奇地说:"都带了些什么东西?"

"就必须带的那些证件和衣服之类的。"

许灿把夹层拉链拉开,拿出一包东西,想起来:"对了,我还带了好多茶叶来呢。"

童明月扑哧一下笑了。

许灿:"怎么了?"

明明是不喝茶的人,出国却随身背着大包的茶叶。

童明月弯着唇,居高临下地看着她,温柔地说:"没什么,就是感觉很可爱啊。"

许灿闻言抿了抿唇,哼了声说:"我是给你带的啦。"

她把那大包茶叶随手放在她的小吧台上,嘟哝:"虽然也不知道你有什么好贿赂的……"

童明月意外地笑笑,拿起那袋茶叶翻看,唇角弯着。

"之前还有没有吃过别的药,"许灿蹲在行李箱面前,仰头望她,"或者冲剂?"

"没有了。"

许灿像个小医生似的,一一问清楚症状,才接着把那盒退烧药拿出来拆开:"有温开水吗?"

童明月偏了偏视线,把茶叶放下来,轻声说:"家里大概只有冰水。"

顿几秒,许灿颇有点无可奈何地问说:"你知道自己在低烧,还敢喝冰水吗?这样会对退烧很有帮助吗?"

"可是,"童明月像个犯错的小学生似的,本来生着病,就容易疲倦和脆弱,垂下眼说,"……这里烧水有点麻烦。"带点委屈的腔调。

许灿觉得刚才是不是太凶了,居然凶她,自己真的是太过分了!

许灿立刻说:"我来烧。"

她忙走进厨房里,找了一圈,却没有看见任何能让她烧水的东西,但竟然还有个大炒锅。

许灿不可置信地拿起那锅,转过脸来,认真地问她说:"你不会以为这就是用来烧水的东西,所以觉得麻烦吧?"

童明月:"……"

最后，许灿拿公寓里自带的咖啡机给她煮开放凉一杯温水。

童明月在她的监督下，乖乖把剩下的药吃掉。

"你先睡一会儿，我看看冰箱里有什么东西，做了晚饭叫你好不好？"许灿目光凝视着她，看见她苍白的脸色，万分内疚地说，"不该让你来接我的。"

童明月："……"

半晌，她扯出一抹无奈的笑容："好，我听话。别露出这样的表情。"

许灿心里被轻轻撞了下，没说话。她转过身，打开冰箱看眼都有什么食材。竟然还挺丰富的，晚饭不难做。

半个小时后。

许灿端着一杯温水，进房间，去叫她起床。

童明月已经醒了，或是根本没有睡着："等会儿陪我去趟超市好吗？"

许灿把水杯放在床头，拿出手机说："我得先看一下酒店入住时间……"

话音未落，童明月握住了她的手腕。

许灿抬眼望着她。

她长睫半垂下，没戴眼镜，眼眸纯净，瞳仁流转像映着月光的潟湖。脸庞有种温和而精致的秀美，目光有点微微失神。漆黑的长发散在灰色枕头上，衬得脸更白了。

白皙纤细的手从被子里伸出来，握着许灿的手腕，皮肤传来温度。

"你还要走吗？"童明月轻微地嘟了下唇，声音微哑，万分柔和地问，"把酒店的预订取消掉好吗？"

09

许灿喉咙微动，她还能说什么呢，头脑空白的那一瞬间直接点点头说："那好……好吧。"

童明月目光带笑，盯着她看，像在说：快点打电话呀。

许灿被她这样注视着，手都抖了一下，电话拨出去前台接起来时"喂"了一声。

听见前台甜美的疑惑语气，才反应过来，是要切换成英文的，赶紧说明是行程安排的原因需要取消房间的预订。

挂掉电话，许灿按掉手机屏幕，抬眼，幽幽地看了眼她。

童明月坐起身来，漆黑长发微乱在肩头带些慵懒的味道。她随手撩了下，别在耳后，无比端庄地笑说："出去等我下好吗？"

许灿目光往下滑，条件反射地扫眼被子。

"哦哦……"她赶紧垂下眼，喉咙微动，赶紧转身先走出房间了。

关上门，许灿身体在门口停靠了几秒，脑子里还在想她躺在床上的画面。这算不算她们距离最近的一次相处了？

又反应过来……自己这是就要留宿了？

吃完晚饭，开车去附近的大型超市。

许灿边想着自己还缺的那些日用品，边问："你是要买什么东西的？"

童明月推着购物车想了下，然后才从旁边打折促销的架子上随便拿起一包抽纸："嗯，就是这个。"

许灿盯着那几包抽纸："……就是这个吗？"

童明月面不改色："嗯，就是这个。"

然后她推着购物车往前，望着旁边货架："你是不是要买点日用品之类的，文具有带吗？"

许灿怀疑自己是不是记错了，原地回忆几秒，看着童明月推着购物车的背影。

没错啊，就是童明月让自己陪着她来超市买东西的啊，怎么好像反过来了？

最后，许灿在超市里买齐了国内不方便带来的各种生活用品，还买了很多新鲜食材。拎着两个大袋子，回家去。

国外的街道，入夜后明显比国内安静许多。商店卖场关门的时间都挺早。路边也没有什么人。窗外，天彻底黑下来。

在回来的车上，许灿还能勉强保持淡定，说笑自如。等真的回到她的公寓里，免不了慌慌的。虽然当过邻居，但整天的同处一室从来没有过。

两大包东西先放在小吧台。童明月转身把灯打开。

外面是夜深，室内是人静。许灿既享受着童明月在身边的雀跃，又忍不住有点不安，胡思乱想起来。

这间公寓，单身人士居住当然是非常宽敞舒适的。

虽然两个人住也不是就勉强了，可童明月只有一个主卧，没有客房。

许灿扭捏半天，根本没敢问她要睡在哪里。

两人各自收拾着东西。

"你说我是申请学校里的宿舍，还是在学校外的？"许灿垂着眼，有点没话找话地问。心思不在这个问题上面。其实校内校外的差别不大，她完全无所谓。

"住在我这儿吧。"童明月打开冰箱的门，把需要冷藏的东西放进去，笑说，"学校两千米以内，偶尔还有接送。"语气很平和，不像是开玩笑的意思。

许灿猛地抬脸："那怎么好意思……"

童明月闻言转头，弯了下眼，去把小吧台上的那大包茶叶拿过来，笑容温婉地示意说："我房租都收了。"边把茶叶往冰箱里放，关上冰箱门。

许灿被她那一颦一笑，简简单单的话，撩得心头狂跳，甚至在心里默念，唯愿时间停止在这一刻。

天边挂着的月亮，淡淡清辉洒落，金辉不改，在漆黑的夜幕里静静存在着，仿佛把黑暗烫出一块图案来，俯视着路边依稀的灯光。

半晌无言。

许灿很快把自己的东西都收拾完了。

童明月问："晚上要看电影吗？我电脑里存了几部口碑挺好的恐怖片。"

许灿好奇地说："什么时候对恐怖片感兴趣了？"

"也没有，"童明月笑了下说，"因为觉得你好像挺喜欢的。"

许灿抿着唇，三言两语间再次说不出话来。认为她之前为了装可怜才看的恐怖片是喜欢，所以就去了解口碑好的恐怖片吗？

许灿撇了下嘴,很快说:"我不想看了。"

"好。"童明月的东西也都整理完,把厨房里的灯关掉说,"那要先去洗澡吗?"

她想了想,又从冰箱里拿出一瓶饮料来,准备先放放。不那么凉,让她洗完澡就可以喝。

许灿看着她的动作,没有答话。

童明月太过温柔,反倒让许灿委屈起来,心里沉沉的。想着想着,忍不住鼻子一酸。

童明月抬眸,看见她眼眶湿漉漉的,不由得愣怔住了:"怎么了?"

许灿一时说不出话来。不知道应该要怎么说,也不想说没事。她很有事啊。

童明月抽了张纸巾,目光担忧地凝望着她的脸庞,静默片刻,在等她说话。

半晌,许灿心里越来越堵,气自己一点办法也没有。长睫眨动,眼泪就掉下来。

刚才还好好的。

童明月微拧眉,不明白突然怎么了,没有继续追问,拿起纸巾轻轻擦掉她脸颊的泪珠。

顿了片刻,她轻轻握住了许灿的手。

许灿哭不下去了。

全部感官都聚在她的手上,温热细腻又柔软,她目光垂着,忽然把手翻过来,掌心朝上,反手也握住了她。

许灿从长睫下觑她的表情。幸好没有不耐烦之类的……

童明月弯了弯唇,也没有抽走,只是轻笑下说:"还说不是小朋友。"

"本来就不是。"许灿被她这包容又宠溺的话,弄得叛逆起来,本来反叛这种情绪都是带点有恃无恐的,"你总说我小孩,我有时候也会很难过的。"

许灿:"跟你差的那九年,我一直都在拼命地追啊!"

许灿:"你明知道的,对不对?"

童明月:"……"

许灿如愿以偿地在童明月脸上看见类似愣怔住的表情。她一口气说完，开始紧张心慌到呼吸都不太自然。不想看见她有任何蹙眉，或是嫌弃的表情，如果刚才能冷静，这些话是绝对说不出口的。

随着漫上来的慌乱感，才止住的泪水又大颗大颗地滚落。视线里，童明月的面容隔着一层透明薄膜朦胧着。许灿潜意识里想用这种方法逃避她可能的冷漠表情。

童明月无言地抬手帮她擦眼泪，一直怔怔地望着她的脸，半晌，柔声说了句："别哭。"

"对不起啊，是我不好。"声音有点涩。

许灿闻言心凉了一大截，眼泪掉得更凶了，垂下眼，同时脑子飞速地转着思考如何收场。她绝对不想，也无法接受淡出她的世界的结局。只有这个不行。

"我……"许灿抽泣下，觉得自己哭得一塌糊涂，太逊了。

难怪要被她叫小孩子，简直不成熟到了极点，谁会喜欢她这样的人……

浓浓的自我厌弃感涌上心头。

许灿看不见她的表情，头顶传来她依旧柔和的声音。

"别哭了。"

童明月擦不干净她脸颊滑落的泪水，动作顿了顿，忽地用了点力气拉开她遮住眼帘的手。

许灿屏住呼吸，目光愣愣地盯着她，收得太快，还小小地嗝了下。

童明月的手有一下没一下地抚摸她的背，语速有点慢，显得很慎重的样子："对不起，让你哭了。"

许灿："……"

"灿灿，"她稍稍偏了下视线，不好意思和她对视般，"我知道的。"

许灿连呼吸都不太会了。不知道羞赧和激动的情绪哪种占上风，她喃喃说："可你之前明明……'宁动千江水，不动道人心'是什么意思？"

心还在颤，不太真切的狂喜。

"网上说，是打扰了出家人，罪孽深重有业报的意思。"

"怎么可能……"童明月露出明显意外的神情,"我又不是和尚。"

"那你当时是什么意思嘛?"许灿纯粹在撒娇了。

"大概,"童明月目光凝视着她的脸颊,"也有点怨吧……千江水都乱了,我还怎么能躲过去?"

10

许灿被她哄去洗澡。浴室的热气在眼前蒸腾起来,她心里也跟着雾雾的,唇角无意识上扬,纯粹痴笑,无声地笑啊笑。

她刚刚说了什么?

天哪……

许灿忍不住抬手揉着腮帮子,笑太久,脸都有点酸了。

等洗完澡出来,客厅里的灯开着,没有人,书房的门半掩着。

许灿本以为她在里面工作,就先吹着头发,忽然听见门口有动静。探出头看一眼,门开着,童明月把钥匙随手放在玄关处,她单手拖着个东西。

木质的大件,折叠在一起看不出具体是什么。

童明月笑着嘱咐句:"厨房里有洗好的小草莓,记得吃。"

许灿:"好。"

许灿看了两眼,没有反应过来什么。吹完头发,进厨房里找到小草莓,她又给自己倒了杯水,先喝了几口水。

她忸怩地走进书房里找童明月。还没来得及说话,进门就看见刚才那个大家伙摊开来竟是张木质的床!这书房的大小,确实完全可以改成另外一个卧房。

许灿瞬间震惊,张了张嘴,不可置信道:"你这是连夜出去买了张床吗?"

童明月动作顿了下,无奈地笑出声来:"不是,这张折叠床是本来就有的,以前被我放到车库里去,刚刚搬上来了。"

许灿:"……"

她激动了那么久,然后就得到个分房睡的结果吗?

不行，权利要靠自己来争取！

许灿鼓了鼓脸，磨磨蹭蹭，手里捧着杯子要喝不喝的，目光时不时地瞥瞥她。没有说话，还没想好怎么说。

童明月走过来，轻轻地揉揉她的发顶，温和地笑："想睡在哪里？你选吧。"

书桌挪到角落后，中间空出来的地方不比卧室小，还有个飘窗。

她视线挪开，直言不讳地说："想睡卧室。"

许灿想了想，又垂着眼柔弱地加了句："……不可以吗？"

童明月说："有点麻烦。"

许灿抬下眼，心中有点遗憾的小怨念，好吧，从长计议也不是不可以，她都可以。

却看见她弯了弯唇，笑说："白搬上来了，还得再搬下去。"

许灿眼睛瞬间亮了起来，连连点头："我来搬我来搬！"

"小公主，"童明月手指点了点她脸颊的酒窝，语气宠溺，又像只是随口一句，"你先去睡觉好吗？"

许灿不吭声了，愣在原地提着唇角，脑子里粉色泡泡不停地吹大。

童明月捏了捏她的脸颊说："我晚上还有点工作，自己先睡觉。"

许灿顺从地应道："好。"

"乖。"童明月手搭在她肩膀上，然后把她的身体转过来，低下头，垂眼在发顶揉了揉，轻笑说，"去吧。"

"嗯……"许灿走到了房间，背后，听见童明月带着笑意说："不用真的现在就睡觉啊，草莓记得吃掉。"

许灿于是看眼时间，好吧，时间确实还早。那么一会儿的工夫里，发生了那么大的事情，让她有种飘忽忽的感觉。

等到差不多的时间，许灿就先乖乖地上床睡觉了。

睁着眼睛看着天花板，许灿完全没有睡意，心想，如果再过半小时她还在工作，她就起床说有点睡不着，然后做个什么夜宵给她端去。

然后，许灿开始发散思维地想夜宵的事情，做什么好？

不知道过了多久，觉得好像时间差不多了。

许灿翻过身，刚想去拿手机确认下，就听见门口传来压得很轻的开门声音，她动作停住，手飞快地缩了回来，赶紧闭着眼装睡，还悄悄拉高了些薄棉被，小半张脸藏在被子里。

深夜不知道几点。

许灿能感觉到她一步步走过来，站在床边，应该是在换衣服。

听见她摘下眼镜后，把眼镜盒轻放在床头柜上的轻微声音。

童明月上床的动静也非常轻，许灿勉强稳住呼吸，装模作样地熟睡，睫毛微动。

没有任何动静了。

过了许久，觉得她应该睡着了，许灿才微微转过脸，脸颊蹭着柔软的枕头。

睁开眼，偷偷……光明正大地看她。

感谢天生的好视力，就算黑夜里，她也能看清她的五官面容。

长睫投下浅浅的阴影，五官端庄而秀美，脸庞白皙，不笑时，唇角是微微向下的。明明平常没什么表情的人，对着自己，却总是笑着的。

许灿无声地扬着唇。

她呼吸沉稳，明显已经睡熟了。童明月总是工作到很晚的。

许灿的目光安静地打量半响。

童明月就睡在她的身边！

许灿人快要乐傻了，酒窝深深的，微抿了抿唇。

许灿唇角带笑，眼眸弯成一条缝，又不舍得让她醒过来。

过半秒，却听见身边人轻笑了下："小姑娘。"童明月语气含笑，在绵绵的黑夜里愈加轻柔。

许灿呼吸微微一滞，无言以对，旋即带些幽怨地看着她——这人刚才竟然是在装睡吗？

童明月抬手，手臂虚虚地搭着许灿，她的呼吸还若有若无地拂在许灿耳郭，带着笑意的上扬语气："嗯？"

"我……"许灿对上她亮晶晶的眼眸，一下子大脑空白了。

童明月微垂下眼眸……

漆黑的夜色中，许灿扬着唇，对上她的目光，下意识地微微闭了闭眼。

童明月靠过来:"Goodnight, little witch(晚安,小女巫)。"

黑夜静谧,月亮在影影绰绰飘过来的一块阴霾里穿梭,唯有金辉不改。清冷的光不论映到哪里,光影掠过时都反射出绮丽而清澈的光泽。

童明月是念大学后才有记日记的习惯。

但她的日记纯粹是表面意思,记录当天发生的事情和安排,结尾处还留一块反思与总结,无限近似于工作日志。

等工作后,这本日记就彻彻底底地变成工作日志了。

记录的东西,有设计的实验过程,也有一些学生对课题的研究想法,以及各种琐碎事情。

日记明明是很文艺的东西,偏偏被她写得非常理工科。有时候甚至还要徒手画两张图标,添加数据进去。

记得认真严谨,布局整洁合理,字迹也是一如既往地漂亮。唯独没有任何心情的起伏与展示。是没有什么感情的日记。

只有几篇是意外。

当天的记录,不但跟平常的内容截然不同,而且还显得有些没头没尾的。

全部都是关于她。

我回来,看见她和别校的男生走在一起,两人搬着资料。他叫她灿灿,好像很相配的样子。小花骨朵似的青涩年纪,人比花琳琅,不谈恋爱才是不正常的。

她很可爱。

但我不能……

忍不住当了回老古板,不许她谈恋爱。自己也知道这"不许"有多站不住脚。

她还是学生,她还是孩子。

导师还是以前的样子，比起跟基金机构交涉更愿意自己做实验，也不管效率最大化。他这份工作邀请没有被拒绝的理由。

　　想带她一起去。她没有同意。

　　用了那么大的努力也没办法控制住自己，很失败。但能博她一个笑容，又不觉得是不该了。
　　希望她有一天清醒了，我还能缓得过来。

Chapter 6 第六章

余生很好
YU SHENG HEN HAO

01

  这里的天气半晴半雨的，十分钟的雨天，十分钟的晴天也很正常。

  研究室里有个同级的中国女生从来不带伞，她出门必定晴天，偶尔拿拿伞，那天就一定会下雨。

  许灿就不同了。她背着伞的时候，伞总是用不上的，偶尔嫌麻烦把伞放在家里，必定走到半路就开始下雨。十次里九次都这样。

  但许灿就是不信这个邪了。

  她特意买了件新的冲锋衣外套，连帽的，防水质地的，决定今天偏偏就不带伞去。

  于是，今天下午全市迎来难得的大暴雨。

  许灿走在半路，头顶的大雨突然"哗啦啦"落下来，天像打翻掉的水盆。她忙戴上冲锋衣的帽子，淋在雨里，活似傻帽。迎着的大风把她的帽子吹掉好几次。除非进店，否则周围完全没有能避避雨的建筑物。

  冰冰凉的雨水顺着衣领灌进脖子。她只好伸手紧紧拽着帽子，然后低头猛跑，不去管衣服裤子湿掉多少。

  好在也没有几步路就到家里了。许灿进门前，抹了把脸，把黏糊在脸颊的头发顺了顺，像被雨淋湿的小狗般抖了抖身上的雨水，等到裤脚管不再滴水才进门。

  难得明天是休息日。今天早回来，许灿准备在童明月到家之前，把晚饭弄得很丰盛。

  回到家，先把湿成雨披的冲锋衣外套脱下来，她身上只剩单薄的格子衬衫，想赶紧先洗个热水澡。

走到浴室前，她习惯性地把烘干机里的衣服拿出来，发现衣服还全都是潮湿的状态。许灿有点奇怪，童明月习惯在中午出门前把洗好的衣服扔在烘干机里，下午回来，怎么着也该烘干了。她总不可能忘记按开关了吧？

许灿蹲着，重新打开烘干机，发现这机器根本没在运作。烘干机坏掉了啊。

之前一个人独居很久养成的习惯，有什么东西坏掉了，首先就是想自己能不能修好。许灿蹲下来，琢磨着烘干机怎么回事。

先排查接线口的问题，然后她起身去把工具箱找出来，折腾会儿，成功地把烘干机的外壳摘掉了。检查传动皮带的松紧度，检查疏水器……检查了半天，拆来拆去，愣是没看出来哪儿出的毛病。

窗外天色渐暗，映进西面这边的光线就更加少了。

许灿目光凝在机器的内部，万分认真，手伸长先去把灯打开了。"啪嗒"开关按下，灯没有任何反应。

她愣怔几秒，像是想到了什么可能性，旋即保持蹲着的姿势敲了下膝盖，赶紧去试了下客厅里的灯，同样毫无反应。居然是停电……

许灿忙回到烘干机前，再次蹲下身，努力把拆开来的机器全都装回去。暗暗祈祷，可千万别被她拆坏了啊……

幸好安装得还算顺利。

许灿白忙活半天，低头看看，发现被暴雨淋湿掉的衣服贴在身上，都已经干得差不多了。

"阿嚏……"连连打了好几个喷嚏。吸吸鼻子，旋即感觉脑袋有点晕晕的，身上没什么力气。心想不会吧……

抬手去摸额头，果然发烧了。

童明月回到家里。

许灿抱着被子坐在沙发上等她："回来啦，饭在微波炉里呢。"本想大显身手的晚餐降格成简单的家常菜。

她已经洗过澡，吃好药了。供电也都恢复了，就是声音有点瓮声瓮气的。

虽然她极力装作自然，但童明月还是一下就听出来了不对劲。她扫眼玄关处放着的，折叠得一丝不苟的雨伞，伞面干干净净，立刻猜到说："声音怎么了？今天那么大的雨，你总不会是淋着雨回来的吧？"

许灿："……"

她轻咳了下，目光也注意到玄关的那把雨伞，心里一咯噔，忘记藏匿"证据"了，应该浇点水再撑开来放着的。带雨伞这件事，童明月真的提醒过很多次。

发烧也是瞒不住的，只好装可怜："喀……喀喀……"

许灿咳嗽完两声，垂着眼说："我今天走得有点急就忘掉了……下次一定记住。"

"感冒了吗？"童明月忙走过来，看见茶几上拆开来的退烧药，拿起药盒来，"发烧了？"

许灿飞快地抢答说："吃过药了，不用去医院，没有事情。"

童明月："……"

许灿见她手里拿着药盒，垂眼看，唇角没有任何笑意的模样，忙弯着眼眸，坐在沙发上张开手臂，软软地笑说："I like warm hugs（我喜欢温暖的拥抱）。"昨天看的电影里面主角的台词，手指还戳了戳腮帮子，装可爱。

童明月仍旧冷着脸，目光淡淡地看着她，完全都不笑的。

许灿："……"

童明月："真不听话。"

许灿先默默地把口罩戴起来，赶快认错，再次保证下次不会忘记带伞。她眼神无辜地望着童明月，作揖说："下次不了。"

童明月还能说什么。

见童明月脸色缓和，许灿悄悄松口气，笑说："你先不要靠近我啊，小心被传染到。"

童明月没说话，先去给她倒了一杯温热的水，又洗了点水果，端过来。

"量过体温吗？"

"低烧，"许灿两指比画了一个还没有一厘米的距离，笑眯眯地说,"就那么一点点的烧。吃过药,感觉现在已经好得差不多了。"

童明月若有若无地叹声气:"过来。"

"干吗呀?"许灿仰脸笑,"别抱了,会传染给你的。"

童明月:"量量体温,看是不是差不多。"

许灿:"哦……"

童明月在沙发前半蹲下身,手抬起许灿的下巴,用最简单原始的量体温方式,额头贴着额头。

许灿因这极近的距离,眼珠转动,轻眨了眨眼。

许灿软软地推了下她:"别靠太近,等会儿真一起发烧了怎么办……"

童明月笑着说:"Some people are worth melting for(有些人值得我为之融化)。"

许灿彻底说不出话来。

刚刚用电影里的台词索抱抱她没理,现在不仅补抱回来了,还同样回了她一句电影里的台词。

许灿被她哄得听话地回房间睡觉。

时间还早,本以为会睡不着的。低烧和近些天学业的压力,让疲倦感涌上来,她盖着被子很快就睡着了。

等一觉睡醒,许灿侧身,拿起手机按亮看眼时间,看见郭晓雅发来的十几条未读消息。

两人隔着时差,每天都是各自说说今天发生的事情,都是没什么重点地细碎聊天。

她吐槽了快两百字自家的教授有多么死板,还发很多莫名其妙的骂人表情包。

最后一条消息是个冷笑话:"问:嫦娥为什么善变?答:因为她叫change。"

许灿花半秒看懂这个笑话后立刻弯了弯眼,躺在床上笑了好久。

回完她的消息,起床了。才刚到九点半。

许灿睡醒后非常神清气爽,一点点低烧后的无力感都没有。她琢磨着,晚上搞点什么活动?反正两人明天都是休息。

她蹑手蹑脚到书房，敲敲门，然后探出一个脑袋，轻轻地问了句："美女，忙吗？"

童明月瞥见她，笑着随手合上电脑。

"不忙的话，"许灿故意用很猥琐的语气说，挑挑眉，"咱一起玩玩呗。"

"好啊。"童明月弯唇，端端地坐着，脸上挂着依旧矜持又温婉的笑，"来吧。"

许灿："……"

童明月嗤笑了下："小坏蛋。饿不饿？不是说很想去吃那家泰国菜？"

"唔，是有点饿……"

"想去吗？"

许灿戾戾地点点头，凑合说："那去吧。"

童明月："好。"

下一秒，许灿想起来说："算了算了，我们还是去看电影吧。"

"怎么变得那么快，"童明月笑了笑，垂着眼，替她理理睡得有点乱的衣服领子，"好啊。"

"因为我是嫦娥。"许灿但笑不语，在等她问为什么。

"为什么呀？"童明月问完，自己低头笑了笑，"因为是奔我而来的吗？"

许灿顿时笑得酒窝深深。"没错……是这样的。"她又重重地点头，"这才是最标准的答案。"

两人商量好出门去看电影。

刚下车，还没走到电影院门口，就看到转角处的街边有个小小的甜品站，窗口装饰着各种产品模型，中间那个粉色冰激凌，半层是奶油，半层是冰沙。

挺好看的，关键是也很好吃的样子！

许灿立刻有点走不动路。不知道为什么，刚发烧完，就特别想吃冰激凌之类的冷冰冰的东西。

她轻拽童明月的衣袖，清清嗓子，还没有想好该怎么开口说。

童明月顺着她的目光看一眼，淡淡地说："不可以。"

许灿："……"

童明月温声哄她："我们下次再来好吗？"

许灿鼓着脸垂下眼看她，比画一点点的手势，柔柔地说："那我给你买一个，你分我一小半。"

童明月："……"

"好不好嘛——"语气是那种故意的嗲。她说出口，自己都有点起鸡皮疙瘩。旋即作揖，可怜巴巴地看她。为了能吃上冰激凌……

对视几秒。

童明月无奈地移开视线，按住唇角的弧度，妥协地说："站着等我。"

许灿当然不听话，贴着跟她一起去买。

童明月跟甜品站里的大叔点完单，又加了句："Make it small please. For a baby（请做小点，给小朋友吃）。"

打冰激凌的大叔明显愣了下。

"Okay。"他眼神瞟了下，明显是在找那"baby"在哪儿。

大叔很快转过身去，打好一个迷你尺寸的冰激凌递过来。

许灿听见那个"baby"，脸唰地红了起来。

婴孩？幼崽？童明月为什么能那么淡定地说这种……

许灿接过冰激凌时，完全没敢看那大叔脸上是怎样的表情。

等走过一段路，才好点。

许灿轻轻嘟哝说："为什么不牵手？"

"嗯？"童明月闻言看眼街边三三两两的路人。

童明月顿了顿，手慢慢地靠过去，牵住她的手，似乎有点不好意思，小声说了句："以前没牵过，以后就懂了。"

许灿翘着唇："以前都没牵过别人吗？"

童明月笑着看眼她："嗯。"

"哦……"许灿低头，使劲地憋笑，眼眸亮晶晶的。半晌，她才勉强能假装淡定地说了句："我来教你吧，我懂的东西可多了。"

童明月移眸定定地看着她，仿佛无声地问：你什么多？

许灿："我有丰富的理论知识啊……"

许灿:"俗话说得好,理论知识都是没有真正实践过的人写出来的东西。"

童明月弯了弯唇,目光平视,继续往前走着:"好吧,那请你以后多教教我吧。我会好好学习的,小老师。"

转弯时,童明月忽地偏了偏脸,凑近她耳旁悄悄地说了句:"可千万别挂掉我的课呀。"

许灿:"……"

许灿从脸一直红到耳郭。

02

十月初这里就开始卖万圣节的各种周边。

许灿早上刚到研究室,就被老板塞了两盒糖果。又过了会儿,老板说她是这里最像小孩的,再拿给她两盒。

大家交谈着学校里的各种派对,商量着晚上要不要去玩。

许灿坐在旁边,从小铁盒里倒出水果糖来,面无表情地咯吱咯吱咀嚼着。她尽量透明隐形,想着能不能早点回家,晚饭要做什么。

"许灿,"陈若仪特别喜欢这个节日,在老板的默许下甚至外套里面就穿着扮演吸血鬼的衣服,几个人商量完,她转过头,"你觉得好不好啊?"

许灿:"我当然没有意见。"

许灿:"我又不——"

"太好了!"陈若仪完全只听想听的,拊掌说,"我们去那个……还是那个……"

一连串许灿听都没听说过的酒吧名字。

几个E国男生也想带她一起去,站在边上劝说着。总之,许灿都摇头:"不去不去。"

陈若仪晃着她的手臂:"求求你了,求求你了嘛,一起去喝苹果酒!苹果酒欸,我以前都没喝过的。"

许灿把剩下那盒糖果塞她怀里,敷衍地说:"给你糖,别捣乱了。"

陈若仪见她实在不为所动,她用力哼了声,拿着糖,只好去找课题组里另外一个读博的中国学长玩了。

课题组下午就早早结束掉工作。陈若仪再次跑过来,想拉许灿去泡吧,还是怎么说都没有用。

许灿拿起桌上她的面具,唇对着左边眼睛的洞,正直地说:"我有约了,你自己玩呗。"

"你就嘴上说说,谁信你真的有啊!有本事你就找他来接你,带给我看看。"陈若仪白眼快要翻到天上,"还有,你面具戴反啦,吓人啊!"

许灿笑吟吟地摘下来:"要的不就是这效果?我走了,你慢慢等李兆阳吧,拜——"

陈若仪只好发出"晴女"的诅咒吼说:"你今天没带伞,又不跟我走,等下肯定得淋着雨回家!"

许灿头也不回,大声"喊"她一下。谁知刚出门,外面还真的正在飘着细细的雨丝。

雨下得挺小的,许灿其实根本没当回事,都快成习惯了,只是心里照惯例骂一声陈若仪这个浑蛋。

她戴起帽子走进雨里。几大滴雨突然落到睫毛上,许灿不太舒服地眨眨眼,抬手去擦掉。视野模糊的瞬间,没有看清斜坡和转角处还有个小小的高度,一脚踩下去,爽利地滑了跤。

许灿差不多是膝盖直接磕到地上的,顿时有点站不起来了。

地面积起来的薄薄雨水坑荡着涟漪。她抬眼,竟然还看见转弯处停着的像是童明月的车子。

她不会是准备来接自己的吧?

要不是条件不允许,许灿都想赶紧藏起来了。没带伞,又被她抓住了……

稍微缓了缓,就手忙脚乱地爬起来了。而且太尴尬了。长那么大还不会好好看路,这还能摔跤。

她爬起来时,听见童明月快速地走过来的脚步声。很快被童明月拉起来。

许灿只稍微借了点力,站稳了。

"没事吧?"

"没事。"

许灿暗暗"咝"着气,脸上笑得可甜了:"哎呀,怎么今天来接我了?"

"正好下午……"童明月垂着眼,撑着伞,帮她拍掉身上沾着的叶片,"你怎么这么不小心,有没有摔疼?"

"是地太滑了。"许灿低头摊开手看了看说,"没事,一点都不疼,手也没有蹭破。"

"好,地的错。"童明月握住许灿刚刚撑过地面的手,轻轻揉着泛红的地方,"以后走路慢一点。"

"嗯。"

"伞……"童明月只说了一个字就顿住了,抿了抿唇,再也没继续往下说,只是扶着许灿,先上车。

许灿坐进副驾驶,看见她绕过车头,坐进来。

童明月坐进来也没有再提伞的事情,默默开车,转过弯开在回家路上。

许灿琢磨着,该不会生气了吧?

"Trick or treat(不给糖就捣乱)?"许灿想了想,不太确定地问说,"我还能'trick or treat?'吗?"按理说小孩才应该在这天喊这口号的。

童明月抿唇笑,温声说:"看后面。"

许灿扭头,看见后面真放着一个黑色的礼品袋,她"哇"了声,勒着安全带就转过身使劲去够,够过来放在膝盖上。

童明月平视着前面的路,笑说:"开车呢,着什么急呀。"

"哇。"许灿打开来,看见是个塑料的糖罐里装着黑猫的玩偶。黑猫还戴着领结,抱着小扫把,头顶巫女帽,无辜的绿眼睛亮亮的。

袋子里还有裹着透明包装纸的苹果糖,晶莹的,红彤彤的。各种散装的棒棒糖,是幽灵和南瓜怪物的图案。

许灿拿出一根棒棒糖握在手里,笑着问:"糖果是准备给晚上来敲门的小孩吗?"

"我们没有在门口放装饰,小孩应该不会来敲门。"童明月轻轻地说,"我只给某位 child(小孩)准备了糖果。"

许灿抿着唇笑,又掏出来个玻璃瓶子,看眼标签:"苹果酒!我都没喝过苹果酒。"

童明月"嗯"了声。"度数挺低的。"她似随口地说了句,"买之前有点怕会不合你的口味。"

许灿顿了几秒,转过脸来小心翼翼地说:"请问你是在嘲讽我吗?"

童明月"扑哧"一笑。

刚到家里。童明月弯下腰,帮她把换好的鞋子收进鞋柜里,说:"去换条裤子,看看膝盖有没有磕到。"

"噢……"许灿闻言低头看,牛仔裤的膝盖那块沾着干掉的泥水,脏兮兮的。

膝盖其实一直隐隐作痛,只是没有去管,就痛得不怎么厉害。提起来,就莫名其妙地更痛了。

她有点瘸腿地走到房间里换掉外面的裤子。牛仔裤贴着肉,脱下来时,她不停地倒抽着凉气。

感觉到膝盖肯定是磨破了。没想到还挺严重的,血凝在牛仔裤里没透出去而已。膝盖周围全是淡淡的血迹,伤口还在微微渗血。

许灿实在是没勇气穿上贴身的裤子了。她套了条半身裙,瘸着出去。

看了眼童明月,在厨房里,她迅速地溜到客厅,想自己赶紧涂点碘伏裹起来说没事。

谁知道她一条腿半瘸不瘸的,脚步声有点太奇怪。童明月探出身来,看眼问:"腿怎么了?"

"没……没事。"她转身去找药箱,背对着童明月,语气尽量自然地说,"有点破皮了,我自己拿药水涂下就好。"然后赶紧转移话题,"我们晚上要不要去哪儿玩呀?"

童明月没理后半句,走过来:"给我看看。"语气还是很温柔的。

"看什么……"许灿下意识跟着侧过身去,不想让她看,"就是一点擦伤。"但没能躲过去。

童明月柔声说:"给我看看。"然后就从她的背后一手按住她的肩,另一只手稍稍撩起了她的裙摆。

许灿提心吊胆起来。

视线落到那处伤口。

"就是一点擦伤?"

不用看表情,许灿就知道她笑意收敛了下来:"你还不去坐下来吗?"

听她语气稍微有点冷冰冰,许灿就蔫厌厌,赶紧瘸着腿去坐到沙发上了。

果然,比起微笑脸,抽到生气脸的概率明显更高。

童明月从药箱里拿出一次性棉签和碘伏,走过来,看都没有看她,蹲下身来,只是拿着棉签默默地上药。

她一句话都没说,面上也没有丝毫笑意,紧抿着唇,浓睫投下深影如扇。

那时候她刚要下车,真的没有看见许灿是怎么摔的,以为她只是滑了一下,顶多手上蹭破点皮,没想到膝盖会磕那么厉害。

许灿缓了缓,讷讷地说:"我都摔那么惨了,你也不哄哄我吗?"

她垂着眼,看着童明月极轻柔地给她涂药水,软声说:"不哄就算了,还凶我。"

她鼓了鼓脸又道:"怎么那么凶呀。"

童明月动作顿了顿,抬起脸,目光竟有点委屈的意味:"很凶吗?

"这是我的心肝宝贝,谁许你这样磕磕碰碰的?"

许灿抿着嘴角,台灯的冷光照在她白嫩的脸庞上,眼里亮晶晶的,长睫颤了下。

许灿嗅到她发上的淡香,是木调?还是花香?喃喃说:"你怎么这么会讲好听话的?"

"我不是在跟你讲好听的话。"童明月闻言露出一个无奈的苦笑,捏了捏她的脸颊,象征性地惩罚,"是想让你长点记性。"

"噢,我又不是想摔跤才摔的。"许灿笑着,下意识地嘟哝,心底发觉自己在她面前越来越爱撒娇了。

"但你是想淋雨才不带伞的,"童明月拉开些距离,手指抬起她下巴,有点头疼地微蹙眉,"还是怪我没有办法经常来接你?"

许灿忙举手,放在太阳穴边做发誓的手势说:"没有啊,就是伞还要折好放包里,还会弄湿……"嫌麻烦。而且周围的 E 国人基本都不拿伞,戴上帽子就走的。

许灿停下话来,忽然笑了,郑重其事地保证说:"好啦,我以后都会带着的。"

"乖。"童明月弯着眼眸,揉了下她的头发。

本来童明月打算晚上带她出去玩的,由于许灿"腿脚不便",只好待在家里看电影了。

许灿坐在书房的小沙发里,挑片子。童明月在回复工作的邮件。

她选好,抬头见童明月的邮件还没有回完,随手拿起手机,发现进了个郭晓雅的视频通话邀请。反正闲着也是闲着。

许灿插上耳机,接起来,小声"喂"了下。

郭晓雅圆润的脸庞映入眼帘,她抬眼看下许灿和屏幕,然后飞快地往后,调整手机的角度,还给自己加了个美颜相机的特效滤镜,才放心地说:"喂!"

许灿好久没看见她了,笑着说:"怎么啦?"

"没怎么,就好久没见到我们小仙女的脸庞啦,我想你嘛……"

有一搭没一搭地闲聊着。

郭晓雅聊到跟自己男朋友的事,又关心道:"你跟童教授最近有联系吗?"

许灿蒙掉了。后知后觉,自己学业方面事情多,成天又忙又快乐的,一天天时间过得飞快,这件事,竟然忘记跟郭晓雅交代下了。

两人互相望望,半晌无言。

郭晓雅见她表情不对,觉得自己可能说错话了,忙柔声转移话题说:"你今天吃了什么呀?"

许灿咳了下说:"……我跟她住在一起了。"

"什么?"

许灿看眼近在咫尺的童明月,稍微大声些,万分得意地说:"我跟童明月合租！"

她跟童明月对视一眼。童明月边打着字，垂眼笑，没有说什么话。

郭晓雅沉默了会儿，担心许灿会不会是周围全是大牛，导致学业压力太大……她忧心忡忡地说："灿灿，你要知道你是在最好的那批学校里，如果觉得自己……"

许灿在想，该怎么样跟她讲讲清楚。这说起来有点话太长了吧。

她于是清清嗓子，软软地叫了下童明月，然后手机镜头调成几秒的后置。

童明月微怔，从电脑屏幕里抬起眼，弯着唇笑，应声："嗯？"

许灿："没事儿，你忙。"

她把镜头调回来，想了想，还没开口说话，就看见郭晓雅眨眼频率有点快，脑子还没反应过来，她压低声音问："你现在是在童教授办公室里？"

"不对啊那你刚刚叫她啥？"

"怎么回事啊？等等等等……"

许灿见她明显错乱的表情，有点小愧疚地抿了抿唇。

默不作声，等着她自己理清思路。

郭晓雅："怎么回事啊你！许灿？"

郭晓雅错愕许久，尖叫了半天后，不知道是哪口气转了个弯。

她脸都气红了："你你你……你连你那破实验室里的博士生找到女朋友都告诉我了，自己跟童教授住在一起，那么大一件事情！瞒着不说啊！比我这里刚才地震还严重的事——"

"你那儿还地震了？"许灿赶紧地打断她问说，"那你……你没事吧？"

郭晓雅："这有什么大不了的！"

郭晓雅："许灿你还有没有点人性？你不知道我……"

许灿被她一口气数落了足足五分钟，完全插不进话。单方面接受她时不时地尖叫，时不时批判。

许灿神游着，看见童明月刚把电脑合上，完成工作的模样，她旋即把耳机线拔掉，声音外放出来："……说好一起当新奥尔良烤鸡翅，你却当了麦辣鸡……"

许灿抬起脸来，指指手机，告状说："她骂我辣鸡。"

童明月挑眉，站起身来，唇边衔着淡淡笑意，挺温和地问："郭晓雅吗？"

郭晓雅不敢置信她竟然当面告老师。

顿了几秒，她从手边拿起刚吃完的巧克力包装纸，攥在手心里，揉出细碎哗啦的声音。然后，语气变得特别谄媚地说："喂……喂……听得见吗？我这里刚地震过啊，网不好啊，哈哈，刚刚你有说什么了吗……"

许灿见她脸色变得实在快，有点叹为观止，问道："您还有什么疑惑吗？"

郭晓雅边乖乖地说："我有什么疑惑呀……"

边打字骂她："告状精啊你！"

许灿嗤笑，回复："你干吗怕她呀，你不是从来都不怕老师的吗？"

郭晓雅："我们以前不是说过了吗！"

郭晓雅："她看着挺温和的，可就是有种笑里藏刀的杀气。就是电视剧里那种，一面各种端庄大气谦逊，一面转头吩咐属下把人咔嚓掉的感觉……"

郭晓雅垂着睫毛飞快地打字："当然我绝对没有说她不好的意思啊！"

许灿扬唇，抬眸看一眼童明月，低头打字反驳郭晓雅。

童明月见状，站起身拍拍她脑袋说："想吃樱桃还是橙子？"

许灿："橙子！"

童明月应了声，走出书房，把门带上了。

郭晓雅终于憋不住开口说话："许灿啊，你怎么回事啊，你刚刚是不是还使唤我们童教授了？"

"还有还有，你现在讲话的语气也软太多了吧。"

许灿："我没有……"

"什么没有啊，"郭晓雅瞪大眼睛，拍拍桌子感叹，"我以前以为，你们如果能住在一起，肯定会是你来端茶倒水伺候'女神'的啊！"

许灿："我——"

"这先不管，"郭晓雅打断她，快速地换话题，"你们到底什么时候住在一起的?"

许灿先抿唇笑了会儿,才答道:"我刚到这儿的那天,就……就还挺顺理成章的。"

郭晓雅又痛骂她五分钟:"那么早的事情你到现在才跟我讲,不是人——"

许灿默默笑着,没说话,心想,自己最近说话好像确实语气变软一些……

是受她的影响吧。

郭晓雅骂完,又从头到尾问清楚事情,感叹说:"我就知道,童教授果然偏心你,口红那时候我就感觉到了。"

许灿惊讶:"你感觉到什么?"

郭晓雅用力点头:"她对你很好呀!不然你怎么会那么顺利的?"

许灿:"我之前哪里顺利了?"她一直把童明月对她的特殊,归因于她们在高中就有过一段时间的相处。而郭晓雅不知道有这件事。

"嗯……估计我们童教授太正直了吧,我要不是知道你有多崇拜她……记得我大一跟着邱伟去陈伟军的办公室拿文件,被他叫声美女,恶心好久!老师就该把学生当晚辈嘛,什么美女,哕!"

许灿:"……"

"扯远了!"郭晓雅弯着手指,叩叩桌子,"我就是想说,我们童教授可是人民教师之模范,很有师德的,所以你跟着她出国的事,她估计偷偷乐疯了。"

许灿抿着唇笑:"你说得好好玩,哈哈。"

"哈你个头!"郭晓雅又凶她一句,很快脸色缓和地说,"那你们现在相处得怎么样啊?"

许灿:"一起吃饭,看电影?"

郭晓雅:"……"

"哎呀!你个就会读书的大傻瓜!"

许灿:"……你以前借我笔记的时候可不是这么说我的。"

郭晓雅置若罔闻:"'学习资料'!"不自觉地提高音量。

书房门打开,童明月端着水果和饮料走进来。

郭晓雅还在滔滔不绝地讲着。许灿瞬间心虚了一下，先手忙脚乱地插上耳机，反应过来不自然，飞快地挂断了这个视频。

书房里顿时安静下来。

她听见……了吗？

许灿干咳了下，装作自然，笑着试探说："郭晓雅说她那里买包貌似挺便宜的，呵呵。"

童明月闻言扬唇，手里的东西放下来，唇角带着似笑非笑的弧度。

许灿："……"

她肯定是听见了！

03

童明月温声问："挑好要看什么片子了吗？"

"嗯，"许灿有点自暴自弃地仰脸，嘟哝道，"挑好了……"

童明月笑了笑，端端地走过来，在她身旁坐下时又笑了下："好，那放吧。"

许灿轻哼，没有说话。

许灿挑的是部国外的文艺片，只是海报看起来不错。

片子没什么名气，本来以为是那种可看可不看的放松片。十几分钟后，情节忽然变化很快，清新柔美的滤镜，挺揪心的剧情。

许灿认真看着，余光瞥着身旁的童明月，悄悄靠过去一点，然后继续安心地看电影。

本来小沙发坐两个人是绰绰有余的，但她这个身体斜着的姿势，保持了一会儿，就感觉不太舒服了。

许灿重新坐直，过了会儿，又想再蹭过去点。

童明月忽然靠过来，侧了侧身。

许灿："……"

童明月的手臂轻轻交叉着，带着明显的笑意说："这样可以了吗？"

许灿顿时脸红了下，抿住笑，露着酒窝没有说话。

屏幕上电影的光映入眼底，不断变化着。刚刚还觉得有点揪心的场景……可她已经完全静不下心体会主人公的复杂情绪了。

过一会儿,许灿感觉到什么,垂下眼,语气低低细细地说:"那个……我顺一下裙子。"

童明月低头,发觉小姑娘的裙子还皱着裙摆。

膝盖往下的中长裙顿时变成了迷你裙,露出半截白皙光滑的大腿,右腿膝盖裹着纱布。

童明月下巴轻碰在她的肩窝,并没有松开她的意思。长睫毛微垂,她就这样,伸手去帮她理顺被压皱的裙摆。

许灿呼吸微顿,背稍稍往后靠都不太敢。脸庞强装镇定地朝着前面。

电影已经彻底沦为白噪声。

童明月很快帮她整理好裙子,短促地笑了声,然后侧过脸,睫毛微敛,抱住她,没有再说话。

电影里,不知道为什么就开始放男主人公结婚了。

许灿扬着唇,傻乐傻乐的,无意识地笑出声来:"嘿……"

童明月也跟着弯了下眼,柔声问:"怎么了?"

"没什么,"许灿顿半秒,扬着唇敷衍地回答说,"这个剧情挺好玩的。"

童明月:"……"

许灿说完,抬眼一看,发现男主人公刚离完婚,颓废地走在路上,慢镜头,特写绝望无助的表情。色调也是黑压压的。

怎么回事,他刚不还在开开心心地打架子鼓玩吗?

夜里。天边的月亮只有薄薄的一块,在夜空云翳里隐着,淡淡清辉洒落。窗外下起了小雨,片刻后,雨势越来越大,淅淅沥沥地敲打着窗户。

许灿做了个噩梦。那梦实在可怕,她刚醒,好久都分不清现实与梦境。

回过神,长睫眨了眨,眼泪顺着落下来。她捂着脸低声啜泣。

童明月被窗外的大雨吵到,还没有睁开眼,听见身旁人竟在若有若无地抽泣。

她心里一惊，睡意很快消失，柔声问："怎么了？梦见什么不好的事了吗？"

许灿"嗯"了一声。

童明月哄着她说："不要紧，梦都是反的。"

她又问："是什么不开心的事？"

"我梦见……"许灿开口刚说几个字，就停住。

喉头哽了下。她把脸凑近童明月，半响后才很轻很慢地说："你说，你要跟别人结婚了……"

"问我能不能祝福你。"她的语气很迟疑，声音有点哑哑的。

她的情绪还沉在那个梦里，惶恐地、带着不讲理埋怨她说："你怎么可以这样啊……"

心因不安而跳得很快。梦里那种真实的窒息和无助感，现在还让她心脏抽疼。有点呼吸困难。黑夜里，眼眶无声地湿润着。

许灿极力忍着不许再哭。多大年纪了，竟然还在为做噩梦而哭鼻子。顿了顿，她也没再具体描述那个梦的细节。

童明月的手有一下没一下地抚摸着她的后背，动作很温柔，语气却很严肃地说："这是不可能发生的事。

"你如果为了这种不可能的事情难受，我会生气。"

许灿很乖地、轻轻地"嗯"了声，哑声说："好，我知道了。"

童明月揉了揉她的发顶，手继续轻轻拍着她的后背："乖。"

过了很久，许灿在她的怀里渐渐有了困意，蹙着的眉松开了。

心里平静下来，头顶忽地传来童明月的声音。

她语气浅淡，透着思索后的温和："……元旦前，我手边的事情正好差不多结束。

"灿灿，过年跟我一起回家好吗？"

"好啊。"许灿先应了。等这句话过了脑子，才反应过来。她眼睛睁开，睡意顿时消失大半："是……是哪种方式的回家啊……"

"飞机，"童明月明知她想问的是什么，偏偏认认真真地说，"邮轮太慢，至少要半个月吧。有点来不及。"

许灿嘟了下唇，哼唧着："……坏人。"

深夜里只有雨打窗的声音,梦里的负面情绪和那些细节,不过醒来片刻,她就快要忘得干干净净了。因为身旁人的存在是如此真实。

许灿被她抱着,安静片刻,忽然借着夜色半撒娇着问道:"你是不是早就看出来了?"

童明月迟疑了下说:"能感觉到。"

"果然,"许灿仰脸笑说,"那具体是怎么看出来的?我还以为自己藏得挺好呢。"

童明月伸手,指腹轻点在她的眉骨处,低声笑道:"是你的眼睛告诉我的。"

许灿没说话,顺着握住她的手背蹭了蹭,扬着唇问道:"华华,那你是什么时候开始留意我的呀?"

童明月听她自自然然的称呼,弯了下眼眸,犹豫片刻,轻声坦白:"我一直都很关心你啊,你是好学生。"

许灿长睫眨动,脸颊边的酒窝时隐时现。

许灿大脑缺氧的时候还能想起来,语气软得不行:"不是啦,是……"

童明月似乎认真思考了下,静几秒,勾起她的长发绕在指尖,语调带着几分笑意,却很认真:"那大概是……发现你的心思的那刻起。"

许灿抿着唇,忍不住溢出来的笑意:"总是拿好听话哄骗我!"

"我不否认哄,"童明月眼带笑意,手揉了揉她的发顶,严肃地说,"可骗是绝没有的。"

夜色沉沉。

许灿微闭了闭眼,她最近早起晚睡操心着实验数据,其实已经很困了,但还不太情愿睡去,有点小任性地说:"那你再哄哄我,给我唱首晚安曲好不好?"

"好,"童明月捏捏她的脸颊,语气宠溺,"有什么不好的呢。"

许灿乖乖地闭眼。

童明月想了会儿,用压得极轻的声音唱着:"Just think of things like daffodils..."

声线平缓温柔。

许灿酒窝深了深,闭着的长睫轻轻颤动下,没有说话。

这是两三年前,她第一次哄她睡觉时给她唱的歌。

那时候是许灿的十八岁生日,她小心翼翼许的愿望,是听她唱歌。

童明月还跟那时候一样,并没有只挑一小段唱,而是认认真真地用温柔到不行的语调,唱完整首歌。最后几句渐渐变得轻又轻,温声笑:"睡着了……吗……"

许灿乖巧地闭着眼,没有说话。

静了片刻,一个温柔的声音出现。

"Goodnight, kitty(晚安,猫咪)。"

翌日。

许灿把文章交给导师,于是开开心心地结束手边为期两个月的任务。虽然只能闲片刻,但也很满足了。

正拎着包准备走人,导师让身边的学生跑腿,要把文件送去给隔壁实验楼里的某个教授。许灿听见东西送去的是哪里,顿时非常积极地回来,代接了这个任务。

那间实验室的旁边,就是童明月工作的实验室。

她很快送完该送的文件,往前走,来往都是相关课题组的人,有些是许灿认识的,她怕要跟别人打招呼会很麻烦,就垂下脸,靠着墙壁走,自自然然地走到童明月的实验室前。

透过玻璃,许灿往里一眼就找到童明月在哪儿。

她刚做完实验的样子,慢条斯理摘下手套,目光望着数据,有些反光的镜片遮挡住眼底情绪。

许灿已经很久没见过她在实验室里的模样了,忍不住掏出手机,打开相机功能,隔着玻璃,偷偷地拍了张照片。

她穿实验服的样子难得见到。扣子明明白白一丝不苟地全部扣好,普普通通的白大褂,却比时尚杂志封面上穿白风衣的女明星更加有气质。

从领口隐约能看见里面穿着的蓝衬衫,衬衫的扣子也是一丝不苟的。

许灿按下快门时,她绾着发,低头往下解开白大褂的扣子,正要往外走,似乎察觉到什么,微微抬眼。

许灿迅速转过身，把手机塞回去，装作一般无关人员似的，大步走掉，还在墙后躲了几秒，仿佛偷偷摸摸潜进来的可疑人员，就不让她看见。

走出这栋实验楼，她拿出手机，对着偷拍到的童明月的照片傻笑着。忽然收到一条消息。

许灿随手点开来看。

童明月："拍得好看吗？"后面跟着一个微笑的表情。

许灿看见那系统默认的黄色表情，那个眼珠朝下，没有任何笑意的嘲讽"呵呵"笑脸。下意识被吓了一跳，旋即无奈地笑。

等回家，真的一定要教育她，这个表情可不是表达非常友善的意思啊！

刚刚果然被她看见了。

人被看见就算了，可她收起手机速度那么快，怎么也能发现？

许灿扬着唇回复："不是特别好看。"

许灿："还比不上真人十分之一漂亮。"

发出去就发觉很奇怪。

许灿："不是啦，也没有拍很丑。"

许灿："我的意思是……"

许灿："好吧，我果然就是没你会说话……"跟着一个发怒的表情。

童明月刚从实验室里出来，看着消息，不禁扬起唇笑了下。

怎么说着说着还自己别扭起来了？她走到转角处，就看见停在门前，低头继续发消息的许灿。

许灿："大概什么时候出来呀，等你一起吗？"

许灿："……可你为什么，那样都能注意到我？"

童明月看完消息就把手机随手放进了包里，弯着唇角，悄悄地走过去，从身后忽然轻搂住她的肩。

许灿惊了下，扭过头——

"为什么能看见，"童明月凑在她耳旁，语气一本正经地回复说，"大概是，余光都对你设置好了特别关心吧。"

话落，自己又不好意思地转头笑了下。

04

早晨八点半,凉风习习,一阵风刮过,地上的树叶随着尘土打起了旋子。

后天就要回国,许灿大早上还出门临时给老板送改完的报告。比预计的早弄完,提前从实验室里出来。

天色灰青青,路两边的草坪仿佛还凝结着露珠。

考试周,本科生们都按规定穿着黑衣正装,打着整齐的领带。

迎面走过两个高挑儿的小姑娘,说说笑笑,打扮精致动人,纤细的双腿包裹在黑丝袜里,踩着亮亮的牛津小皮鞋。弯弯眉眼都洋溢着青春的美丽。

许灿多看一眼,心想,自己如果念的不是两年制的研究型硕士,本来今年就可以毕业的。

研究型硕士是两年的学制,为将来要继续读博士、走科研路的学生准备的,很适合许灿。但她选这个最根本的原因,还不就是童明月要在这里工作两年。

学期结束啦。许灿心情很好地扬着唇,视线回到远处,越过众人,忽然在灰蒙蒙的远处瞥见一道身影。

童明月穿着黑色的风衣,风姿绰约,衣服摆在空中的弧度都透着股从容气质。往这儿走过来时,抬手撩了下耳边侧分着的长发。乍一看,她跟周围正准备进考场的本科生没什么差别。

童明月在跟许灿目光对视上的那刻,眼角弯了下。

"你怎么来啦?"

许灿不由自主小跑两步过去,在童明月面前端端停住,眸光上下打量着她,无声地笑:"怎么穿成这样?"

她轻哼说:"又不是我们学校的学生。"

童明月低头看一眼,也笑,反应过来这件衣服跟这儿的学生穿的黑袍确实有点相似:"不知道,下意识想跟早晨出门的某位配一些吧,省得她张望别的小姑娘。"语气正正经经的。

许灿反应了下,她刚刚确实有伸长脖子多看了两眼路过的本科生。

阳光穿过薄薄的云层透出来,亮得不杂一丝尘埃,光把建筑物带出一线立体的阴影,看上去那么可爱。两边草坪都愈加茵茵。

许灿蹭过去,风衣宽松的袖口半遮掩着两人牵着的手,笑得眼角弯弯:"我没有看别的小姑娘,多看一眼路人而已。"

"噢。"童明月握着她的手,觉得有点凉,自然地把她的手牵进衣服口袋里焐着。

"教授还有没有别的事情了?"

"没有了,他还夸我……"许灿突然想到什么,扭过头,表情认真地说,"你是不是跟他说我什么了?嗯?"

大概是要过节了,导师非常开心,难得地把许灿从头到脚夸了一遍。又是聪明伶俐啦,又是才华横溢啦,又是耐心细致啦,许灿听得万分惭愧。

他还突然感叹着说了句,完全没有辜负他本来对她的期待。

许灿本以为他是指任教授给她写的那封推荐信和黄教授的邮件,可他后来还提了句说童教授也很欣赏你。

许灿开始听的时候没觉得有问题,现在忽然察觉有点奇怪。她凝视着童明月,怀疑地说:"你怎么还跟我老板夸我啊,说什么了吗?"

那还是许灿来这儿之前的事情。

开完会,童明月听见他们在讨论今年准备收多少学生,又收到了多少学生的套磁邮件,还有群发的,就插话问了句,有没有很优秀的学生。

教授们都讲了几个印象深,很有意向收的。有个教授提到了许灿。

童明月微挑眉,带着少许惊讶说,她曾非常想收这个学生当自己的研究生,可是被她拒绝了。

还说,对这件事自己原本是有些耿耿于怀的,现在知道她意向的导师是这样优秀的科学家,那也能释怀了。

她这无比自然、简简单单的一两句话,教授听得连连点头,强撑着表面平静,还说:"哦?真的吗?"可嘴角都快咧到耳后根去了。

童明月记起来,抬眼看着边上的建筑物,无比自然且淡定地说:

"我跟他又没有那么熟悉,夸他的学生做什么?奇奇怪怪的。"

许灿:"也对哟……"

回家路上。

许灿扣上安全带时,突然想到说:"我那很厉害的师兄,居然还是某个基金会的继承人。来读博貌似纯粹为了找项目,结果说不定就能随手拿拿诺贝尔奖……"

许灿的课题组里的博士们全都是大牛,那师兄高中就拿了好几个竞赛金奖,还代表国家队去参加某某比赛,世界第二。

然后来这实验室碰见了当时那个世界第一。

那世界第一的师兄是 E 国人,不但长得极其俊秀,还早早就有个物理博士的头衔。毕业后对新材料感兴趣,随便来多修一个化学博士。

明明大家都是同龄人,许灿却还在读硕士。

许灿以前也算学业一帆风顺,总被人说是小天才。高考后,就清楚知道了人外有人的事实。她对科研是真的很有兴趣,也确实有学术天赋,本以为这点还是拿得出手的,但前几天这位师兄路过的时候,随便替老板指导了下许灿的实验,她竟然真的有被点拨到,于是切切实实感受到了天外有天。

童明月轻笑:"诺贝尔奖可不是那么好拿的。天资聪颖的人不少,拿这奖的能有几人?"

"哎,可他真的超厉害,"许灿感叹说,"前段时间还拉到了几千万元的资金,哪儿有博士生能一边搞科研一边拉赞助的……"

许灿之前就跟童明月说过几次这个厉害到特别传奇的师兄。她满心觉得,这人再过几年是绝对可以拿诺贝尔奖的,而且说不定物理和化学能够一起拿。

许灿说了半天,最后总结着感叹一句:"反正,能跟他同组我就挺满足的了。"

童明月手指轻叩了下方向盘,看她一眼,表情温婉、语气平和地说:"好吧,你师兄全世界最厉害了。"

许灿反应过来,努力憋住笑意,面无表情且不知死活地说:"对呀。"

童明月顿时冷脸,没有再说什么。

车继续往前开。

许灿没忍住,"扑哧"一笑。

童明月:"……"

到家,许灿刚进门就习惯性地仰头看她。

童明月捏了下她的脸颊,目光带笑,停留在她嘟着的粉唇上,唇角的笑蔓延上来,又顿住,转为似笑非笑的,冷哼下,把包随手放下,忽然转身就往书房里走去。

"欸。"许灿花了几秒,才反应过来是怎么了。

她赶紧追上去,从身后抱住她,扬着唇角嘟哝着笑:"那么小心眼的呀你?"

童明月:"……"

"我师兄虽然又帅又有钱又有能力,但我一点儿也不嫉妒他。"许灿用下巴抵在她肩窝处,边笑边说,"他上个月跟他对象复合啦。而我,嗯……就算他得了几百个诺贝尔奖都没有我优秀……"

童明月:"对象?"

许灿"嗯"了一声:"不过他对象也挺好看的。"

童明月弯了下唇,正要说什么,身体刚转过来。

许灿的手就轻抓住她的风衣领口。

童明月穿衬衫总是扣到最上面,不露多少颈项。

"姐姐……"

许灿平时喜欢强势地叫她,实则软软的。

童明月都会很宠溺地应。

长睫下,漆黑的眼眸一眨不眨地看着她。

05

中午的阳台一片亮光。几片堆在天边的云朵泛着丝绸般的光泽,楼下邻居装饰好的圣诞树挂着铃铛,在寒风中发出清脆悦耳的声音。

想到马上就要回国，许灿心里像被一根看不见的线提着，表面很平静，内心却紧张得有点急躁。

"怎么啦？"童明月见她表情还是有点蔫蔫的，走过来搂住她的肩，十分包容地说，"要不回去玩一段时间，别见他们了？"

许灿苦着脸："怎么能不见呢！多没礼貌呀！"

她的脸埋进童明月的肩窝，静了片刻，软软地说："……紧张死了。"

"没必要紧张。"童明月语气带笑，却又很认真地说，"无论是谁都会喜欢你。"

许灿失笑："你是什么眼镜镜片……"

童明月只是一五一十，很普通地跟家里说了，本就想简单交代一下的，却又在章光遥打破砂锅问到底的越洋电话里，仔细说了说将要带回家的小姑娘是什么样的人。

许灿做了那么久的思想建设，真到登门拜访的这天，依然紧张。

电梯间里，她抿着唇，有点严肃地发着呆。

童明月看着电梯镜子里的许灿，唇角微提。

没转过脸，只是抬手在她眼前晃一晃："回神啦，芝麻开门。"

下一秒，电梯门开了。许灿还紧张着，就被她逗得眼尾弯弯地笑。

这人怎么还会讲可爱话……而且还土土的。

童明月去牵她的手，走出电梯时温声说："吃顿饭而已，别紧张。我就在旁边啊。"

嗅到她身上熟悉的淡淡香味，许灿弯着唇轻"嗯"了下。

门铃刚按下去，很快有应声。

章老太太脸上挂着客气的微笑，打开门，目光望见许灿，先是往后瞟了眼没别人了。

她笑容微僵了下，像没反应过来："进……进来吧。"

第二次来。不光许灿是完全不同的心态。

童老教授这次没系机器猫的围裙，穿得挺严肃的，关了火，从厨房里出来看一眼，也有点没回神似的，看眼自己老婆，又看眼童明月："这是……"

"许灿，"童明月牵着她的手一直没松，清淡地介绍说，"之前她来过的，忘记了？"

"怎么会忘记呢，那么漂亮的小姑娘。"章老太太上下打量着她，笑说，"是不是还长高了？"

上次是很热情，也很普通的。这次气氛完全不同，带些错愕。当然也很客气的。

把她带到客厅里，招待茶，打开电视机，然后不着痕迹地把童明月拉到厨房里。

许灿一个人坐在沙发上，电视机的声音遮盖了厨房传出的绝大部分说话声。但她竖着耳朵，还是听了个七七八八。

"你是说了，可没说是你自己的学生啊！"

"什么，不是你自己的学生？"

"那还好还好……"

"还好什么？"

许灿眼睛映着电视机里的画面，一帧一帧，认真地看着。实则竖着耳朵，伸长脖子，身体都不自主地快站起来了。

她偷听半天，简直怀疑自己是不是听错了。

过片刻。童明月刚走过来，身后章老太太也后脚跟过来，温柔地喊说："来，来吃饭了！"

许灿忙应了声，站起身。她也想去厨房多少帮忙端端菜，却被章老太太一把拉住："来这儿坐着。"

"今天有鸡头米，跟虾仁一起炒的，还有太湖三白，不知道老头子做的跟你在自己家里吃到的像不像啊，没有让老头子做辣的菜……"

她报着菜谱，童老教授边把菜都端上来。

"看看这次的菜还合不合胃口。"

许灿还没说话，童明月就把碗筷和杯子拿过来，说道："妈，你自己坐到那边去。"

餐桌是近正方形的，一面靠着墙。同边只能坐两人，章老太太如果拉着许灿就那么坐，童明月只能跟她分开来了。

章老太太顿了顿，抬眼白她一眼。童明月默默跟她对视。

"好好。"章光遥无奈地站起来，给她让开位置。

童明月面不改色，施施然地坐在许灿身边，把许灿的杯子拿过来，倒好饮料。

许灿双手捧着玻璃杯，有点不太好意思地轻声说："我自己会倒。"

"嗯，"童明月继续把饮料瓶放在自己手边，笑着说了句，"你真棒。"

许灿："……"这不是想让你夸一句的意思啊！

饭桌上，他们对童明月基本冷脸，却对许灿特别和颜悦色、关怀备至。

自家女儿带回来个那么水嫩嫩的小姑娘，父亲母亲的心情在百般复杂后，对许灿的态度就有点像带着心虚意味的补偿式加倍疼爱。

"这个吃吗？"

"噢，那个菜今天烧得不太好，烧到一半了才看见料酒用完了。爱吃下次再烧啊。"

许灿边低头吃着菜，边各种乖巧甜美。什么菜都好吃，也当然是什么菜都喜欢，有点受宠若惊的样子。渐渐吃得比平时多了很多。

童明月瞥瞥她，突然很自然地伸手把许灿的碗收走："好了，去玩吧。"随口说："她吃这些够了。"

章老太太愣了一下，关心地问："吃这点就饱了吗？"

许灿晚上胃口很小，但九点后又很容易饿。平常在家，童明月都是很迁就她的，先吃少点，晚一会儿再吃。但现在又不是在自己家，许灿当然觉得普普通通地吃饭就好。

许灿略迟疑那么半秒："嗯……嗯……饱了。"

她那一犹豫，被章光遥理解为根本还没有吃饱呢。

"碗放下，"章老太太有点生气，抄起筷子往童明月手背打了下，"你是……是那谁，就还有资格收人家的碗了吗？"

童明月："……"

其实打得不轻不重，但筷子拍在手背上发出的声音很大。

许灿一惊，忙把她手握过来。

童明月的皮肤白细，手背很快就浮现了一个红印。

许灿看见了，心疼地皱眉，脱口而出："我有没有饱就是她说了算……"声音没敢很大，低低的，却带些下意识的抱怨。

章光遥跟童建军都微愣怔了下。两人互相望一眼，没有说话，无奈地摇摇头，可脸上的笑意越来越浓。

童明月扬着唇，忍不住笑出声来，反手握住她的手说："好。"

许灿反应过来后，脸有点烧。

吃过饭，童明月又被父亲叫去书房里。

经过一番严肃的问话，童老教授把那顶古旧的布帽重新戴上，稍松口气："闺女，我知道你是认真的。那小姑娘也是。从第一次来，到今天……她是个坚定又有勇气的小姑娘。你要好好保护她。"

童明月："我会的。"

章光遥拉着许灿问东问西半天，不知什么时候，就自自然然地改口叫她闺女了。

许灿愣怔几秒，但嘴上和脸上表现得一点也不含糊。

"哎呀你是不知道，华华她哥来跟我抱怨，说她难伺候得要命，那个项链，她让人家设计师草图就改了十几遍。

"完了还不怎么满意，最后自己练了几天素描，自己画好的草图。"

许灿眨眨眼，反应过来她在说什么后，只"嗯"了一声，心头咚咚地跳起来。

章光遥话痨，也不需要她怎么搭话，絮絮叨叨地说："你们准备出国是吧？华华说要听你的意见。"

许灿："……"

"其实，我跟老头子都没意见。都听你的意思。你们这些小年轻都不喜欢应酬，我们这些老——"

"妈……"童明月刚从书房出来，就听见章光遥拉着许灿唠唠叨叨像是把所有话都说了，她无奈地打断说，"刚才都说什么了？"

"什么说什么了，我问问你们的计划啊。"章光遥翻个白眼，不理她，继续拉着许灿的手说："定好地方了吗？还是喜欢别的地方？"

许灿："我……我还不知道呢。"

章光遥终于反应过来，看着不远处面沉如水的童明月，愣了愣，扭过头，讪讪地对许灿笑了下："没事儿，呵呵，看我瞎说半天……没事儿啊，你就忘了吧。"

许灿喉咙微动了下："……"这能忘吗？！

章光遥站起身，嘴里还不轻不重地嘟哝着说："还磨磨蹭蹭的呢？自己一大把年纪了。什么人啊……"

童明月离得又不远，每个字都听得清清楚楚："……"

章光遥跟她擦肩而过，往厨房里去了。

童明月外套口袋里的礼物盒藏了大半天，就等晚饭后，带她去散步时，在泊秦湖那边，自然又不失惊喜地送给她。谁知道章老太太，这一眨眼的工夫，全都大嘴巴提前说完了。

童明月目光闪烁了下，走过来，决定趁这个惊喜还没有完全消失掉，先柔声问："灿灿，都知道了吗？"

这话有点没头没尾的。许灿从刚才的愣怔中回过神，抬起脸，连连点头。眼眶浮现一层泪意。

童明月眼里笑意深深，握她的手。

老太太在厨房里不知道忙活着什么，童老教授在书房工作。

阳台的窗户开着，往里吹着风。不知名的虫子在外嗡嗡叫着，又很快噤声。楼底下的香樟树枝繁叶茂，一点点微风就摇曳不定，沙沙作响，风停，树也无声。

童明月就在这个客厅，很普通地从口袋里拿出礼物盒来。她脸上的微笑还是一如既往地端庄且从容，扬着唇，语气是想要刻意控制得不急不缓的沉稳。

可开口，竟难得透着些微紧张。

"灿灿……"她想了想，最后什么复杂的话都没有，只温声说了句，"等到你毕业典礼那天……"

06

两天后，许灿非常含蓄地跟郭晓雅和徐倩雯汇报了下自己很快要跟童明月去国外的事。

她说得再委婉，也抵不住这消息太轰炸。

徐倩雯说她要缓下心跳。郭晓雅当即表示自己要飞回来。

郭晓雅说一不二还急性子，人还在国外，直接跟教授请了假，订张机票隔天就飞回来了。

许灿被逮到咖啡店里，听着郭晓雅各种刨根究底的问题。

她语气八卦，情绪还不太稳定："给我讲讲过程啊！你为什么总是那么概述，我要听细节，具体到她那天的每个眼神。"

许灿小心翼翼地说："你这是不合理要求，我又没有超忆症。"

郭晓雅："超忆你个大头鬼！"

郭晓雅："细节缺失部分拿你的想象补足。"

许灿转移视线想了想，思忖半晌，抿唇羞涩地轻笑了下："我……不告诉你。"

郭晓雅眼神瞬间变得很凶恶："……"

许灿赶忙把她面前放刀叉的餐具筐拿远，抽出旁边的菜单，重新递上："蛋糕快吃完了，再多点点，我买单我买单，多点点。"

郭晓雅怒道："我吃不下了！胃已经给你气饱了！"

许灿笑得满脸无辜："没事儿，不都说女人还有一个别的胃，专门装甜品的。"

"瞧瞧您，说的是人话吗！"

徐倩雯从小都是差生，在老师面前习惯自动降低存在感，万分乖巧，天生就是有点怕老师的那种性格。

郭晓雅没心没肺，跟大多教授都可以嬉皮笑脸，但对童明月，莫名有种说不出的憧憬敬畏。

她们都想见见许灿身边的童明月童教授是什么样的，又不太敢直面而上。

一合计，搞了小聚会，带上各自的伴侣总共六个人。她们俩问了下许灿，童明月哪天有空，就直接敲定了。许灿完全没有发言权。

她这种对朋友汇报进度严重滞后的行为，被捏成小把柄，在轮番的祥林嫂式抱怨之下，许灿最近在她们俩面前简直毫无地位可言。她们说啥就是啥了。

晚饭安排在气氛不错的新餐厅，光线昏暗浪漫，店里还有乐队演奏。俩男生见面没多久，就很快混熟了，勾肩搭背地坐下来。

点完菜，郭晓雅问，女生要不要也开瓶酒。徐倩雯表示没有意见。童明月看她们都挺想喝的，看着酒水单，挑了支还可以的红酒。

葡萄酒端上来，许灿看了一眼瓶身，顺口插了句嘴说："这个Spatlese是晚摘酒的意思。"

郭晓雅："哦。"

徐倩雯也不感兴趣敷衍："嗯……"

童明月笑着应声："晚摘酒甜度比较高，佐餐不容易出错。"

郭晓雅语气陡然积极："原来如此！童教授懂得真多。"

徐倩雯变了个表情："我们之前都不知道！"

一顿饭，许灿对她们俩的狗腿程度有了深层次的理解。不管童明月说什么都能拍上马屁，从性格夸到知识，方方面面的。

吃完饭，服务员提议他们可以玩骰子。旁边就是酒吧一条街，这家餐厅存着跟清吧竞争的心思，极力推荐，并且拿来了骰盅骰子。

酒吧骰子的玩法有好几种，郭晓雅给许灿讲了讲，然后几个人准备玩。

她们故意想要"欺负"下许灿，还各自使眼色给自己的男朋友，想团结一致，把许灿灌醉了。

许灿本来就没玩过这种东西，并不擅长，手气不好，还被几个人围攻，报什么都让她开。

刚开头就喝了两杯，很快要喝第三杯。

许灿睨眼郭晓雅这个出头鸟，盯了几秒，想着算了，满足她的恶趣味也没什么，刚举起酒杯，准备喝掉第三杯时，童明月用手背挡了一下。

她举起自己的酒杯，笑着说："你们继续玩，我替她喝。"

郭晓雅和徐倩雯都噤声半秒，互相看看，这哪里还敢开开心心欺负许灿了？

许灿看她们脸色变化，笑眯眯地弯了弯眼，还颇有点狐假虎威的感觉,重新把骰子放进骰盅底下,用力晃了晃说:"又到我了。"

她当然不想让童明月狂喝酒,要求改规则:"玩简单的,摇到几个六,顺时针那位就喝几杯怎么样?"这样他们就没办法发挥人员优势针对她了。

男生面前是小酒杯,喝的白酒,那么一杯一小口的酒精含量,也绝对比女生的红酒高。郭晓雅和徐倩雯酒量都一般,许灿觉得她很占优势。

几个人思考了下很快同意了。

结果许灿高估了自己的运气,她连光摇骰子,都根本摇不到六。总共六个骰子,其他人摇到两三个六的概率还是挺高的,童明月一次就喝两杯。

许灿心疼了,不想玩了,小孩似的嘟了下嘴。

童明月看她有点气鼓鼓的,偏头笑,伸手亲昵地捏捏她的脸颊:"我替你玩好吗?"

许灿:"……好吧。"

许灿:"那我替你喝。"

童明月从她手里拿过骰盅和骰子,按住杯子,温声说:"你就看着,乖。"

许灿:"好吧……"

酒过三巡。饭桌上小兔崽子们一个个胆子都大了。郭晓雅正好手气顺,想着能把童明月灌醉也是件十分伟大的事情,有点跃跃欲试。当然没有表现出来。

他们捧着酒杯,认认真真地玩。一轮又一轮,直到童明月第三次随手摇到了六个六的豹子。

在场诸位静了静。她的下一位,要被罚酒的徐伟瞪大眼睛,把到喉咙口的脏话又憋回去,默默地举起杯子扎扎实实喝掉六杯酒。

骰子明明是很普通的那种,又不存在电控什么的,怎么会这么厉害?

郭晓雅跟徐倩雯也想不通,但震惊过后开始无脑吹捧童明月,夸她十项全能,天赋异禀,神仙下凡……

她们一人一句,接得顺顺利利一堆堆的词,许灿都完全插不上话。

童明月轻笑了笑，没有说什么。

继续游戏。

许灿看着对面人一杯一杯地喝，徐倩雯很快表示撑不住退出了，郭晓雅还挺着，过了几轮，她想着自己跟男朋友同时喝蒙不好办，就也退出了。

童明月几乎没怎么动杯子，想让他们怎么喝，就让他们怎么喝。

游戏玩得差不多了。

最后两个大男生都彻底喝醉了，满脸通红，手扶着脑袋发呆，进入思考人生模式。

许灿见她很有分寸，就没怎么拦着。结束时，看她也喝得不少了，只问："醉了吗？"

童明月轻摇摇头。

许灿好奇，伸手拿过那些骰子，在手里晃动着笑着问："你怎么每次都扔那么准？太厉害了吧！"

普通骰子按照材质不同，大概分成轻的和重的。摇骰盅前，先把要的点数朝上放。根据不同的骰子和骰盅摇动的不同的角度方向，就能大概率摇出自己想要的点数。

开骰盅的瞬间，再看眼还剩余几个非六的点，按需要用骰盅壁快速刮一下边边上的骰子，翻个面。只要先熟悉哪个面对应的是哪个面，手法练得快些，就能做到非常自然，了无痕迹。

至少糊弄一般人不成问题。

"忽悠人喝酒的小手段，"童明月手里的酒杯转了转，低声解释说，"不是什么厉害的，算出千。"

许灿下意识地弯唇，反应了半秒，唇角弧度又顿了顿，小声说："你懂的真多。"

骰子这种东西，喝酒的玩法，不都是酒吧里流行的东西吗？想到她在国外留学泡吧的年纪……许灿是在上小学，背着沉沉的双肩包，脖子上还戴着红领巾呢。

属于童明月的青涩岁月，肯定也稚嫩、张扬过，只是到底跟许灿没有关系。

童明月低头一笑:"那时候觉得好玩才学的,没想到……"

许灿:"没想到?"

童明月抬手腕,把杯子里的残酒喝掉,望着她静静地笑:"打发时间的东西,想不到有一天还能给一个可爱的小姑娘撑撑面子。"她语气随意,面上笑容却盈盈。

为了不让他们也听见,还刻意凑近,附在她耳旁说:"我今晚喝得还算比较多,回家可以撒酒疯吗,灿灿?"

轻轻的疑问语气,正正经经的,仿佛在认真征求她的意见。

许灿脑海里涌现当初自己装醉对她"耍流氓"的画面,登时脸红,觉得她故意揶揄。

童明月说完,轻笑着,又给自己倒了点酒,看上去心情很不错。

许灿后知后觉,去拦了下:"真的喝了不少了。别喝啦。"

童明月还没说话,旁边狗腿子郭晓雅听见了,"义愤填膺"地瞥她,批评说:"许灿灿,你管那么多。凶死了。"

"这都管。"徐倩雯点点头,也给她搭腔,"管东管西,真的是……"

许灿见她们脸上明晃晃的看热闹表情,无奈地抽唇角,凶她们一眼:"……今天差不多了吧。"

看了一眼醉得挺厉害的俩男生,她又问:"你们能把他们扛回去吗?"

"啊?"郭晓雅愣了下,"我们要扛什么回去?"

许灿:"……"

徐倩雯小声笑说:"男朋友呀。"她话落,伸手猛地击打徐伟的后背。一掌下去完全没有留劲,拍出巨响。

受到击打,酣眠中的小伙子立马精神地挺直身子,迷茫着脸看看周围:"出……出什么事了……"

徐倩雯没事人一样,温柔地拍拍他的后背,笑眯眯地说:"没事,亲爱的,刚才做噩梦了吗?我们差不多该回去啦。"

刘毅庭没有完全醉,见状忙凑过去附耳跟郭晓雅说:"老婆,还好我很清醒。你不用也这样费力气的。"

郭晓雅笑了一声,不理他。

玻璃窗外，远处近处的各种霓虹灯牌早就闪烁起来了。

这家店就在童明月和许灿家的小区附近，走回去五分钟左右。所以她们先陪在路边，把他们都送上出租车才走。

童明月喝得半醉不醉的，话更少。走回去的路上，要过斑马线，她习惯性地牵住许灿的手。

许灿被她拉着手，低头看一眼，全是笑意，红绿灯混合着路灯的光映在脸庞上。她扬着唇角说了句："真喝醉了吗？"

童明月笑："当然没有。"

许灿"哦"了声，目光看别处："那回家不撒酒疯了呗。"

凉风习习，吹乱童明月散着的长发，她抬手撩了下发，别在耳后。周身的气质无比端庄。她唇角笑意浅浅，语气正经："耍。"

许灿疑惑："耍……耍什么？"

童明月惜字如金，点点头："流氓。"

牵着她的手走过斑马线，然后偏过脸来，故意用昔日那种许灿在电视剧里学来的动作，摩挲着她手背的肌肤。

许灿愣了下，反应过来她还在揶揄她上次装醉的事情。

"你……"许灿想抽回手，被她攥住。没挣开，也就没继续，反正又不是真想抽出来。她故意板着脸装凶："就会逗我。"

童明月轻笑："没有。"伸手揉揉她的发顶，顺毛似的。

许灿想笑，又憋住了没有笑，琢磨着能不能趁她喝晕乎的机会，套出点话来："那次我装醉，你怎么什么反应也没有？"

"果然是装醉。"童明月忽然又笑了声，"小流氓。"

许灿："……"她脸皮厚，假装听不到。

上楼，她边找钥匙开门，边继续无辜地追问说："那你当时到底什么想法啊？"

童明月幽幽地说："真想知道？"

"嗯。"许灿低头应着，在斜挎包里翻找着钥匙，刚要拿出来就被童明月抓住了手。钥匙从指间滑落，继续躲进包里。

半晌，走廊里的声控灯悄悄暗掉，光线昏暗。

没吭声，听见童明月轻飘飘地说了句："半瓶酒，还是有点头晕。"

许灿轻哼了声："那你不是高兴喝嘛。"话落，赶紧去把冰箱里那袋超市里买的草莓拿出来给她解酒。

她正弄着草莓，童明月也跟进来，站在她身边，含笑看着她洗草莓，开另外一个水龙头，若无其事地洗着并没有弄脏的双手，接着，伸手揽住许灿的肩膀。许灿鼻尖嗅到童明月身上带着酒精的香气，以及发间淡淡的酒味。

童明月眼光闪了下，唇角带着一如既往的柔和笑意，叫她的名："灿灿。"

"嗯？"

"灿灿。"

"干吗呀？"许灿羞恼地应了声，眼睛亮晶晶的，长睫忙垂下来假装淡定。

许灿只来得及在拿不住东西前，把装着草莓的碗放下。

时间还早。

睡前，两个人窝在书房里看电影。

许灿之前是看过这部电影的原著的，所以对这部片子的剧情发展没什么兴趣，就看个热闹而已。

童明月有一搭没一搭地跟她讲自己家的那些亲戚。她有两个表哥、三个堂哥，章老太太生她生得晚，这一辈她最小。

问她，过几天想不想跟她去饭局，见见那些哥哥。

还插着些别的事情说的。那种许灿随口拒绝掉也不要紧的轻松气氛。

许灿本来就不是迟钝的人，回国后，环境的变化还让她潜意识里又敏感些。察觉到童明月是不想给她任何压力。许灿点点头，当然应了。

童明月的亲戚，她下意识就带着好感度的。既然章老太太和童老教授都很喜欢她，见别的亲戚也没什么担心忐忑的。

童明月"嗯"了一声，继续往她唇边喂草莓。

许灿摇头："你自己也吃嘛。"

童明月轻笑，目光停留在她脸庞，落到她被草莓汁沾染得不匀的嫣红唇瓣上。

许灿见她凝聚着的目光，情不自禁地扬唇，美滋滋地想，她怎么那么可爱。

电影里，年轻貌美的女主人公每次任性，都被周围人担待、保护着。

许灿心思浮动。模糊地感叹了下，原著小说里的女主人公其实并不讨读者喜欢，可放到电影里，被女演员那么活灵活现且风情万种地演出来，好像确实能理解一直宠爱着她的众人的心情了。就算女主人公什么好的事情都没为男主人公做，照样把人迷得不行。

许灿刚有这个想法，忽地一窒。看见男主人公哄做噩梦的女主人公，她心头蔓延起一股不太舒服的感觉。感觉自己没比电影里的女主好到哪儿去。只是因为缺安全感做了噩梦，童明月就把她带回国。

那她呢？她不需要为她做些什么吗？

"你想要见我的家里人吗……"许灿没什么底气地问出来，像没过脑般脱口而出，甚至没等半秒，急急地补了句，"算了，我……我真的不想让他们见到你。"

嗓音有些哑，内心的纠结和复杂藏不住地现于脸上。她是真的不想要。

童明月在她心里永远是"女神"，这种光环，到许灿死之前都不会散。她只要一想到她会因为自己，被她爸爸这种人指着鼻子破口大骂的情景，真是半秒都不敢多想，就能立刻体会到心脏病的感觉。

她爸爸是她的债。这辈子父女间的联系单薄到仅是一条若有若无的单向线，被骂没良心白眼狼都没有问题，许灿不在意，没感觉。但一想到童明月会被她牵连，会被她爸这种人指着鼻子咒骂。只要想到这种可能，许灿就觉得她分分钟要精神崩溃。她家的那些问题，实在难以启齿也无法妥善解决，就一直没提。

童明月肯定是有察觉到的，却什么也没说，甚至也故意不提。她在等许灿愿意的时候自己开口说。这也是许灿第一次说。

"没关系……"沉默片刻，仿佛迟疑该怎样往下说。半响，童明月只轻轻笑了声，伸手去搂着她。语气没什么起伏变化，一如既往地清浅而温和："反正，小姑娘，你只要开开心心就好。"

童明月似喃喃自语，又似柔声问："一直在我的身边别走，好吗？"

07

公交车过了人流高峰路段，乘客稀疏起来。

傍晚时分，橘色路灯光映着外边透青尚没彻底黑下来的天色，公交车里也亮着橘色的光，徐倩雯望着玻璃窗的倒影怔怔发呆，也没玩手机。她脚边放着一只银色行李箱。

公交车停靠站点，上来一个身材高挑的女人，牵着个小女孩。投完币，母女俩就坐在徐倩雯边上，徐倩雯下意识地多看了一眼。

女人戴着眼镜，穿着保守得体，面容沉静，长着一张人民教师的脸庞。徐倩雯不动声色，她是学新闻的，这种判断的直觉还是相当敏锐的。

小女孩五六岁的年纪，身子横着躺在妈妈怀里，无意识地想要晃晃腿。

她刚抬两下腿，徐倩雯身子就往旁边侧了侧，很轻微的动作。

抱着小女孩的女人立刻淡淡地说了句："别动！当心踢到别人。"小女孩没吭声，但很乖地不再动腿。

徐倩雯一听见她这个陡然低八度的声线，条件反射心中一紧，默默挺直下背坐着。

这妈妈的工作绝对是教师！她有百分百的自信。

徐倩雯一路上都在想，当教师的小孩真是好可怕的事情，想想就很可怕。

转念又想，那她的好朋友许灿还跟老师关系那么好。

这班公交车的最后一站是机场，也就是徐倩雯的目的地。

距离登机还有两个小时不到，她将要去 E 国，参与好朋友人生中最重要的时刻。

宴会烦琐的筛选部分童明月都弄好了，最后递到许灿面前的，只需要她挑自己喜欢的就好。

时间还早,这个点店里的客人不多。童明月在旁边拿着三层塔盘子和夹子,把许灿说要的都拿出来。

她们在选宴会当天的点心,这家店可以先试吃,然后在单子上勾一下选中的,最后再填一些信息就好。

许灿隔着玻璃柜门,望着一个个精致可爱的小蛋糕,觉得都差不多,犹豫好久,抬眼问身边的童明月:"草莓的,巧克力的,要哪个?还有那个香蕉酸奶我们选哪个……"

"都拿吧。"

"都?吃不掉的吧。"

童明月见她踌躇着难以决断的小表情,轻笑了下,移开柜门,把许灿多看过几眼的小甜品一个个全都夹出来:"没关系,晚上也没别的事,可以慢慢吃。"

"好了,够啦,"许灿忙握住她的手腕,合上玻璃柜门,"怎么没有别的事,晚上不还要跟你的哥哥们吃饭吗?"

童明月把夹子放回位置,随口说:"他们在酒店里也有吃的。"

许灿:"……这话给哥哥们听见多伤心。"

"那把吃不掉的带给他们,"童明月闻言笑了下,指指边上的自助饮品区,"喝什么?"

"咖啡……"许灿看看那不起眼的咖啡机器,还有旁边占很大面积的茶叶和漂亮茶具,不太懂下午茶的规矩,"好像还是茶比较配甜点吧?"

童明月把点心架放到桌子上,看了眼那台现磨咖啡机,最后把许灿喜欢喝的咖啡和英式下午茶的经典红茶都端过来了。

她手本来就生得漂亮,指若青葱,衬衫袖口露出一截皓白腕骨,往水壶里注水,茶叶舒卷上下起伏着,过会儿滤掉,最后倒进浅底骨瓷茶杯里。

一系列动作娴熟流畅,戒指低调地闪着光,衬得她手愈加白皙细长,美极了。

许灿不知不觉地扬着唇,眉眼弯弯。

"笑什么？"童明月抬眼，就对上她满脸的笑，杯子递到她面前，唇角也跟着一弯，"怎么傻乎乎的？"

许灿没说话，眼睛亮亮地映着她的身影，就是笑。她捧起茶杯，小口小口喝茶。

童明月唇边笑意愈深。

徐倩雯这个"见老师烦"真心挺佩服许灿的，眼前坐着那么清高的童明月，还怎么享受不讲道理的乐趣啊。

"清高"这个词现在渐渐都有些贬义化了，但她想不到别的，"清高"用在童明月身上有种特别合适的感觉，并不是威严或凶悍，也并没有不温和。而是她笑容满面时，总感觉还是透着一股子距离感。

徐倩雯觉得排除自己怕老师这点，就是童明月气质太好的原因。

徐倩雯有的没的想了一路，很快找到那家甜品店，还没进店，隔着玻璃门就看见许灿了。

许灿面前的盘子里摆着好多奶油蛋糕和其他甜品，花花绿绿的，像个小公主似的享用下午茶。

嗯？不是要忙着各种安排吗？怎么已经吃吃喝喝了？而且，许灿每个蛋糕只吃那么两三口就不吃了。

她吃剩下的，童明月很自然地接过去吃掉，没有一点点奇怪的感觉。

徐倩雯非常震惊，人还没有坐下来就远远地问："许灿灿，你不是来忙……忙事情的吗？"

"弄好了。"

徐倩雯刚坐，童明月就接到了个电话，犹豫下，还是拿着手机起身往外面走了两步。

徐倩雯趁着童明月没注意，抓住机会，压着声音问："不是啊……许灿，不应该是你端茶倒水伺候童老师的吗？你怎么回事啊？"

许灿反应了两秒，总感觉这话怎么那么耳熟。

童明月很快接完电话回来，看着桌上的半壶红茶和一些咖啡，拿起旁边的空茶杯，温和地问："喜欢喝红茶还是咖啡？那边有咖啡机，要我帮你倒一杯吗？"

"不用不用，"徐倩雯诚惶诚恐的，见边上已经有杯倒好了的红茶，忙端起来说，"我喝这个就好。"说着就喝了口。她口渴了一路，没两口就把那杯茶喝掉大半。

童明月愣了下，有个想要拦的动作，但没拦住。于是把甜点架往她那儿挪了下，只说："吃点蛋糕吧。"

许灿笑眯眯地问："茶好喝吗？"

徐倩雯点点头，张开口，还没有来得及花式吹，许灿笑呵呵，乐不可支地告诉她说："你喝的那杯是洗茶水。"

徐倩雯："……"

08

童明月一个咄咄逼人的小丫头片子，在周围师长的关怀和谆谆教导中慢悠悠地长大，手中的铅笔换成钢笔又变成签字笔，渐渐内敛许多。一直刻苦，也一直很优秀顺遂。

直到读博，才遇到了她最大的重挫，那段时光不堪回首，虽然表面上的结果只是一个课题没有做出成果中途换一个课题重来而已，背后却是无数个不眠不休的夜晚，无论想了多少种办法，尝试过多少种努力，没有进展就是没有进展。

每个离成功不远的信心满满，都会迎来下一次的失败。最后是导师强行把陷进去的她拉出来，拍着桌子说要么换课题要么换导师，这才勉强止损。

童明月接过新的课题，就跟着导师来到了家乡附近的小城市做新项目，那段时间，理应是繁忙艰辛，但回忆起竟是十分清朗美好的。

因为有那么一个叫许灿的孩子的存在。

她对你的崇拜，虽然不说，却能从眼睛里看出来。明亮清澄的眸子，望向你时总微微弯着，黑白分明，透着一层亮亮的水光。可爱得能咬人。

只是不知道为什么，那孩子单单在她的课上成绩退步得明显。

童明月那时也没有经验，想着一个总是成绩前列的优等生，短期内只有单科成绩大幅度往下掉,只可能是她这个代课老师的教学有问题。

她做过反省,甚至还写过自我检讨分析原因。在班里别的学生成绩都是稳步上升的情况下,她把许灿单独拉到身边来,开小灶补习,一题题分析是哪里的问题。

许灿是那种非常聪敏的小姑娘,虽然有时候不知道她小脑瓜里在想什么。教她功课,绝不是什么苦差,反而还能有种轻松输出知识的成就感。其实再难的题目她也不是没有办法做,可考试时该丢的分还是丢,归根结底,就是她对化学这一科,太漫不经心。

童明月没有好的办法,只能先稳住她的基础别落下来,再想办法压一压她的小浮躁。结果,还没有什么进展的时候,原先的老师就回来了。代课的时间比童明月原先想象的要短,也快很多。

最后一节课是在早上的第二节。许灿没有来,她请了病假。班主任说只是发烧,不严重。

童明月就想,那么她下午应该会回来上课。

本来中午就该收拾好东西走人的,她鬼使神差地答应办公室里其他老师的约饭,想着再晚一会儿走。

她想跟她说要好好学习。

想跟她说,下次化学不许考得比数学低。

想……

想再见一面这个小姑娘。

结果在办公室待到满室深橘的晚霞,也没有等到她。

再见是在松江大学的步行街。

从小礼堂到食堂的路上,走过很多带着新生办理各种手续和入住宿舍的学生。偶尔有本系学生看见她,会打招呼。

她点点头,望过去,不自禁地弯了下唇角。

竟又见面了。

很多很多年之后,童明月还能清晰地回忆起当时的画面,日光融融,风刮过带着地上的树影团团晃动,落叶都被拂到角落。

那头亭亭站着的,是当年那个别扭的小姑娘。

出差回来，发现新搬来的对门邻居是她。

童明月起初是愣怔，内心高兴的同时难免伴随着别的想法，巧合背后总是有原因的。巧合到一定程度，就不能简单地用巧合来形容。

但看见她帮她装好柜子时，表面说着没什么，同时唇角稍稍上扬，眼睛里是极力淡定还是流露出来的那种笑意，酒窝时现。

不知道出于什么心理。童明月就什么都没问，也什么都没说。

不能继续这样了。

童明月并不是墨守成规的人。

许灿对她有依赖很正常。

但她不可以……

童明月失眠了。

她，应该对她疏远一些，拉开一段距离。

没有再给她装聋作哑，思忖两全对策的时间。

小姑娘喝得醉醺醺跑过来，借着酒意撒酒疯。

虽然满身酒气，脸颊红彤彤，但童明月知道她是清醒的，至少是有意识的。

那双眼眸不会骗人。

童明月默不作声。

她，不可以这样。

许灿说不想当她的学生。

她放弃本校保研的机会，重新准备，千里迢迢到国外读硕士。为了什么，看不出来的人也只能是在故意装瞎了。

童明月有许多的顾忌，而许灿远比她坚定、勇敢、执着。

童明月不知道自己有什么好。

只知道，再幸运也不过如此了。

毕业宴会的场地当然是用心安排过的，但不追求盛大，简单温馨足矣。只请了最好的朋友，还有关系近的同事。

许灿做发型时，郭晓雅还在旁边叽叽喳喳，讲各种好玩的事情。突然，郭晓雅就小声哭了。

许灿愣了下，问她："怎么了？"

"没……我……我就感觉你这一路走过来真不容易，真好，真好啊，还有你真好看……"说着说着，她的眼泪嗒嗒地落下来。

许灿内心也是五味杂陈的，但愉悦占据绝对的上风，她扬着唇笑，拍拍郭晓雅肩膀说："好吧，那今天就由你来替我哭吧。"

郭晓雅边吸着鼻子，边小心翼翼地擦掉眼泪不弄花眼线："我倒也想，可等下童教授随便说两句话，你肯定得哭的。"

许灿轻笑："我才不哭，这是我活到现在最开心的一天！我为什么要哭？"

大家都被她逗笑。

童明月勾着唇，总是笑，目光对上，她轻笑着，小声说："我有点紧张……"

许灿听她平稳带笑的语气，以为她在开玩笑，视线往下，看见她的手确实有些不自然，才知道她是真的在紧张。

许灿忍不住笑了。

童明月边打开礼物盒，动作不快不慢，边笑着说："灿灿，毕业快乐。"

"我明明没有什么优点，却被你那么喜欢。我只怕我不够好，但依旧要抓住你，否则，这个世界哪儿还会有第二个灿灿当我心尖上的小太阳。"她声音轻轻的，说闲话般的语气，神情却无比认真。

许灿顿了顿，眨着眼，睫毛根部已经湿漉漉的了。她不由得微磨了磨牙，半响，低声说："我才不哭呢……"

童明月唇边扬着笑，垂头替她戴好项链："嗯，不哭，旁边那么多人拍照呢。"

她抬眸，眼神温柔到能把人融化掉："因为你在身边，我想无论遇到什么事情，都是美好的。余生很好，我只需要担心来世。"

Extra Chapter

番外
FAN WAI

番外 1

"近年来,大学生因考研压力而出现意外的事件……二十岁的名牌大学生许灿,就是站在眼前这个十层居民楼的楼顶出事的……"

起初是地方台报道的新闻。后来截图被发布到网络,名牌大学生顶不住考研压力跳楼,加上许庆国手机里几张清纯动人的女学生照片。

很快就是考研复试,这条新闻一下子变成热点。

网友们顺着扒出来她的考研成绩。初试第一,在复试前压力太大坠楼?

"案件进一步调查中。"

调查完,再也没有任何电视台拿到录像的视频采访材料,许庆国拒绝所有采访。

网上有人说她是因为父亲欠下百万赌债而出事的,说法不一。

童明月刚从 M 国开完学术会议回来,就得知学生们做出了成果。

得出成果,大家都是欢天喜地的心情,熬夜好几周的虚黄脸孔都显得精神奕奕的,叽叽喳喳地说话,让童明月带他们出去庆祝。

到餐厅,一帮人热热闹闹地点了半箱啤酒。

饭桌上的气氛特别好,有学生问她准备招多少个新学生。

其实童明月收到导师的工作邀请信后,就决定不再另收学生,准备赴 E 国了。但按规定她可以带上一到两个自己的研究生。

她稍微思考了下,笑了笑,没有回答。

等到夕阳缓沉,天边还有一线光芒的时候,童明月拿出手机,给那个小姑娘打了个电话。

并没有接通。

她有一点意外,但没多想。准备等她的回电。如果没有回电,就明天早上再打给她问问。

翌日,电话还是没有打通。

童明月知道许灿是准备本校考研的,想先去了解下她的初试成绩,再打听下她自己有意向的是哪个导师。

才知道,这小孩出事了。

她从十层楼顶失足掉落,当场身亡。警察初步排除他杀的可能性。

据说顶楼防护栏不太高,学校正准备组织加固,还没动工就发生了这事。

童明月头脑还蒙着,立刻去托在公安局工作的表叔叔打听所有情况。

至少,要弄清她是为什么而死的。

她也听说过有些在外人眼里才华横溢的学生,会出于种种原因,患上抑郁症而选择轻生。但表叔叔很快告诉她,全因为许灿的爸爸许庆国是个老赖。欠人钱还不出来,逼女儿帮忙还,这女儿虽然还小,但以前已经帮他还过很多次债了。

这次欠得太多。

花骨朵似的青涩年纪,前途似锦,人比花琳琅。

十年寒窗映雪读,全……全都……

童明月说不出心底是什么感受。她在实验室里呆坐很久,然后继续干活儿,做实验,修论文。

等回过神,窗外不知不觉换了个天色。结束工作前,童明月极为难得地,几乎记不清自己整个白天做了什么事情。脱掉白大褂。

回家的路上天空飘着雨,渐渐地越下越大。童明月径直走着,没有感觉。

回到家,看见摘下的镜片上有几滴雨,才反应过来身上湿得差不多了。

童明月抿抿唇,抬手撩了下散乱的湿发,眼镜随手放在吧台处,脱下湿答答的外套,五脏六腑像也能跟着拧出一摊水来。

洗完澡,她整个人身上蒸着热气,脸颊红红的。她有条不紊地把浴室除湿打开,拿出吹风机,吹干头发。

　　往后的几天,童明月也很平静地进行着工作,照常生活。
　　只是对"许灿"这个往常她会多几分关注的名字,现在偶尔听见被提到,她会变得沉静,不再多问两句,也并不发表任何看法。
　　李薇察言观色,再也不说这件事情了。
　　慢慢淡化,过去。
　　天气预报说,今年预计是最冷的冬天。
　　童明月听实验室里的学生说,前几天雾霾比现在还要厉害,几乎要到几米开外就男女不分的程度。
　　所以,这孩子走前最后看到的世界,就是这片灰蒙蒙的天。

　　童明月在 E 国的大项目十分顺利。她一心从事科研后,很少碰到极其不顺利的情况,科研的路不说顺风顺水,至少也是较少坎坷的。
　　不到半个月,她就融入新的团队和投入工作中。
　　一年后,某天童明月收到学校邮件,想聘请她为特聘教授,询问她有关培养研究生或者开课的意向。
　　看见"interested in being the instructor of graduate students",童明月出神了很长一段时间,像在想许多事,又像纯粹只是愣怔而已。没有皱眉,也没有叹气,唇边甚至衔着淡淡的笑。
　　片刻,她微微闭上眼,然后再睁开。
　　直接给学校那边回邮件,谢绝这份工作,称自己只是科研人员,并没有足够胜任教学或授课的能力。
　　太阳暖融融,树梢的影透过玻璃窗投在地板上晃动。
　　童明月白皙的脸孔半明半暗,面容沉静,轻轻敛了下眼睫。
　　手上的书又翻了几页,最终合拢放回书架,再也看不进去了。
　　原来她一直是很不开心的。

　　许灿醒来,眼角有泪滑落。梦中童明月的悲伤如此真实。

番外 2

初雪忽然降落。

余光瞥见什么白纷纷的东西滑过,许灿抬起脸,窗外竟然变成一片白茫茫了。轻软的雪花,大朵大朵,被抹去界限的天空似乎比平常更加辽阔。

她放下笔,满脸惊喜地盯着玻璃窗外的景色。

小孩们穿着颜色鲜艳的棉袄,欢声笑语,手举高高地接雪花。南方的冬天只有雨夹雪,很少遇到这样棉花糖似的鹅毛大雪。

许灿起身将窗户推开,呼啦涌进来的风雪扑到她脸上的瞬间,她打了个喷嚏,吸了吸鼻子,在清冷的空气里笑了一下。

恰好是在圣诞节的这天……还真是应景的雪。

许灿继续写贺卡打发时间,等着童明月回家。跟朋友们约好四点在游乐园门口见,还有一个半小时。

她拿起写完的贺卡扇风,想使油墨快点风干,发现小信封用完了——给童明月写贺卡封时多尝试了几个称呼,许灿只好就这么装进包里。

终于听见玄关处有钥匙开门的动静。

许灿立刻拿起包,眉开眼笑地迎过去问:"怎么才回来……"话音未落,看见门口还挤进来两个既狼狈又兴奋的人。

"猜猜看刚才发生了什么?"徐倩雯捋了把被雪水浸湿的刘海,脸上洋溢着看热闹不嫌事大的笑,"你的聪明朋友郭晓雅,从驾校毕业的第一天,就把车子开进阴沟里了!"

"我说多少遍了,是因为地上有积雪!谁能想到雪盖着旁边的草挡住了我的视线,最关键的是那个万恶的排水井没有盖盖子!"郭晓雅咬牙切齿,"简直是专门的陷阱。"

"那条路本来就很少有人开,她又偏偏往边上开,而且是吹嘘车技好的下一秒轮子就进阴沟……"说着,徐倩雯又笑出声。

那个时机确实巧妙得很好笑，郭晓雅自己都直乐。

童明月看她们受惊受灾还那么高兴，忍不住也笑了，对许灿说："如果不是我刚好路过，帮她们处理了下，这两位同学不知道还要蹲在阴沟旁边自拍多久。"

许灿闻言立刻掏出手机。果然，两个乐天派把车子开进沟里的第一反应是拍照发朋友圈。

郭晓雅："车子轮胎卡进阴沟正欲哭无泪，童教授从天而降救人于水火！童教授，我永远的'神'！"文字后面加了很多爱心。附图是她和徐倩雯蹲在地上跟轮胎的合照。

"好多爱心哟。"许灿忽然瞅了郭晓雅一眼，语气幽幽，"你以前说自己不喜欢红彤彤的小爱心，对我从来没发过那么多小爱心呢。"说完又撇嘴闷闷地盯了眼童明月。

过分可爱的小表情，童明月顿时弯唇笑起来。她想了想，用极小的音量，特别认真地说："我只和你发小爱心。"

许灿极力想板着脸，两秒都没忍住就笑起来，酒窝深深的，也学她，用气音说了句："好。"

郭晓雅和徐倩雯对视一眼，都从对方脸上看见了既羡慕又好笑的复杂表情，同时，两个人默契地出声闹起来。

"快换鞋子，我们要迟到啦！"

"快点啊许灿灿！"

她们吵吵嚷嚷出门了。自称受到惊吓的郭晓雅直接把车钥匙交给了童明月，许灿坐进副驾驶，边系安全带边问："你们是叫了拖车，还是三个人硬把车子扛出来的？"

郭晓雅一挑眉："你猜。"

"我告诉你，我告诉你，"卖不了关子的徐倩雯迫不及待地说，"你没看见太可惜，我们的'童女神'不知道从哪儿找来根绳子，绑在轮子上又捆了根树枝横着借力，然后一脚油门，车子开出来的瞬间回方向，淡定避开了旁边几乎贴着车门的水泥墙。"

郭晓雅接话道："简直极限操作！我们在旁边看着都提心吊胆，简直太帅了！猛踩油门，一转方向盘救我们于水火！本来以为肯定得叫人来拖车的。"

"确实帅,"许灿闻言转过脸,感叹地说,"你彻底把她们迷倒了。"

童明月抿唇无奈地笑,没吭声。

后排两个马屁精小姑娘立刻顺水推舟,吱吱哇哇地表示她们早就被彻底迷倒了,根本不是这一天两天的事。

笑闹中,很快开到游乐园门口。

娱乐场所总是最有节日气氛的地方。偌大的圣诞树绕着发光的红绿彩灯,映着彩带闪闪烁烁、星星点点,漂亮得让人挪不开视线。

可惜挤了太多人在拍照。她们看了几眼,决定先进去吃饭和闲逛,最后结束了出来再跟大树合影。

夜晚的游乐园比白天更有气氛。往前一路灯火通明,柔和的橘色路灯与各处的灯火照着四周亮如白昼,抬头望天,却是空蒙的黑夜。

道路旁的道具也比在日光里看要精致,雪还在静悄悄落着。

很小的雪,几乎没有人撑伞。纷纷细雪从黑夜里宁静飘落,像在一个美好的童话梦里。

从餐厅出来后,几个人一直闲闲地逛着散步消食。

"突然发现,"郭晓雅往前走几步后转过身看她们,惊讶地说,"许灿灿和童老师,你们今天是穿着亲子装吗?!"

童明月:"……"

许灿低头看看自己的衣服,歪了下头,目光危险地盯着她:"给你三秒修改措辞,三、二、一——"

郭晓雅不搭理她,追问:"本来以为是同款大衣和毛衣,细看才发现,许灿灿身上的那件,线条好像稍微柔和一点。"

不过,两个人站在一起真的分外和谐。相似却不完全相同的深棕色大衣,里面是白色高领毛衣,都是长发。童明月是及腰的漆黑长发,泛着柔顺的光泽,未施粉黛的脸庞干净白皙如木兰花瓣,一如既往地光彩照人。身旁靠着的许灿则时不时露出甜腻的酒窝。

郭晓雅觉得世界上不存在比现在的许灿更甜的小妞了。她依稀记得,以前的许灿,眉眼里是有几分清淡高冷的。现在完全找不见痕迹了。

两个人静静站在一起,轻易让整个画面都变得温馨且养眼。

"眼睛真尖,"许灿笑眯眯地说,"我这件是童装最大码,她的是正常成衣,所以有一点点区别。这种差不多的款式设计,童装的价格便宜很多,料子又厚,建议你们都去买童装穿穿看。"

"那为什么童老师不穿?"

童明月朴素地回答道:"我穿不下。"

"不可能吧,你们差不多的身高,都那么瘦,为什么许灿灿能穿……"郭晓雅突然收声了,目光若有所思地扫了一眼许灿的胸前,呵呵地笑了起来。

许灿忍辱负重地当没看见,趁机提议说:"时间差不多了,我们开始自由活动吧,等玩累了再打电话联系集合。"

"为什么?为什么呀?"

"怎么就要丢掉我们了呢?我们不乖吗?"

郭晓雅和徐倩雯搂抱在一起,故意露出楚楚可怜的声线作怪。

"别分开,我们会害怕的啊。"

"你们是大孩子了,不要怕了,不会丢的。"许灿非常敷衍地用力拍拍她们的肩膀。然后握住童明月的手,把她牵走了。

先是快走几步,怕她们两个人要跟过来,后来许灿直接牵着童明月跑起来。

"看清楚方向,别转弯,再转弯就转了一圈回去了。"童明月任她牵着跑,只是在快到门口时提醒说,"往前走要出去了。"

"我知道。"许灿停下脚步,有点喘气。

她笑眯眯地带着童明月走到门口那棵巨大的圣诞树前,然后从口袋里掏出礼物:"生日快乐。"

童明月惊讶几秒,才想起来应该是自己的生日,忍不住笑了:"这么麻烦的事情,你怎么总记得清清楚楚的?"

"什么叫麻烦的事情?"许灿哭笑不得地瞪她,"这么聪明一个人,难道连自己每年的生日都记不住吗。"

童明月家里的习惯是过阴历生日,每年的日期不同,小时候有父母算着日子给她买蛋糕。长大后她自己嫌烦,再也不过生日了。

直到身旁有了许灿。

两个人年末的这段时间忙得兵荒马乱，今天之前，甚至连梦里都在想工作。可这位小朋友的脑袋像装着精准的皇历，那么忙都没忘她的生日。

童明月自己根本就想不起来。

她忍不住低头微笑，三十二岁的年纪，收到这个系着蝴蝶结的浅黄色的小盒子。握在手心里，竟然有种回到二十岁的飘飘然。

"里面是什么呀？"她抬起脸，凝望着许灿的眼睛，含笑的眼睛波光流转。

许灿不自觉把手背到身后，手指扣在一起绞着。都过那么久了，在她专注温柔的目光里还是常常会害羞。许灿压低声音，尝试让自己变得酷一点："打开看看。"

"噢，好神秘，我好喜欢。"又是那种熟悉的专门逗弄她的语气。

许灿鼓了鼓脸，瞪她。

童明月轻笑一声，手指灵巧地拆开绸带，打开盒子。

原来是项链。

淡黄璀璨的月牙衬在细密绒布里，在昏暗的光线下，依然散发着柔和精致的光彩。童明月弯着唇角，拿起项链，仔细地给许灿戴上。

许灿低头看着她的动作，有点失落，轻声问："你不喜欢吗？"

"很喜欢，所以想让你戴着，"童明月笑着说，"这样它就能一直出现在我眼里了。"

许灿瞬间被她说服，开心得不行，却又隐约觉得哪里不对劲，不由得撒娇道："你也太会说话了，说得我每次都晕头转向，一下子就分不清东南西北了。"

"月亮是你的，小朋友。"童明月把空盒子塞进口袋，重新牵住她的手，漫步到圣诞树前仰望着顶上的星星，眉眼温柔，"而你是月亮的。所以我的生日总是很快乐，一年胜一年。"

非常平淡的话语。

许灿听着，心中却弥漫着说不出的感动。半晌她才开口："我也……因为有你。"

平凡的日常里都是无数美好光彩，又紧了下握住她的手，傻兮兮地笑起来："所以每天都很高兴。"

"也？"童明月忽而弯唇，"我可没有说每天。"

许灿反应了好几秒。她转过脸，眼神里非常警醒，颇为小心翼翼地问道："怎么啦，我哪里让你不高兴了？"

"没有。"

"你说呀，你全都说出来，我才好改正嘛。"可怜兮兮的语气，还有点微妙的气呼呼。

"真的没有。"童明月瞥她一眼，旋即移开视线郑重其事地说，"只是很佩服你，事情那么多，竟然真的一点都不需要我的帮助，什么忙都不许帮。真棒，真独立，真懂事。"

三个"真"字都咬重。

许灿就算是只笨乌龟也明白了。可她不知道该说什么，期期艾艾道："你、你还在生气呢……"

童明月没吭声。

当然生气。眼看着她为了工作连续苦熬数个晚上，喝咖啡代替喝水，劝阻不听，还对自己的帮助不论大小全部拒绝，怎么可能不生气呢。只是看她辛苦，没有在她忙的时候计较而已。

许灿讷讷半天："这不是，你比我更忙啊，怎么好意思还烦你……而且我能处理好自己的事，最后不是什么都做完了嘛……"没有丝毫反省的话。

"嗯，"童明月唇角抿紧，"你真厉害。"

许灿看她蹙着的眉心便知道不妙，赶忙将下巴靠到她肩膀上，使劲撒娇："我知道错了，以后不会了。"

"不会什么？"

"不会……"许灿差点被她问住，好不容易才想出恰当的词，十分坚定地道，"不会再那么不识抬举了！"

童明月一下子笑出声。她抿唇敛住，可已经笑了，也不好意思继续板着脸装凶，只能无奈地望着她。

"陪我去鬼屋转转好不好？"许灿抱住她的手臂，趁机往鬼屋的

316

方向走,"郭晓雅说今天的鬼屋有特别活动,我一个人去不了。"

"去不了?"

"嗯,平常连恐怖片都是有你陪着我,我才敢看的。"许灿真诚又讨好地补充了句,"你是我的心灵支柱、勇气来源。"

童明月轻笑了一声:"独立懂事的坏蛋也需要依赖人吗?"

许灿点头,无比慎重地说:"当然。"

图书在版编目（CIP）数据

明月为什么皎皎 / 秦寺著. — 广州：广东旅游出版社，2023.7
ISBN 978-7-5570-3043-8

Ⅰ.①明… Ⅱ.①秦… Ⅲ.①长篇小说—中国—当代 Ⅳ.① I247.5

中国国家版本馆 CIP 数据核字 (2023) 第 083496 号

明月为什么皎皎

MING YUE WEI SHEN ME JIAO JIAO

出 版 人：刘志松
责任编辑：陈　吉
责任技编：冼志良
责任校对：李瑞苑

广东旅游出版社出版发行
地　址：广州市荔湾区沙面北街 71 号首、二层
邮编：510130
电　话：020-87347732（总编室）　020-87348887（销售热线）
投稿邮箱：2026542779@qq.com
印　刷：河北鹏润印刷有限公司
（地址：河北省沧州市肃宁县工业聚集区）
开　本：880 毫米 ×1230 毫米　1/32
字数：296 千
印张：10.25
版次：2023 年 7 月第 1 版
印次：2023 年 7 月第 1 次印刷
定价：49.80 元

【版权所有 侵权必究】

如发现图书质量问题，可联系调换。质量投诉电话：010-82069336